Le don Juan du Moorlands Hospital

*

Le doux rêve d'une infirmière

CHARLOTTE HAWKES

Le don Juan du Moorlands Hospital

Traduction française de
JOËLLE TOUATI

Blanche

HARLEQUIN

Collection : Blanche

Titre original :
UNWRAPPING THE NEUROSURGEON'S HEART

HARPERCOLLINS FRANCE
83-85, boulevard Vincent-Auriol, 75646 PARIS CEDEX 13
Service Lectrices — Tél. : 01 45 82 47 47

www.harlequin.fr

ISBN 978-2-2804-3647-2 — ISSN 0223-5056

1.

— Anouk, vous avez créé le dossier de la petite qui est tombée d'une toile d'araignée ?

— Oui, elle est là ?

— L'hélico vient de se poser, indiqua l'infirmière.

— Tout le monde est prêt ? demanda Anouk à l'équipe de réanimation.

Seul manquait le neurochirurgien. Elle avait appelé la neuro il y avait déjà dix minutes ; on lui avait dit que le service était débordé. Avec un soupir agacé, elle pivota sur ses talons, et se retrouva nez à nez avec le plus sexy des médecins du Moorlands Hospital.

Le Pr Solomon Gunn.

Un mètre quatre-vingt-cinq, silhouette athlétique et musclée, un physique de karatéka davantage que de chirurgien.

En percevant un effluve de son parfum boisé, Anouk réprima un petit frisson. Elle n'avait encore jamais travaillé avec celui que tout le monde surnommait « le bourreau des cœurs », et elle n'y tenait pas, mais pour la fillette qui avait fait une mauvaise chute c'était une chance. Le Pr Gunn comptait parmi les meilleurs de sa spécialité.

Son seul tort était de causer des ravages parmi le personnel féminin de l'hôpital. Il jouait de sa réputation de tombeur et, pourtant, toutes les femmes étaient secrètement amoureuses de lui. Anouk y compris, ce qui la désolait, car Solomon Gunn représentait l'antithèse de son idéal masculin.

— Docteur Anouk Hart, j'imagine…

— Oui, acquiesça-t-elle froidement. Vous êtes là pour ma patiente ?

— Tout dépend de qui est votre patiente, répondit-il avec un sourire enjôleur.

— Une enfant de sept ans qui est tombée d'un filet d'escalade.

— Alors vous avez de la chance : je suis votre homme.

— Super…, maugréa-t-elle, les yeux au ciel.

Malgré elle, Anouk était un peu gênée et, du coup, sur la défensive.

— Remarquez, j'ai de la chance aussi…, déclara le Pr Gunn en la déshabillant du regard.

D'ordinaire, elle aurait trouvé cette attitude grossière mais, là, elle en fut légèrement troublée.

— Je vous préviens, je ne suis pas de celles qui se prosternent à vos pieds, rétorqua-t-elle avec un geste de la tête en direction d'un petit groupe d'infirmières qui observaient la scène avec des regards énamourés.

— Oh ! c'est juste qu'elles sont contentes des tourtes maison que j'ai apportées ce matin.

— Pardon ?

— C'est Noël. Ne jouez pas les Grinch.

Anouk ne pouvait s'empêcher de fixer les lèvres du Pr Gunn, qu'elle sentait presque sur sa peau. Cela dit, il avait visé dans le mille. Elle détestait Noël. Les fêtes de fin d'année ne lui rappelaient que des mauvais souvenirs.

— Des tourtes maison ? Faites par qui ? Votre femme de ménage ?

— Faites de mes mains.

Il les agita devant lui et Anouk remarqua combien elles étaient viriles, puissantes. Pas du tout les doigts fins que l'on associe généralement aux chirurgiens. Ces mains avaient accompli des miracles sur des centaines de patients, mais ce n'était pas ce genre de prouesses qu'elles évoquaient à Anouk… Elle s'interdit toutefois de se laisser aller aux fantasmes.

— Vous m'épatez… Mais à mon avis, ce ne sont pas vos tourtes qui intéressent mes collègues.

— Je vous assure qu'elles sont délicieuses.

— Quelle modestie… Maintenant, si vous avez fini de jouer au Meilleur Boulanger d'Angleterre…

Le Pr Gunn esquissa un sourire amusé.

— Vous êtes aussi agressive avec tout le monde ? Ou c'est un traitement spécial que vous me réservez ? En fait, je crois connaître la réponse. Vous n'êtes là que depuis deux mois, mais vous vous êtes déjà fait une réputation.

Surtout, ne pas mordre à l'hameçon.

— Ah oui ? Laquelle ? demanda Anouk, et elle le regretta aussitôt.

Une expression narquoise se peignit sur les traits de Solomon Gunn, et elle crut qu'il ne répondrait pas.

— Celle d'un excellent médecin, à l'écoute, dévoué.

— Oh…, bredouilla-t-elle en se mordant la lèvre inférieure. Merci.

— Mais vous avez l'air d'avoir avalé un manche à balai.

— Pardon ?

Anouk sentit ses joues s'empourprer.

— Excusez-moi… Mais reconnaissez que vous êtes un peu… stricte.

Anouk ouvrit la bouche, puis elle la referma. En vérité, elle avait entendu pire sur son compte. Certes, tout le monde s'entendait à dire qu'elle était formidable avec les patients, mais froide et distante avec ses collègues. Voire hautaine.

Seule Saskia la connaissait sous son vrai jour – sa meilleure amie depuis que leurs mères s'étaient crêpé le chignon, vingt-cinq ans plus tôt, pour une sombre querelle entre starlettes de cinéma.

— Perso, je vous trouve plutôt sympa, ajouta Solomon Gunn, qui semblait prendre un malin plaisir à ce petit jeu. Mais ça doit venir de l'effet que j'exerce sur la gent féminine…

— Ça vous amuse, de coller aux pires clichés machos ?

— Je parie que le charme est une tare, à vos yeux.

— Vous êtes incorrigible ! Mais vous allez le prendre comme un compliment, je suppose.

— Si ce n'en est pas un, je suis vexé, déclara-t-il, une main sur le cœur, avec un rire qui ne laissa pas Anouk de marbre.

Elle se serait giflée. Cet homme provoquait chez elle des réactions physiologiques, malgré les ordres contraires de son cerveau.

— Bon, trêve de plaisanterie, dit-elle, nous avons une petite fille qui est tombée de la hauteur d'un étage.

— Sur la tête, et elle a perdu connaissance pendant environ une minute, enchaîna Gunn.

Anouk fut étonnée qu'il se soit renseigné, mais elle n'en montra rien.

— Exact. Donc si vous pouviez cesser de faire les yeux doux à notre contingent féminin et passer en mode pro, ce serait une bonne chose…

— Mes patients passent toujours avant tout le reste, répliqua-t-il sèchement.

— Je… Je sais, c'est vrai. Excusez-moi. Vous avez une réputation professionnelle irréprochable.

— Il n'y a donc que mon image personnelle qui laisse à désirer ?

Au moins, Solomon Gunn avait retrouvé son sourire aguichant, mais Anouk fut tout de même soulagée que la jeune blessée arrive enfin.

— Voici Isobel, annonça un infirmier. Sept ans, normalement en pleine forme, pas d'allergies, pas de traitement, vaccins à jour. Il y a une heure, elle a fait une chute d'environ trois mètres, suite à une altercation avec un autre enfant dans un filet d'escalade. Elle est tombée face contre terre et elle est restée inconsciente un peu plus d'une minute. Elle s'est ouvert l'arcade gauche et elle a perdu deux dents.

— OK, merci.

— Et voici sa grande sœur Katie, ajouta l'infirmier. La maman va arriver.

La fillette se tourna vers le Pr Gunn et lui adressa discrètement un signe négatif de la tête. Bien qu'intriguée, Anouk n'avait pas le loisir de se poser des questions. Elle devait s'occuper de sa patiente.

— Bonjour, Isobel. Je m'appelle Anouk, je suis médecin. Tu te rappelles ce qui s'est passé, ma puce ? Posez deux abords veineux, s'il vous plaît ! ordonna-t-elle à son équipe.

La petite fille marmonna des paroles incohérentes.

— Tu peux ouvrir les yeux ? Très bien, la félicita Anouk en examinant ses pupilles. Maintenant, est-ce que tu peux prendre une grande inspiration et retenir ton souffle ?

Délicatement, elle ausculta le torse et l'abdomen de la fillette.

— Parfait. Tu peux me parler ? Est-ce que tu as mal au ventre ?

— Non, murmura faiblement Isobel. Katie ?

— Elle est juste là, mon petit chat. Elle viendra près de toi dès que nous aurons fini de t'examiner.

« Préparez aussi 2,5 milligrammes de morphine, lança Anouk. Pour calmer la douleur, précisa-t-elle à Isobel. Tu es très sage, c'est bien. »

Avec douceur, elle lui posa la perfusion, puis termina son examen et quitta la chambre dans l'intention de dresser un bilan avec la mère de l'enfant. Or celle-ci n'était toujours pas arrivée. La sœur d'Isobel, assise sur une chaise en plastique, ne devait pas avoir plus de dix ou onze ans.

— Katie, c'est bien ça ? lui demanda Anouk en prenant place à ses côtés. Ta maman n'est pas encore là ?

— Non, mais vous pouvez tout me dire, répondit-elle d'un ton très mature. Vous pouvez aussi me poser des questions. C'est moi qui suis responsable de ma petite sœur.

Anouk se remémora le regard que le Pr Gunn et la fillette avaient échangé. La mère travaillait-elle ? Négligeait-elle ses enfants ? Anouk ne connaissait que trop bien ce genre de situations. Néanmoins, elle devait suivre le protocole.

— En effet, tu as l'air d'une jeune fille très sérieuse, mais je préfère attendre que ta maman soit là.

Katie se leva et s'approcha de la baie vitrée de la chambre.

— Je pourrais parler au Dr Gunn ? demanda-t-elle.

— Pas pour l'instant. Il s'occupe de ta sœur.

— Je sais, il est neurochirurgien, répliqua Katie avec une pointe d'agacement, comme irritée d'être traitée comme un bébé. Il va sûrement lui faire passer un scanner pour voir si elle n'a pas de traumatisme crânien.

— Tout à fait.

— Il viendra me parler dès qu'il pourra, assura-t-elle, mais Anouk lisait l'inquiétude dans son regard.

Juste à ce moment-là, toutefois, le Pr Gunn leva la tête et les regarda. Puis il quitta la chambre.

— Ça va, Katie ? s'enquit-il gentiment.

Anouk avait entendu dire qu'il était très doux avec les malades, mais c'était la première fois qu'elle le voyait à l'œuvre, et elle en oubliait presque son côté coureur de jupons. Il n'en était que plus charmant.

— La doctoresse ne veut rien me dire, bougonna Katie.

— Je préfère attendre la mère.

À nouveau, la fillette et le Dr Gunn échangèrent un regard.

— Mauvais jour ? lui demanda-t-il.

— Elle ne peut pas se lever, aujourd'hui. Comme elle se reposait, on est allées un moment au parc, avec Izzy. Maman ne pourra jamais venir toute seule à l'hôpital.

— Je vais appeler Malachi, déclara le Pr Gunn. Il ira la chercher.

Le soulagement se peignit sur les traits de Katie.

— Oh ! merci ! J'envoie un SMS à maman.

Anouk ne comprenait pas tout, mais la teneur de cette conversation lui était douloureusement familière. Cela dit, elle s'identifiait peut-être à tort.

— En attendant, je vais expliquer au Dr Anouk qu'elle peut s'adresser à toi, déclara Solomon Gunn.

Katie coula un regard méfiant en direction d'Anouk.

— Tu peux lui faire confiance, ajouta Gunn. J'ai entièrement confiance en elle.

Ce n'étaient que des mots pour rassurer une enfant, Anouk le savait, néanmoins son cœur se gonfla.

— Mieux je comprendrai, mieux je pourrai vous aider, ta sœur et toi, dit-elle à Katie.

La fillette la dévisagea avec un regard intense, qui la mit mal à l'aise.

— OK, dit-elle enfin. Tu appelles Malachi, hein ? demanda-t-elle à Gunn.

Furtivement, les yeux de Katie s'emplirent de larmes, mais elle reprit très vite sa contenance et entreprit de composer un texto, comme si elle n'avait pas le temps de s'apitoyer sur son sort. Comme si elle assumait beaucoup trop de responsabilités pour une enfant de son âge. Anouk s'efforça de surmonter la tristesse qui l'envahit soudain.

— Vous pouvez venir une seconde, s'il vous plaît ? lui demanda Gunn.

Elle le suivit sans un mot.

— La maman de Katie et d'Isobel souffre d'une sclérose en plaques, lui expliqua-t-il. Elle a des hauts et des bas. Aujourd'hui, malheureusement, Michelle ne peut pas se lever sans l'aide de ses filles.

Une boule dans la gorge, Anouk prit une profonde inspiration. Elle n'avait pas grandi dans le même contexte, mais les conséquences étaient à peu près similaires. Tout du moins tout aussi injustes.

— Et le papa ?

— Décédé d'un ACR il y a deux ans.

— Qui est Malachi ?

— Mon frère. Il va aller voir s'il peut conduire Michelle à l'hôpital. Si ce n'est pas possible, nous déciderons de ce que nous pouvons dire à Katie. Elle est mature, mais elle n'a que onze ans et elle prend déjà beaucoup sur elle.

— Elles n'ont pas de famille ? demanda Anouk, même si elle se doutait de la réponse.

— Non. Je vais passer un coup de fil au centre, voir si quelqu'un peut venir tenir compagnie à Katie tant que je suis en service.

— Vous vous donnez beaucoup de mal pour ces enfants…

Anouk croisa les bras sur la poitrine, comme pour contenir

les émotions qui se bousculaient en elle et qu'elle ne voulait pas révéler.

Elle aurait voulu prétendre que ce n'était que de l'empathie pour ces fillettes, mais force lui était de reconnaître que Solomon Gunn n'y était pas pour rien. Sa gentillesse à l'égard de la petite Isobel et de sa famille avait quelque chose de profondément touchant.

Anouk en avait honte mais elle était attirée par cet homme, en dépit de sa réputation de séducteur. Ce côté si humain qu'elle venait de lui découvrir ne le rendait que plus intéressant.

— Et alors ? répliqua-t-il en haussant les épaules.

À l'évidence, il cachait quelque chose, et Anouk brûlait de savoir quoi. Mais elle s'efforça de ne plus penser à lui et retourna auprès d'Isobel, qu'un brancardier s'apprêtait à conduire au scanner.

— Je peux aller avec elle et lui donner la main ? demanda Katie d'une voix désespérée qui brisa le cœur d'Anouk.

D'ordinaire, elle acceptait que l'un des parents accompagne leur enfant, mais là, elle ne voulait pas exposer inutilement une fillette de onze ans aux rayons X.

— Et si j'y allais, moi ? suggéra le Pr Gunn. Tu nous attendras dans le couloir. Je tiendrai la main d'Izzy pour toi.

Katie hésita un instant, puis elle le remercia.

— Alors allons-y !

— Vous allez mettre une combinaison de plomb ? demanda Anouk.

— Bien sûr, c'est obligatoire.

— Vous n'avez pas de patients en neuro ?

— Rien qui ne puisse attendre, si ce n'est une dame qui m'inquiète un peu, Mme Bowman, mais je vais appeler le service pour qu'on la surveille.

Que Solomon Gunn se substitue à la mère de ces fillettes en disait long sur sa personnalité, et Anouk aurait mis sa main à couper qu'il n'avait pas l'habitude d'en révéler autant auprès de ses collègues.

— En plus de votre réputation de play-boy, vous allez

vous muer en héros au grand cœur, lui chuchota-t-elle discrètement.

Il lui jeta un regard noir, avant de la gratifier d'un sourire forcé. Clairement, il n'agissait pas ainsi dans l'objectif de faire grimper sa cote, et Anouk était de plus en plus fascinée par la dualité de cet homme.

— Allez, en route ! dit-elle gaiement. Ne t'inquiète pas, Izzy, Katie t'accompagne au scanner, et elle sera là quand tu ressortiras.

Lorsque la sœur aînée saisit la main de sa cadette, sur le brancard, Anouk en eut les larmes aux yeux. Mais elle les refoula. Ce n'était pas le moment de succomber aux émotions. Pas plus qu'au charme de cet irrésistible neurochirurgien.

2.

— Qu'est-ce qui t'arrive, *bratik* ?

Perdu dans ses pensées, un gobelet de café tiède entre les mains, Sol prit le temps de se ressaisir avant de répondre à la question de son frère.

— Izzy s'en sort bien, tout compte fait. Pas d'hémorragie cérébrale, pas de fracture des cervicales ni de la mâchoire, comme on le craignait. Un stomato va venir s'occuper d'elle. Elle a plusieurs dents qui bougent et elle en a perdu deux, que quelqu'un a récupérées dans une boîte en plastique. À mon avis, ce ne sont que des dents de lait. On aura un diagnostic plus précis quand la mâchoire aura désenflé.

Ils avaient laissé Isobel avec sa mère et sa sœur, en soins intensifs pédiatriques mais, sans échanger un mot, ils avaient décidé de rester dans les parages. Tôt ou tard, Michelle aurait besoin d'aide.

— Je sais tout ça, répliqua Malachi. La pédiatre m'a déjà tout dit. C'est toi que je trouve bizarre…

Une image d'Anouk se forma dans l'esprit de Sol, qu'il chassa aussitôt.

— Je ne vois pas de quoi tu parles.

Ce n'était qu'un demi-mensonge : les deux frères ne s'aventuraient jamais en terrain personnel, et Sol n'aurait su analyser son état d'esprit actuel.

— Mais si, tu sais très bien ! Tu oublies que c'est moi qui ai fait ton éducation. Tu ne peux rien me cacher.

D'ordinaire, Sol aurait riposté du tac au tac mais là, pour une raison inexplicable, il était à court de répartie. Sans doute était-il préoccupé par Izzy. Ou alors il était ralenti intellectuellement, à force d'attendre sur une chaise en plastique dur dans un couloir d'hôpital mal éclairé. À moins qu'Anouk n'ait ressuscité des fantômes qu'il croyait depuis longtemps enterrés… Il ne parvenait pas à déterminer ce qui le fascinait chez cette grande blonde, mais il l'avait tout de suite trouvée attirante.

Saskia, déjà médecin à Moorlands, avait organisé une soirée en discothèque afin de présenter son amie à ses futurs collègues. La veille, Sol avait pu constater qu'Anouk était un bon médecin, très compétente, très sérieuse. En boîte de nuit, il était clair en revanche qu'elle n'était pas dans son élément.

La première fois que leurs regards s'étaient croisés, il avait éprouvé une sensation inédite, inexplicable. Comme un coup de poing dans la poitrine. Ou dans le ventre.

D'ordinaire, lorsqu'une femme lui plaisait, il lui offrait un verre et, la plupart du temps, il passait la nuit avec elle. Une aventure sans lendemain, mutuellement satisfaisante, entre adultes consentants, comme il les aimait. Mais là, quelque chose l'avait retenu.

Puis quelqu'un avait mis de la drogue dans le cocktail d'Anouk – c'était la seule explication plausible. Tout d'un coup, alors qu'elle n'avait quasiment rien bu, elle était devenue hagarde, désorientée. Sans perdre de temps, Sol avait revêtu son armure de chevalier servant et emmené la belle empoisonnée sur son fier cheval blanc, avant que quiconque ne la voie dans cet état. Car il n'aurait su dire pourquoi, mais il avait senti qu'elle en aurait été profondément blessée.

Il avait donc récupéré le sac et le manteau d'Anouk, et il s'était discrètement éclipsé avec elle, en la tenant fermement par la taille. Un jeune gars avait tenté de le provoquer, sans doute celui qui avait mis la drogue dans le verre. Un seul mot de la part de Sol avait suffi à le faire fuir.

Une fois Anouk chez elle, il avait attendu qu'elle s'endorme pour la laisser. Comme l'aurait fait Saskia, si elle n'avait pas quitté la soirée prématurément au bras de Malachi.

Sol était retourné à la discothèque pour alerter la direction, puis il était rentré chez lui. Plusieurs femmes l'avaient accosté ; aucune ne l'avait séduit, ce soir-là.

Ni depuis, du reste.

Quant à Malachi, il ignorait que son frère l'avait vu partir avec Saskia, et Sol n'avait pas l'intention de le lui dire. Pas ici, en tout cas. Lorsque Malachi était arrivé à l'hôpital avec la mère d'Izzy, Saskia avait feint de ne pas le connaître. Sol aurait très certainement un jour ou l'autre l'occasion de charrier son frère à ce sujet.

Pour l'instant, plutôt qu'affronter son regard inquisiteur, il préférait contempler le fond de son gobelet de café.

— Je sais bien que c'est toi qui m'as élevé, Mal, et que tu as vendu ton âme au diable pour qu'on mange à notre faim.

Sol sentait son frère qui le dévisageait, mais il ne pouvait pas se résigner à lever les yeux.

— Tu fais dans le mélo, ce soir, *bratik* ? À cause d'Izzy ?

— Sûrement…

Deuxième mensonge de la soirée.

— Pas de raison, cette chute n'était pas si grave.

— C'est vrai.

Sol vida son gobelet, l'écrabouilla et le jeta dans la poubelle de l'autre côté du couloir.

— Joli panier, le félicita Malachi.

— Tu ne te demandes jamais ce qu'on serait devenus si on n'avait pas eu une mère droguée ?

— Non, répondit Malachi d'un ton cassant. Je ne me pose pas ce genre de questions. Je ne pense pas au passé.

— Quelle enfance nous a-t-elle offerte ? poursuivit Sol néanmoins. Il fallait tout le temps tenir son dealer à distance, alors que le principal souci d'un môme, normalement, c'est de savoir s'il va commander des Lego ou un Action Man pour Noël.

— Eh bien, pas nous. Je n'ai pas envie de parler de ça.

— Tu avais huit ans, j'en avais cinq.

— Je sais quel âge on avait. C'est de l'histoire ancienne. Ça ne sert à rien de ruminer.

— OK…

Sol pinça les lèvres, et le silence s'installa. Malachi avait beau prétendre que la page était tournée, ils savaient tous deux que, s'ils avaient réellement fait table rase du passé, ils n'auraient jamais fondé Care to Play, un centre pour jeunes aidants de cinq à seize ans, comme ils auraient aimé en trouver lorsque eux-mêmes étaient enfants. Cela dit, Sol et Mal s'en étaient bien sortis, malgré l'adversité.

Anouk la psychorigide aurait-elle une meilleure opinion de lui si elle connaissait cet aspect de sa vie ?

Mais après tout, quelle importance ?

— Je monte voir mes patients, déclara Sol en se levant. Je redescends dans un moment.

Et là-dessus, il s'éloigna dans le couloir, sans attendre la réponse de son frère, qui se contenta de hocher la tête en le suivant des yeux.

Anouk gravissait l'escalier lorsqu'il franchit les doubles portes coupe-feu, et ils parurent aussi surpris l'un que l'autre.

— Vous êtes encore là ? demanda-t-elle.

— Comme vous pouvez le voir.

— Je pensais que vous étiez parti. On m'a dit que la maman d'Izzy était arrivée.

Nerveusement, elle jeta un coup d'œil par-dessus son épaule, comme pour s'assurer que personne ne risquait de les voir. Sans doute ne voulait-elle pas qu'on s'imagine qu'elle était la nouvelle conquête du bourreau des cœurs. De son côté, il avait presque envie de lui signaler que son métier ne lui laissait pas le loisir de multiplier les aventures. Toutefois, il se garda de formuler ce commentaire. Anouk pouvait penser de lui ce qu'elle voulait, il s'en moquait. Les autres aussi, d'ailleurs. Qu'on le prenne pour un don Juan. Il préférait qu'on lui colle cette image plutôt que dévoiler son vrai visage.

Quel que fût son vrai visage.

— On est restés pour aider, avec Mal.

— Mal ?

— Malachi.

— Ah oui, votre frère. C'est lui qui est allé chercher la mère des petites.

— Il est là. Avec Saskia, crut-il bon d'ajouter.

— OK, acquiesça simplement Anouk.

Intéressant. Elle n'était donc pas au courant qu'il y avait… une histoire entre son amie et Malachi. Sol aurait été curieux de savoir ce qu'elle se rappelait de cette soirée. Avait-elle le souvenir d'avoir été droguée ? Savait-elle qui l'avait ramenée chez elle ?

— Quant à moi, il est maintenant grand temps que je rentre chez moi.

— Une conquête vous attend ?

— Toujours.

Au regard méprisant d'Anouk, Sol répondit par un sourire, puis il poursuivit son chemin dans l'escalier, en montant les marches deux à deux.

Anouk martelait fébrilement sa tablette tout en attendant l'ascenseur.

Pourquoi diable Solomon Gunn lui faisait-il cet effet ? Il l'attirait physiquement, impossible de le nier, mais ce qui la contrariait davantage, c'est qu'elle ne pouvait s'empêcher de voir en lui quelqu'un de beaucoup plus sensible que le cliché du séducteur qui lui collait à la peau.

Elle qui d'ordinaire fuyait ce genre d'homme comme la peste.

Privée d'enfance à cause d'une mère immature, elle avait tiré leçon des erreurs de la grande Annalise Hartwood, incarnation des pires travers de la star hollywoodienne.

Elle l'avait vue séduire play-boy après play-boy, jeunes premiers et réalisateurs en vue, convaincue d'en faire ce qu'elle voulait. Et chaque fois, invariablement, elle se faisait plaquer. Chaque fois la même fin pathétique. Le père d'Anouk avait sans doute été le plus odieux, et c'était elle qui en avait fait les frais. On s'était servi d'elle, on l'avait manipulée et ensuite, par-dessus le marché, elle avait dû recoller les morceaux du fragile ego de sa mère.

Évidemment, celle-ci ne lui avait jamais témoigné aucune reconnaissance, bien au contraire. Anouk n'était jamais à la hauteur des espérances de la célèbre actrice de cinéma : trop timide, trop maigre, trop intello, trop gauche.

Il lui avait fallu des années, et l'amitié sans faille de Saskia, pour comprendre que ce n'était pas elle, mais sa mère qui avait le plus de problèmes.

Les confessions qu'elle lui avait faites sur son lit de mort avaient été l'épisode le plus douloureux. Une trahison qui avait démoli Anouk.

C'est là qu'elle avait décidé de fuir son ancienne vie. Elle avait changé de nom, s'était inventé d'autres parents, et elle était partie en Grande-Bretagne. La fidèle Saskia avait tout quitté pour l'accompagner.

Depuis plus de dix ans qu'elle vivait en Angleterre, le Pr Gunn était le premier à raviver le souvenir cuisant de son enfance…

L'ascenseur arriva enfin et… comme par hasard, il s'y trouvait. Alors qu'elle prenait l'ascenseur juste pour éviter de le croiser dans l'escalier… Un bref instant, il lui parut presque aussi gêné qu'elle.

Mais c'était ridicule. Le bourreau des cœurs ne se troublait jamais.

— Vous montez ? Ou pas ? demanda-t-il en empêchant les portes de se refermer sur une Anouk pétrifiée. Franchement, on dirait que je vous fais peur.

— Pas du tout. Je vous croyais parti rejoindre votre dernière conquête…

— J'y vais, dit-il en s'adossant contre la paroi de la cabine, ses longues jambes musclées tendues devant lui. J'avais juste oublié quelque chose en neuro.

Anouk le dévisagea, sceptique. Il n'avait ni manteau, ni sacoche.

— Quoi ?

— Pardon ?

— Qu'avez-vous oublié ?

— C'est un interrogatoire de police ? répliqua-t-il en riant.

Il était inquiet pour l'une de ses patientes, se remémora Anouk. Comment s'appelait-elle, déjà ? Ah oui…

— Comment va Mme Bowman ?

— Ça va, répondit-il sèchement.

— Et maintenant, vous retournez auprès d'Izzy et de sa famille.

— Ah bon ?

— Vous jouez les durs, mais vous avez le cœur sur la main.

— Rumeur mensongère.

— Je ne crois pas.

L'ascenseur tressauta en s'immobilisant au rez-de-chaussée, et Anouk vacilla légèrement. Instinctivement, Sol lui saisit le bras, et elle fut parcourue d'une onde électrique.

La lueur qui s'alluma dans le regard du Pr Gunn lui indiqua qu'il avait lui aussi senti passer le courant.

Mal à l'aise, elle traversa le hall d'accueil à ses côtés. Dehors, la nuit était tombée et il faisait un froid glacial. Anouk s'arrêta devant l'entrée du parking.

— Je peux vous demander quelque chose ?

— Je vous écoute.

— Je…, commença-t-elle, et son courage s'évanouit. Ces tourtes, l'autre jour… Les guirlandes, c'était vous, aussi ?

Un sourire illumina le visage de Solomon Gunn.

— Quand on est hospitalisé, on a tendance à oublier que Noël est un moment de joie. Des tourtes et des guirlandes suffisent parfois à vous remonter un peu le moral.

— Des guirlandes bleues et blanches représentant le tracé d'un ECG…

— Une déco à thème !

— C'est vrai.

Un instant, ils demeurèrent face à face en silence, puis Sol fit mine de prendre congé.

— Je peux vous poser une autre question ?

Il se retourna et Anouk prit une profonde inspiration.

— Comment se fait-il que vous soyez aussi proche de

la famille d'Izzy ? Quels liens vous unissent pour que vous ayez pris toutes les gardes de nuit de la période des fêtes juste pour rester avec elle, alors que votre frère est déjà là…

Sol avait des dizaines de réparties cinglantes au bout de la langue, mais il répondit aimablement :

— Mon frère et moi travaillons dans une association pour jeunes aidants. Katie et Isobel font partie de la trentaine d'enfants que nous accueillons.

— Tant que ça ?

Une expression peinée passa sur le visage de Sol.

— Ce n'est rien… Vous avez lu les statistiques ? Il y a environ 250 000 enfants qui s'occupent d'un proche malade, handicapé ou en perte d'autonomie. Certains ont à peine quatre ou cinq ans. Notre objectif est de venir en aide au plus grand nombre, mais nous venons tout juste d'établir un partenariat avec les collectivités territoriales. Parfois, le plus dur est de sensibiliser les consciences.

— Vous êtes engagé à ce point ? s'étonna Anouk.

Un instant, il garda le silence, comme s'il se livrait à un combat intérieur, et Anouk retint son souffle, sans vraiment savoir pourquoi.

— Nous organisons une collecte de fonds, samedi soir, pour faire connaître le centre.

— Solomon Gunn donne un gala de charité ?

Une ombre lui voila le regard, puis il haussa les épaules avec nonchalance.

— D'une pierre deux coups… Il y aura plein de femmes superbes.

À nouveau, un pesant silence s'installa.

Quelques heures plus tôt, Anouk aurait pris cette remarque au pied de la lettre. À présent, elle savait qu'il ne s'agissait que d'une façade. Et c'était ce qui l'effrayait le plus.

Était-elle réfractaire aux préjugés ? Ou trop naïve ?

— Venez avec moi.

Elle eut comme l'impression que le Pr Gunn avait prononcé cette invitation un peu trop impulsivement.

— Pardon ?

Un instant, elle crut qu'il allait pouffer.

— Soyez mon invitée à ce gala.

Des milliers de papillons se mirent à battre des ailes dans son cœur, une sensation étrange, comme elle n'en avait jamais éprouvé.

— C'est… un rendez-vous ?

— Pourquoi pas ? répliqua-t-il gaiement.

— Avec vous ?

— Votre enthousiasme me flatte, vous savez.

Elle lui décocha un regard sceptique.

— Vous n'avez pas besoin d'être flatté. Vous avez déjà toutes les femmes à vos pieds.

— Sauf vous.

Surtout, ne pas tomber dans le piège. Mais pourquoi était-ce beaucoup plus difficile avec lui qu'avec les autres ? Sans doute parce qu'il n'était pas comme les autres…

— C'est pour ça que vous m'invitez ? Parce que je n'ai pas eu le coup de foudre instantané ?

— Exactement. Mon ego ne supporte pas ce genre d'affront.

— Sarcastique, par-dessus le marché…

— Je viendrai vous chercher vers 19 h 30.

— Qui vous dit que je ne suis pas de garde ?

— Vous ne l'êtes pas.

— Ah bon ?

— Pas de panique. Je viens juste de jeter un coup d'œil au planning et je n'ai pas le souvenir d'y avoir vu votre nom.

Anouk se contenta de cette explication, même si elle n'y croyait pas trop.

— Et si je n'ai pas envie d'aller à ce gala…

— Vous avez d'autres projets pour samedi soir ? Ce sera une belle soirée, vous verrez, et vous ferez une bonne action.

Comment résister à un argument aussi convaincant ?

— Les gens vont croire que je suis votre nouvelle conquête.

— Certaines en seraient fières.

— Je ne suis pas comme certaines.

— Sûrement pas ! Vous êtes unique !

Malgré elle, Anouk se sentit tout émoustillée. Son cerveau était en train de perdre la bataille contre son corps.

— Voici ce que je vous propose, dit Sol. Je vous donne mon invitation et vous allez à la soirée avec Saskia, ou avec qui vous voudrez.

— N'importe qui ?

— N'importe qui.

— Même un amant ?

— Aïe ! fit Sol en se courbant, comme s'il venait de recevoir un coup dans le ventre. Vous savez où frapper les hommes… Oui, même un amant.

— Et vous louperiez ce gala qui vous tient tant à cœur ?

— Sûrement pas ! J'irai avec quelqu'un qui n'a pas de cavalier.

Anouk fut légèrement déçue, mais elle n'en montra rien.

— Évidemment, je suppose qu'il y a une liste d'attente pour sortir avec vous.

— Tellement longue que j'en suis épuisé d'avance. Je déposerai l'invitation en réa, demain.

Et avant qu'Anouk ait pu répliquer, Sol se dirigea vers sa voiture, comme il aurait sans doute mieux fait de le faire dix minutes plus tôt.

3.

— C'est magnifique, s'émerveilla Anouk en contemplant les arches et le plafond voûté de la salle où se tenait le gala.

— Très chic, renchérit Saskia.

— Du coup, je me sens minable.

— Mais non ! Tu es superbe, dans cette robe. J'ai vraiment bien fait de te pousser à l'acheter.

— C'est vrai, tu as été de bon conseil, reconnut Anouk en effleurant l'élégante étoffe bleu roi.

Avec sa coupe cintrée, son décolleté plongeant et ses brides ornées de strass, cette robe lui procurait un incroyable sentiment d'assurance.

— On dirait une star de Hollywood.

— Je t'en prie… Je ne veux plus jamais entendre parler de cet endroit de cauchemar !

— Je sais, je plaisantais ! Il n'empêche que tu es sublime.

— J'aurais peut-être dû choisir une couleur plus festive…

Anouk contempla la robe vert émeraude qui mettait en valeur les courbes féminines et la peau mate de son amie.

— Je ressemble à un arbre de Noël, dit Saskia en riant. Remarque, si je suis aussi belle que celui-ci, je ne vais pas m'en plaindre ! ajouta-t-elle en désignant le majestueux sapin qui trônait à l'entrée de la salle.

— Tu es beaucoup plus belle et tu le sais. Au moins douze gars se sont déjà retournés sur ton passage.

— C'est sûrement toi qu'ils regardaient, mais peu importe. Ce soir, on est là pour se détendre et s'amuser !

Saskia s'empara d'une flûte de champagne sur le plateau

d'un serveur en smoking, en le gratifiant d'un sourire qui le laissa béat. Puis elle tendit le verre à Anouk.

— Et toi ? Tu es malade ?

— Juste un peu barbouillée, ces jours-ci.

Anouk aurait pu soupçonner que son amie était enceinte, mais elle savait que c'était impossible. Ou elle serait tombée des nues ! Quelques mois plus tôt, Saskia était encore fiancée et Anouk savait qu'elle n'avait couché qu'avec un seul homme, avant son fiancé.

En revanche, lui était beaucoup plus volage. Anouk ne l'avait jamais aimé. Il lui rappelait trop les play-boys dont sa mère s'entichait.

Même genre que Sol... , lui chuchota une petite voix intérieure.

— Mais ne t'inquiète pas, ce n'est pas grave, affirma Saskia.

— Tu sais bien que je me méfie de l'alcool...

— Ce n'est pas une coupe de champagne qui va te soûler !

Anouk était néanmoins hésitante. La dernière fois où elle s'était autorisé un cocktail, il lui était arrivé quelque chose de bizarre : une sorte de trou noir. Elle se rappelait juste qu'elle commençait à se sentir à l'aise, puis qu'une sensation de panique l'avait gagnée. Pour finir, elle s'était retrouvée chez elle, au lit. Seule. Indemne.

Du reste, elle revoyait toujours sa mère écluser verre sur verre en avalant des comprimés. Autre chose avait-il d'ailleurs franchi ses lèvres, les dernières années ?

— Quelques gouttes de champagne ne feront pas de toi une alcoolique, déclara Saskia en glissant un bras sous le sien.

Anouk esquissa un sourire penaud.

— Je suis à ce point transparente ?

— Seulement pour moi. Oublie ta mère et détends-toi. On mérite toutes les deux de s'amuser. Et en plus, c'est pour une bonne cause !

— C'est vrai, tu as raison !

*
* *

— Je commençais à croire que vous ne viendriez pas.

En reconnaissant cette voix chaleureuse, Anouk sentit ses jambes se dérober, sous l'étoffe bleue de sa robe. Saskia dégagea son bras de sous le sien afin de saluer Sol, comme s'il s'agissait d'un ami de longue date.

Cela dit, ils se connaissaient bien. Saskia travaillait à l'hôpital de Moorlands depuis des années, un établissement beaucoup mieux coté que la clinique où Anouk avait débuté. Pourquoi n'avait-elle pas changé plus tôt ?

Absorbée dans ses réflexions, elle n'entendit que vaguement son amie déclarer qu'elle allait voir les plans de tables, trop tard pour la retenir avant qu'elle ne se fonde dans la foule. Du coup, elle se retrouva seule avec Sol.

Comme si les deux cents invités du gala s'étaient subitement volatilisés. Une impression dont elle aurait mieux fait de s'alarmer.

— Vous êtes… sublime.

Bêtement, elle se sentit flattée par le fait qu'il ait semblé chercher le mot. Comme s'il ne s'agissait pas d'un simple effet de style. Et soudain, elle avait très chaud. Le Pr Gunn n'avait décidément pas usurpé sa réputation de bourreau des cœurs. Comme les autres, Anouk était en train de succomber.

— Vous pensiez que je ne viendrais pas ?

— Je me posais la question.

Vêtu d'un élégant costume qui soulignait à la perfection son torse musclé et sa taille athlétique, il sirotait un verre de liquide ambré dans un verre en cristal. Le col desserré de sa chemise blanche, sous un nœud papillon, lui donnait un petit air de débauche, comme s'il était déjà prêt à s'adonner à quelque plaisir interdit.

Avec elle ?

À cette pensée, une bouffée de chaleur la gagna, suivie d'un frisson de froid, et d'une nouvelle vague de chaleur. Cet homme était simplement trop… simplement trop !

Pas du tout ton genre, lui souffla la voix de la raison. Hélas, son corps refusait de l'écouter.

— J'aimerais vous présenter à quelques connaissances.

— Oh…, bredouilla Anouk, surprise. C'est pour ça que vous êtes venu me trouver ?

Il hésita, puis esquissa un sourire qui se voulait dépité, délicieusement charmeur.

— Pas vraiment.

La réponse sonnait comme un aveu mais, délibérément, il se garda d'en dire davantage et Anouk ne voulait pas rentrer dans son jeu en réclamant des précisions.

— Je vois…, dit-elle.

— Ah oui ? Alors si vous voyez, peut-être pourrez-vous m'expliquer pourquoi vous m'avez attiré comme un aimant, dès l'instant où je vous ai aperçue…

Anouk se serait giflée. Elle n'était tout de même pas idiote au point de gober tous ces compliments éculés…

— Cette tirade fonctionne, en général ?

Elle-même s'étonna du ton cassant qu'elle parvint à adopter.

— Je n'en sais rien, c'est la première fois que je la prononce. Je vous dirai, la prochaine fois.

Elle se mordit la langue pour s'abstenir de demander dans combien de minutes aurait lieu cette prochaine tentative. À l'évidence, le Pr Gunn la provoquait, et elle se maudissait de tomber si facilement dans le panneau.

Il la détailla d'un regard purement masculin, en s'attardant sur ses formes, et elle sentit son corps s'embraser.

— Cela dit, si ce n'était pas moi, un autre serait venu vous aborder. Vous êtes superbe, dans cette robe.

— Uniquement dans cette robe ?

Une lueur rieuse s'alluma dans le regard de Sol, et Anouk réalisa, trop tard, ce qu'elle venait de dire.

— C'est une invitation ? Je crains d'enfreindre l'éthique professionnelle si je vous avoue que je vous imagine nue.

— Je… C'est… Ce n'était pas ce que je voulais dire.

— Faites attention à ce que vous dites, *zolotse*, ou vous risquez de vous attirer des ennuis.

— *Zolotse* ? répéta-t-elle.

Le mot avait une consonance… slave ? Une sonorité des plus sexy, en tout cas, dans la bouche de Sol.

— *Zolotse*, confirma-t-il.

Et il s'approcha tout près d'Anouk. Troublée, elle avait du mal à respirer. Néanmoins, elle s'efforça de garder le contrôle.

— Vous ne m'en dites pas plus ?

Elle reconnaissait à peine sa propre voix, tant elle était chargée de désir.

— Non…

Maintenant qu'elle y pensait, Sol et Malachi avaient tous deux un léger type russe. S'ils l'étaient, cependant, personne à l'hôpital n'en savait rien.

Anouk serait-elle donc une privilégiée ? Et mince ! Cet homme était décidément bien mystérieux.

Trois heures s'étaient écoulées depuis qu'elle était arrivée. *Trois heures…* En compagnie de Sol, elle ne voyait pas le temps passer !

Il était drôle, intelligent, terriblement attirant. Certes, elle le savait déjà – ses collègues parlaient bien assez de lui. Mais c'était autre chose de le découvrir par elle-même.

Avec lui, elle se sentait… spéciale. Et elle avait beau se répéter qu'il n'était qu'un vil flatteur, chaque fois qu'il la regardait comme si elle était le seul être au monde, elle était parcourue d'un délicieux courant électrique.

Beaucoup se seraient damnés pour rencontrer les huiles à qui il la présentait. Une main au bas de son dos, l'effleurant à peine, il la guidait de petit groupe en petit groupe, au travers de la salle. Souriante et avenante, elle échangeait quelques mots avec les uns et les autres, comme elle avait appris à le faire avec sa mère, à Hollywood.

Toutefois, elle avait du mal à se concentrer sur les conversations, distraite par la chaleur intense qui émanait de cette main au creux de ses reins. Et elle se délectait des regards qu'on leur lançait. Admirateurs, envieux. Ou venimeux. À l'évidence, elle n'était pas la seule à remarquer que Sol avait des vues sur elle. Cela dit, il se comportait sans doute de la sorte avec toutes les femmes.

Il n'avait d'yeux que pour elle et se comportait comme si elle était sa compagne, et non une simple collègue, en se tenant presque collé contre elle.

Quelques jours plus tôt, elle s'en serait offusquée. Mais depuis qu'elle avait été témoin de sa gentillesse à l'égard de la petite Isobel et de sa famille, elle n'avait plus la même image de lui et elle était curieuse de le connaître davantage.

— Je vous avoue que je ne vous aurais jamais imaginé engagé dans une cause sociale. Puis-je vous demander ce qui vous a mené là ?

— Posez-moi toutes les questions que vous voudrez, *zolotse*. Je suis un livre ouvert.

Y avait-il là derrière quelque chose qu'il ne tenait pas à révéler ?

— Oserez-vous prétendre que vous êtes un incompris ? Que votre réputation de play-boy est une grossière exagération ?

— Pas du tout ! répliqua-t-il avec un sourire désarmant. Ma réputation est quelque chose dont je ne me suis jamais excusé.

— Vous en êtes fier ?

— Je n'irais pas jusque-là, mais je n'en ai pas honte.

En fait, elle s'acharnait à lui trouver des bons côtés. Exactement comme sa mère..., réalisa-t-elle avec horreur.

— Vous devriez, pourtant, répliqua-t-elle sur un ton de défi.

— Peut-être..., acquiesça-t-il avec une moue penaude. Mais pour ma défense, j'ai le mérite d'être honnête. Je ne fais jamais rien croire aux femmes, si ce n'est que je les trouve désirables, et je ne le dis que si c'est vrai !

— Elles se jettent à vos pieds et vous couchez avec elles.

— Ce sont des adultes en possession de toutes leurs facultés.

Anouk émit un petit sifflement hautain.

— Vous savez bien qu'au fond elles espèrent une relation durable.

— Certaines, peut-être, mais je ne leur donne aucune illusion. Franchement, je ne vois pas ce qui vous choque, Anouk, dit-il d'une voix soudain très douce. C'est à cause de ce qui est arrivé à Saskia que vous tenez ce discours ? Ou quelqu'un vous a-t-il fait souffrir ?

Cette remarque lui fit l'effet d'une douche glaciale. Pourquoi diable s'était-elle aventurée sur ce terrain glissant ? Alors que rien ne l'y contraignait, elle se dévoilait beaucoup plus qu'elle ne l'aurait souhaité. Elle s'efforça toutefois d'afficher un sourire serein, comme si elle n'était pas le moins du monde gênée par le tour que prenait la conversation.

— Non, Dieu merci ! s'exclama-t-elle, en se gardant de préciser que les erreurs de sa mère lui avaient servi de leçon.

— Jamais ?

— Jamais ! affirma-t-elle.

D'un côté, elle regrettait de s'être engagée dans cette discussion épineuse, et elle aurait préféré ne pas se rendre compte que le Pr Gunn avait des qualités humaines.

De l'autre, en dépit des avertissements répétés de son cerveau, elle prenait un certain plaisir à ce petit jeu de la séduction.

— Dans ce cas, lui chuchota-t-il au creux de l'oreille, sachez que plein de femmes apprécient autant que moi les folles nuits d'amour qui n'engagent à rien.

Ne pas l'imaginer au lit, surtout pas. Hélas, il était déjà trop tard.

— À vingt ans, je veux bien… Mais quel âge avez-vous ? Trente-cinq ? Vous ne croyez pas qu'il serait temps de grandir ? De devenir adulte ? Vous n'êtes pas Peter Pan.

— Dommage. Vous auriez fait une jolie Fée Clochette.

— Certainement pas !

— Vous voyez ? Vous avez le tempérament de Clochette. Clairement, nous sommes faits l'un pour l'autre.

— Pas du tout, protesta Anouk, sans pour autant repousser la main de Sol qui s'attardait sur son épaule.

Et elle se laissa entraîner à l'écart, lorsque Sol remarqua deux hommes qui l'observaient avec concupiscence. Comme s'il la désirait rien que pour lui.

Mais sans doute se faisait-elle des idées ridicules.

En vérité, elle était presque impatiente, à présent, qu'il fasse le premier pas. Or la réalité revint brutalement s'immiscer dans le rêve en lequel la soirée s'était muée.

— Les Hinton, lui murmura Sol à l'approche d'un couple d'un certain âge, très chic et très bien conservé. Elle était avocate, spécialisée dans les droits de l'homme ; lui, chirurgien cardiaque.

— Enchantée, minauda Mme Hinton. Il me semble vous connaître, ma chère.

— Non, je ne crois pas, répondit Anouk aimablement.

Mais sous le regard scrutateur de son interlocutrice, son sourire se crispa.

— Comment avez-vous dit que vous vous appelez ? Hart ou Hartwood ? Jonathon, tu n'as pas l'impression d'avoir déjà vu cette jeune dame ?

— À l'hôpital, peut-être. Ou alors vous me confondez avec quelqu'un d'autre. J'ai une physionomie assez banale.

— Vous plaisantez, j'espère !

— Vous avez le physique d'une star ! renchérit Jonathon, et tout à coup son visage s'éclaira. Vous êtes le portrait tout craché d'Annalise Hartwood !

— Mais bien sûr ! s'exclama son épouse. Comment s'appelait sa fille, déjà ? Noukie, non ?

Un surnom qu'Anouk avait toujours eu en horreur, ce que sa mère savait pertinemment, elle en était certaine.

— Noukie, oui… Oh mon Dieu, mais c'est Noukie Hartwood !

Tout excités, les Hinton étaient aux anges, contrairement à Anouk, qui avait envie de hurler.

— Je m'appelle Anouk Hart, précisa-t-elle poliment.

— Ça alors, c'est incroyable ! Votre maman était une actrice fabuleuse ! Vous n'avez pas du tout l'accent américain. Il y a longtemps que vous vivez en Angleterre ?

— Je suis venue faire mes études ici il y a…

Anouk fit semblant de réfléchir, alors qu'elle savait au jour près à quel moment sa nouvelle vie avait commencé.

— Il y a un peu plus de dix ans, compléta-t-elle.

Lorsque sa mère était décédée et qu'elle s'était enfin

sentie libérée. Elle n'en avait pas honte, et qui aurait pu la blâmer, après les révélations de sa mère ? Après dix-huit ans de mensonges ?

— C'est terrible, ce qui est arrivé à votre pauvre maman… Que Dieu protège son âme…

Terrible, certes, mais un énorme soulagement, pour Anouk. Le plus dur avait été de venir en Europe, dans l'idée de retrouver son père, pour apprendre qu'il n'était plus de ce monde et que la vérité demeurerait par conséquent enfouie à jamais. À ce souvenir, ses yeux s'emplirent de larmes mais elle les refoula.

Sans doute étonné par cette révélation, Sol ne la quittait pas des yeux, alors qu'elle aurait voulu disparaître six pieds sous terre. Soudain, elle avait l'impression d'être redevenue une enfant seule et triste, mal aimée et vulnérable.

Tu es devenue médecin, tu as réussi, se remémora-t-elle.

— Je sais que ça n'a pas été divulgué au grand public, poursuivit Mme Hinton, mais heureusement que vous étiez là pour accompagner votre maman… Vous avez été formidable.

— Non, je…, bredouilla Anouk, puis elle se ravisa.

Le passé appartenait au passé, elle n'avait pas besoin de se justifier.

— Quelle merveilleuse ambassadrice vous ferez pour les jeunes aidants ! N'est-ce pas, Jonathon ?

— Absolument ! acquiesça celui-ci, sans s'apercevoir davantage que son épouse du malaise grandissant d'Anouk. Noukie est le parfait exemple pour ces malheureux enfants… C'est bien qu'ils voient qu'on peut être né à Hollywood et avoir quand même la charge d'un proche.

Refusant d'entendre la suite, Anouk se mura en elle-même, et elle éprouva une bouffée de reconnaissance envers Sol, lorsque celui-ci mit poliment un terme à la conversation et l'entraîna dans un petit salon privé.

4.

— Excusez-moi, bredouilla-t-elle en s'efforçant de faire bonne figure. Je ne sais pas ce qui m'est arrivé.

— Je pense que si, répliqua Sol d'un ton bienveillant.

Un étau comprimait la poitrine d'Anouk. Elle pouvait le nier, mais à quoi bon ?

— Noukie Hartwood, donc… Je ne savais pas.

Elle n'avait pas envie de rentrer dans les détails, mais elle rassembla son courage. Étrangement, Sol invitait à la confidence.

— J'ai toujours détesté Noukie.

— Et le nom de famille ?

— J'ai officiellement adopté celui de Hart en arrivant en Grande-Bretagne.

— Pourquoi ?

— Je ne sais pas… Pour mettre de la distance entre ma mère et moi, je suppose.

— Parce qu'elle était morte ?

— Elle a fait une overdose, répliqua Anouk sèchement. Je croyais que tout le monde était au courant.

Un instant, Sol sembla fouiller dans sa mémoire.

— Maintenant que vous le dites, effectivement, cette histoire me dit vaguement quelque chose.

Anouk n'avait pas besoin d'en rajouter ; pourtant, elle précisa d'une voix dure :

— Ce n'était pas intentionnel. Son dernier film allait sortir, elle voulait juste faire parler d'elle. Elle adorait ce genre de drames. Mais bref, je n'ai pas envie de m'appesantir sur le sujet, conclut-elle, la gorge nouée.

Et elle redressa les épaules, rejeta la tête en arrière, comme pour se donner de l'assurance.

La réponse de Sol, très posée, la prit au dépourvu.

— Personne n'aime mettre le doigt là où ça fait mal, et souvent c'est comme ça qu'on aggrave les problèmes. Pourquoi sommes-nous là ce soir, à votre avis, dans ce luxe obscène, dont le coût permettrait d'assurer le fonctionnement du centre pendant au moins un an ?

— Pour inciter les gens à la générosité ?

— Non, parce que les riches préfèrent se déculpabiliser en mettant la main à la poche, plutôt que regarder la misère en face.

La virulence de Sol éveilla la curiosité d'Anouk.

— Vous parlez comme quelqu'un qui est parti de rien, dit-elle, contente de pouvoir détourner le sujet de la conversation. Je vous croyais pourtant issu d'une famille fortunée…

— Vous changez de sujet.

— Et vous éludez ma question.

Pendant une longue minute, il l'observa en silence, et l'étau qui broyait la poitrine d'Anouk se resserra davantage, à tel point qu'elle avait peine à respirer. Dans l'espoir de calmer le tremblement de ses mains, elle s'empara d'un presse-papiers, sur un somptueux bureau ancien au plateau de cuir.

— Je n'ai pas envie de parler de mon enfance, dit-elle très honnêtement. J'ai tourné la page il y a longtemps.

— Si c'était vrai, vous ne seriez pas devenue si pâle, tout à l'heure. J'ai cru que vous alliez tomber dans les pommes… De toute façon, on ne peut pas faire une croix sur le passé et prétendre qu'il n'a jamais existé. Les antécédents jouent un rôle important dans ce que l'on devient. Ce n'est pas pour rien que vous êtes médecin aujourd'hui.

Anouk détestait la logique de ce raisonnement.

— Vous semblez me connaître mieux que je me connais moi-même, rétorqua-t-elle, sarcastique.

— Dites-moi que je me trompe.

Malheureusement, ça aurait été mentir…

— Parce que vous êtes bien placé pour comprendre ? rétorqua-t-elle.

— Mieux que vous ne pensez.

— Alors je vous écoute, racontez-moi votre passé.

— Ce n'est pas moi qui me sens mal, là maintenant…

Bizarrement, plus il lui témoignait de l'empathie, plus elle avait envie de lui jeter le presse-papiers à la figure. Mais préférant ne pas en arriver à cette extrémité, elle le reposa sur le bureau et, constatant qu'elle avait la mâchoire crispée, elle s'efforça de desserrer les dents.

— Vous croyez pouvoir m'aider ?

— Peut-être… En vérité, tout simplement, parler fait souvent beaucoup de bien.

— Mon enfance est morte et enterrée, affirma-t-elle, le menton défiant, en priant pour ne pas se mettre à trembler.

— Je vous l'ai dit, ça ne marche pas comme ça. Ne sous-estimez pas les monstres qui sommeillent en vous, Anouk. Ils existent, ils sont réels. Ils connaissent vos points faibles et ils savent frapper là où ça fait mal. Si vous les occultez, comment voulez-vous les anéantir ?

— Le genre de discours que vous tenez à vos patients, j'imagine… Vous y croyez ? Vous avez mis votre prêche en pratique ?

— Je n'en ai jamais eu besoin. Par chance, j'ai eu un parcours… sans encombre.

Était-ce la vérité ? Il paraissait très calme, très détendu, mais peut-être était-il un habile comédien.

Dans tous les cas, Anouk n'était pas disposée à raconter sa vie. Elle n'avait pas parlé de son passé depuis plus de dix ans, excepté avec Saskia, et même sa meilleure amie ne connaissait qu'une version abrégée et aseptisée du cauchemar qu'elle avait vécu.

— Dans le jargon psy, on dit qu'il faut faire face pour faire son deuil.

Anouk savait pertinemment qu'elle devait extérioriser

ses vieux démons, mais pour rien au monde elle ne l'aurait reconnu devant Solomon Gunn.

— Dans mon jargon, je vous dis merde ! riposta-t-elle.

Sol plongea son regard dans le sien, et elle baissa les yeux, préférant contempler la ligne sensuelle de sa bouche.

— C'est drôle, tout le monde dit que vous êtes une femme très douce, très conservatrice. Apparemment, vous ne montrez pas tout le temps le même visage… Pourquoi ?

Désarçonnée, elle entrecroisa les mains devant elle. Son cœur battait à cent à l'heure.

— Vous ne savez pas de quoi vous parlez, dit-elle, elle-même impressionnée par le ton hautain qu'elle était parvenue à prendre.

Sol parut néanmoins plus amusé qu'intimidé.

— Oh si, croyez-moi, je connais les femmes, et j'ai comme l'impression d'avoir touché un point sensible, Anouk Hart.

— Vous voulez que je vous dise où sont mes points sensibles ?

Encore une fois, elle ne réalisa que trop tard ce qu'elle venait de dire.

— Volontiers, acquiesça-t-il en riant. D'abord vous me proposez de vous déshabiller, et maintenant ça… Votre subconscient essaie je crois de nous transmettre un message… Mais vous avez réussi à noyer le poisson.

— Toujours ça de gagné ! rétorqua-t-elle en se calant sur un angle du bureau, les jambes étendues devant elle, les mains en appui sur le bois lustré.

Dans cette posture confiante, elle espérait donner le change, mais la réaction de Sol la déstabilisa. Très délibérément, il promena le regard tout le long de son corps, depuis son décolleté jusqu'à ses talons aiguilles, en s'attardant sur chacune de ses courbes, sous l'étoffe bleue de sa robe.

Gênée, elle croisa les bras devant elle, ce qui ne fit que souligner davantage sa poitrine. Le désir qui s'alluma dans les yeux de Sol lui procura un sentiment de puissance. Et pour une fois, elle décida d'adopter la philosophie de Saskia :

ne pas réfléchir, agir. Au demeurant, Sol cesserait peut-être ainsi de lui poser des questions indiscrètes.

Délaissant le bureau, elle s'avança lentement vers lui. Il ne la quittait pas des yeux. Dans la pièce, la tension sexuelle était presque palpable, le silence assourdissant.

Anouk ne s'était jamais sentie aussi attirante, aussi sûre d'elle, aussi libérée.

— Vous me faites du charme ? demanda-t-il d'une voix rauque. Si c'est le cas, je peux vous dire qu'il va falloir être plus persuasive.

Ce n'était que pure provocation, ils le savaient tous deux.

— Je peux le faire, affirma-t-elle, avant que le bon sens ne la rappelle à la raison.

Elle avait l'impression qu'une entité indépendante de sa personne avait pris les commandes de son corps, une entité dotée d'un incroyable pouvoir de séduction et d'une audace qu'elle n'avait jamais possédée.

Grisée, elle descendit la fermeture de sa robe, dans son dos, lascive et langoureuse.

— Que faites-vous, Anouk ?

Le trouble dans la voix de Sol lui procura un délicieux sentiment de triomphe.

— Puisque c'est le seul moyen qui fonctionne avec vous, je mets un terme à votre interrogatoire sur mon passé, répondit-elle, épatée par la fermeté de sa voix, alors que des milliers de feux d'artifice explosaient sous sa peau.

— Je croyais que vous n'étiez pas là ce soir pour coucher avec moi.

Sol serra les poings, comme s'il essayait désespérément de garder le contrôle de ses mains, et Anouk sentit son rythme cardiaque s'accélérer, chaque fibre de son corps tendue à craquer.

— Oh ! on n'est pas obligés de se coucher…

Elle voyait qu'il ne se maîtrisait qu'au prix d'un suprême effort.

— Ce comportement ne vous ressemble pas, Anouk. J'essaie d'être gentleman… mais j'ai mes limites.

— Ce n'est pas ce que vous vouliez ? dit-elle en se passant la langue sur les lèvres. J'ai décidé de m'accorder du bon temps, j'en ai assez de jouer les saintes-nitouches, ajouta-t-elle afin de le convaincre qu'elle n'était pas si vertueuse qu'il semblait le croire.

Vertueuse, prude, timorée, rabat-joie… Autant de qualificatifs que sa mère lui avait assénés toute son enfance, désespérée que sa chère petite Noukie ne sache pas s'amuser.

Quand elle haussa les épaules, sa robe faillit glisser ; elle la retint juste à temps.

— Considérez que ce sera mon dernier avertissement, dit Sol, le regard rivé à la naissance de ses seins.

Anouk laissa tomber sa robe, puis elle l'enjamba gracieusement, elle-même étonnée de son aplomb, les yeux dans ceux de Sol. D'un geste vif, il l'attira contre lui.

— Tu ne diras pas que je ne t'avais pas prévenue, *zolotse*…

Et il effleura ses lèvres des siennes, comme pour la tester. Enivrée par ce jeu dangereux, elle le laissa enfouir les mains dans ses cheveux.

En soutenant son regard, très lentement, il posa de nouveau la bouche sur la sienne… et tout bascula.

Jamais personne n'avait embrassé Anouk de la sorte. Jamais elle n'aurait cru qu'un baiser puisse être aussi puissant, aussi intense, aussi enivrant. Sol la dévorait, il l'excitait, la torturait. Il avait quelque chose d'animal, de primitif, et elle abandonna toute retenue, toute considération intellectuelle, parcourue de sensations qu'elle n'avait encore jamais ressenties.

De sa langue, de ses lèvres, Sol éveillait en elle un désir brûlant, lancinant, qu'il attisa encore davantage en plaçant les mains de part et d'autre de sa taille.

C'était ainsi qu'elle imaginait l'effet de la kétamine : une brusque montée de tension, une sensation de flottement, un état de rêve éveillé, cotonneux, accompagné d'une conscience aiguë de tout ce qui se produisait en elle, de cette fièvre qui la consumait.

Les mains de Sol couraient sur sa peau nue, et les parties

couvertes de son corps les appelaient à grands cris. Lorsqu'il lui encadra le visage, elle se pressa contre lui.

Puis, réalisant qu'elle se montrait trop impatiente, elle le repoussa, les mains contre son torse. Le contact de ses muscles, sous ses paumes, déclencha un nouveau feu d'artifice sensoriel.

Elle était incapable d'empêcher ses doigts d'explorer ce mur d'acier, avec la même application que sa grand-mère déchiffrant ses livres en braille, et elle n'avait aucun mal à imaginer la beauté de ce buste masculin, sous l'élégant costume. Elle en visualisait chaque relief, chaque creux, avec une netteté étonnante.

Elle avait hâte de le voir de ses yeux, et le désir grandissant en était presque douloureux. Jamais elle n'avait été aussi excitée. Certes, elle n'avait pas une immense expérience, mais elle n'était pas non plus une jeune vierge effarouchée, tant s'en faut.

Sans vraiment savoir ce qu'elle faisait, elle pressa ses seins lourds contre Sol, dans l'espoir de les apaiser. Il glissa une main entre eux et, du pouce, lui caressa un téton, lui provoquant un électrochoc de plaisir. Avec un petit gémissement, elle se cambra contre lui.

— Si tu continues comme ça, on ne pourra plus s'arrêter, chuchota-t-il près de sa bouche.

Les bras autour de son cou, elle l'attira à elle. Si elle devait commettre un acte aussi irréfléchi, aussi hardi, alors elle était déterminée à en savourer chaque seconde.

— Promesses, promesses…, murmura-t-elle.

— Méfie-toi, je t'aurai prévenue…

— Prouve-moi que ce ne sont pas que des mots, articula-t-elle en reprenant possession de sa bouche.

C'était de la folie.

Non pas le fait de se retrouver seul en marge d'une soirée avec une belle femme presque nue ; cela lui était souvent arrivé, mais jamais il ne s'était encore senti si près de perdre le contrôle.

Il avait beau se faire violence, il était incapable de résister au charme inexpérimenté d'Anouk. Le pouvoir qu'elle exerçait sur lui le privait de toute volonté.

Sa peau soyeuse, le contact de sa lingerie de dentelle sous ses doigts le mettaient au supplice. La façon dont elle frémissait le rendait fou de désir. Sans parler de cette délicieuse jarretière qu'elle portait, comme il ne l'aurait jamais imaginé de la part du Dr Hart. Devait-il lui ôter, lui laisser ? Elle lui inspirait tant de fantasmes…

Il la désirait avec une force effrayante, mais peu lui importait, elle était tout ce qui comptait, il n'avait plus la tête à s'inquiéter.

La tête inclinée, il captura sa bouche, savourant sa langue et ses lèvres, lui arrachant soupirs et gémissements.

Plaquée contre lui, elle ondulait au gré de ses caresses, les mains à l'intérieur de sa chemise, palpant son buste comme si elle souhaitait mémoriser le contour de chaque muscle.

Il ne se rappelait pas comment il s'était débarrassé de sa veste et de son nœud papillon. Ni du moment où il avait soulevé Anouk pour l'asseoir sur le bureau, ses seins durcis contre son torse, ses longues jambes nouées autour de ses hanches.

Son érection lui brouillait les idées ; néanmoins, il demeurait encore assez lucide pour savoir que, si elle continuait à se frotter contre lui, il ne répondrait bientôt plus de rien.

— Tu prends la pilule ? chuchota-t-il.

Elle leva les yeux vers lui, le regard ivre de désir.

— Hum ?

— Je n'ai pas de protection sur moi, parvint-il à articuler, alors qu'il ne pouvait penser qu'à une chose : se perdre en Anouk et la conduire à l'extase.

— Oh…, bredouilla-t-elle.

Du bout des lèvres, il effleura le rouge qui lui monta aux joues, et le halètement d'Anouk se répercuta dans son sexe de la même manière que si elle l'avait saisi de ses mains.

— Protection, répéta-t-il d'une voix lourde.

Après un instant de silence, elle secoua la tête.

— Oh mon Dieu, non… Je ne prends pas la pilule.

La mort dans l'âme, elle le libéra de l'étreinte de ses jambes. Or il n'entendait pas en rester là.

Impossible. Il devait apaiser la tempête qui faisait rage en lui. Et il ne pouvait pas laisser Anouk sur sa faim.

Alors il s'agenouilla, puis écarta sa culotte de dentelle.

— Attends…, bredouilla-t-elle en tentant de se redresser. Qu'est-ce que tu…

Pressé de goûter sa saveur, il ne la laissa pas terminer. Il lui saisit une jambe, la posa sur son épaule, et enfouit la langue dans son sexe. Avec un petit cri, elle s'agrippa à ses cheveux.

Elle avait le goût du plus doux des miels, et Sol était insatiable. Il jouait avec elle, traçait des cercles autour de son clitoris enflé, le léchait, le suçait, introduisait sa langue dans son sexe humide, et elle ondulait des hanches contre sa bouche.

Quand ses mouvements s'accélèrent et que son souffle se fit plus court, il lui saisit les reins et la maintint contre lui, prolongeant son extase, son agonie.

— Sol… S'il te plaît…, haleta-t-elle, s'offrant toute à lui.

Grisé, il glissa un doigt en elle et intensifia les mouvements de sa bouche. Avec un gémissement, elle s'arc-bouta et succomba à l'orgasme. Mais il n'avait pas terminé. Sans lui laisser de répit, il fit remonter le plaisir et la fit jouir une deuxième fois. Et il aurait volontiers continué, s'il ne l'avait sentie proche de défaillir.

Alors il s'écarta, à contrecœur, et reboutonna sa chemise, les mains tremblantes, puis il retrouva sa veste de costume et son nœud papillon. Au moins, ces gestes lui permettaient de reprendre ses esprits et de refouler le désir qui le dévorait encore.

Lentement, Anouk se redressa, magnifique, le regard hagard.

— Tu es habillé ? balbutia-t-elle.

La gêne qui se lisait dans ses grands yeux bleus toucha Sol en plein cœur.

— Je dois retourner auprès de mes invités.

— Bien sûr, acquiesça-t-elle avec un sourire contrit. C'était juste sexuel.

Et ce mot dans sa bouche raviva son excitation.

— Tout à l'heure, nous aurons plus de temps.

— Tout à l'heure ? murmura-t-elle en se cachant la poitrine, dans une attitude délicieusement sensuelle.

— Nous aurons toute la nuit. Crois-moi, ce n'étaient que des préliminaires.

Avant qu'elle ne puisse répondre, il quitta la pièce, redoutant de céder à la tentation.

Toute la soirée, il sentit son goût sur sa langue, son odeur sur ses doigts, incapable de se concentrer sur la moindre conversation.

Qui aurait cru que la discrète Anouk Hart se révélerait être sa kryptonite ?

5.

Sol claqua brutalement la portière de sa voiture, sur le parking de l'hôpital.

Depuis le gala, il était d'une humeur massacrante.

Abandonner Anouk après cet avant-goût de son corps lui avait coûté un effort surhumain. La promesse d'une nuit de plaisir charnel avait été le seul moyen qu'il ait trouvé pour pouvoir retourner jouer son rôle : sensibiliser le public et collecter des fonds pour ces jeunes enfants qui assumaient trop de responsabilités et qu'il refusait de laisser tomber.

Même pour la plus divine des femmes.

Malheureusement, il ne pouvait pas prévoir que Malachi devrait partir dans l'urgence. Du coup, il avait dû renoncer à finir la soirée avec Anouk. Et depuis, son corps protestait.

Ce matin encore, il s'était réveillé à l'aube, avec une érection et des images d'Anouk. Il aurait juré avoir toujours son goût sur la langue, et en fermant les yeux il sentait encore sa chaleur sur son torse. Surtout plus bas, pour être honnête.

Comme un adolescent obsédé.

Quelle autre femme avait à ce point accaparé ses pensées ? Quelle autre avait-il désirée avec autant de force ? Il ne se reconnaissait plus.

Le pire est qu'il avait failli lui dire qu'il ne méritait pas la réputation qui lui collait à la peau. Huit ou dix ans plus tôt, il avait été un play-boy, en effet, mais ces dernières années, entre sa carrière et son investissement auprès des jeunes aidants, il n'avait plus le temps de séduire autant de femmes qu'elle semblait se le figurer.

Pour autant, même si les aventures sans lendemain le tentaient moins, il n'était pas prêt non plus à s'engager dans une relation sérieuse.

Si Anouk l'obnubilait, c'était tout simplement parce qu'il n'avait pas pu assouvir son désir, et il n'avait rien de plus à lui offrir que du plaisir physique.

Alors pourquoi se souciait-il autant de l'image qu'elle avait de lui ?

Furieux contre lui-même, il s'était levé avant l'aurore et s'était adonné à une séance d'exercice acharnée, dans sa salle de musculation personnelle, avec l'espoir de calmer ses ardeurs.

Ce n'était pas normal d'être ainsi hanté par une femme.

L'attirance était une chose ; ce désir qu'Anouk avait fait naître en lui était infiniment plus dangereux. Sol en était presque à se demander à quoi ressemblait une relation « normale ». Or il ne voulait pas s'engager sur cette pente savonneuse, car il n'était pas quelqu'un de normal, en cela qu'il était incapable d'aimer. Il l'avait constaté tout au long de son enfance. Plus sa mère était vulnérable, plus elle avait besoin de lui, plus il lui en voulait. Et parfois, la colère se muait en haine.

Il ne lui avait pas rendu visite une seule fois, dans ce centre où Malachi avait réussi à la faire placer quand il avait quinze ans. Et s'il avait assisté à son enterrement, ce n'était que parce que Malachi l'y avait traîné de force. Durant toute la cérémonie, il avait ruminé son ressentiment… Il avait déjà gaspillé assez de temps et d'énergie pour cette femme… Elle l'avait privé d'enfance… Malachi avait fait beaucoup trop de sacrifices qu'elle ne méritait pas…

Bref, il n'était pas fait pour une femme comme Anouk. L'amour supposait que l'on accepte tout de l'autre, y compris ses défauts. Lui ne voyait que les imperfections, et au bout d'un moment elles prenaient le dessus. Anouk méritait mieux que lui.

S'il avait un minimum de considération pour elle, alors il devait l'oublier.

Au moins, le régime sportif qu'il s'imposait depuis quelques jours semblait distraire son corps, et il comptait sur ses patients de neurologie pour lui occuper l'esprit.

Seulement, il ne s'attendait pas à être appelé en réanimation, et à devoir collaborer une nouvelle fois avec l'équipe d'Anouk. À croire que le destin avait décidé de les rapprocher.

À peine eut-il franchi les portes du service qu'il se retrouva nez à nez avec celle qui monopolisait ses pensées. Quelques secondes, elle le regarda d'un air gêné, puis elle baissa les yeux et se composa une expression professionnelle. Sol esquissa un sourire. Au moins, maigre consolation, elle paraissait aussi troublée que lui.

Après s'être éclairci la voix, elle interpella son équipe, d'un ton autoritaire :

— OK, tout le monde, un moment d'attention, s'il vous plaît. Nous allons recevoir une petite fille de vingt et un mois qui est tombée tête la première dans un escalier de béton. Elle a perdu pas mal de sang, mais elle respire et elle est consciente. L'hélico vient de se poser. Elle sera là dans quelques minutes.

Infirmières et aides-soignantes s'empressèrent de préparer le matériel pour l'accueillir, si bien que Sol se retrouva en tête à tête avec Anouk. Lui qui était déterminé à se montrer froid et distant, il avait déjà oublié ses résolutions.

— Je ne suis pas le seul, je vois, à faire des efforts de déco.

De la tête, il indiqua le petit sapin de Noël qui se dressait à côté des ordinateurs.

— Ce n'est pas moi, répliqua Anouk sèchement.

Et ses joues s'empourprèrent, piquant la curiosité de Sol. Pourquoi rougissait-elle ainsi comme une écolière ? Cela dit, sa gêne n'était pas faite pour lui déplaire.

— Qui a fait ce sapin ?

Elle le fusilla du regard, absolument charmante.

— Je n'en ai pas la moindre idée.

— C'est bizarre, je ne te crois pas.

Agacée, elle leva les yeux au ciel.

— C'est Saskia, voilà, tu es content ?

— Tu l'as laissée faire ? demanda-t-il en riant.

— Oui, pourquoi ?

Anouk croisa les bras sur la poitrine.

— Tu l'as autorisée à décorer la réa ? Alors que tu m'as fait toute une histoire pour quelques pauvres guirlandes ? Aurais-je réussi à te convaincre que ta rigueur quasi militaire était un peu exagérée ?

Elle lui jeta un regard assassin. Il la provoquait, et elle était résolue à ne pas rentrer dans son jeu.

— Tu as une haute opinion de toi-même, non ? Pour ta gouverne, sache que je n'ai aucune autorité sur Saskia.

— Mais c'est ta meilleure amie, rétorqua Sol, qui commençait à s'amuser. Si tu lui avais demandé de ne pas faire de sapin, j'imagine qu'elle t'aurait écoutée.

Pendant quelques secondes, interminables, Anouk le dévisagea sans un mot.

— Eh bien… J'ai pensé que ce serait sympa, dit-elle enfin, avec un regard qui envoya une onde de chaleur dans le sexe de Sol.

— Sympa ?

— Pour les patients. Descends de ton piédestal. Je n'ai pas fait ça pour suivre ton exemple.

— Dieu merci !

Il ne prit pas la peine de réprimer son rire.

— D'ailleurs, je te l'ai dit, ce n'est pas moi qui ai fait ce sapin.

— Non, c'est ton amie. Et tu ne l'as pas aidée, j'imagine…

Anouk se raidit, et il la gratifia d'un grand sourire. Incroyable, comme elle le mettait de bonne humeur. Lui qui s'était levé du pied gauche, elle éclairait soudain sa journée !

Tandis qu'elle s'occupait de la petite blessée, il ne pouvait s'empêcher de la regarder. Elle dégageait une sorte d'aura lumineuse.

Elle était fascinante.

Sans conteste, beaucoup plus intéressante qu'une femme tout simplement sexy.

Anouk avait élu domicile dans son esprit et, à l'évidence,

il ne serait pas facile de l'en déloger. Plus il essayait de la chasser de ses pensées, plus elle s'y ancrait.

Ce qui ne laissait qu'une solution. Une solution que Sol n'aurait jamais envisagée, s'il avait été en possession de toutes ses facultés, et à laquelle il n'avait encore jamais recouru avec aucune autre.

La seule façon de cesser de fantasmer sur Anouk Hart était de la convaincre qu'ils n'avaient pas terminé ce qu'elle avait initié le soir du gala. Ce qui ne serait sans doute pas difficile, avec la tension érotique qui crépitait encore entre eux.

Toutefois, il ne voulait pas lui donner d'illusions. Ce n'était pas parce qu'il allait enfreindre l'une de ses règles d'or en lui proposant un deuxième rendez-vous qu'il avait davantage à lui offrir. Cela dit, il n'y avait même pas eu de premier rendez-vous, puisqu'elle avait refusé de venir au gala en sa compagnie. Bref, il était hors de question d'établir un semblant de relation.

Qui essaies-tu de convaincre ? Toi ou Anouk ? lui chuchota une petite voix intérieure, qu'il fit taire aussitôt. De sa part, il ne s'agissait que de désir sexuel.

Quant à elle, il était clair qu'elle avait eu un instant de folie, le soir du gala – il lui avait fait perdre la tête, Sol se plaisait-il à penser – et il y avait peu de chances pour que cela se reproduise. Tout du moins, pas sans résistance.

Le Dr Anouk Hart avait repris son masque de glace. Cependant, elle n'était plus aussi convaincante, dans le rôle de la prude sévère et froide. Le souvenir de ce qui s'était passé entre eux flottait sur son visage et une lueur de désir brillait dans son regard.

Sol n'avait pas l'ombre d'un doute : elle avait faim de lui comme il avait faim d'elle. Mais son intellect s'acharnait à refouler ses pulsions charnelles.

Ce qui impliquait qu'il devrait la séduire. « Lui faire la cour », comme aurait dit la vieille Mme Bowman.

À l'ancienne, très sagement.

Un petit jeu qui s'annonçait des plus excitants et dont il se réjouissait d'avance !

*
* *

Pourquoi diable cet homme la troublait-il autant ?

Les yeux fixés sur les portes au fond du service de réanimation, Anouk n'osait pas le regarder.

Le soir du gala, elle avait été horrifiée par son propre comportement aguicheur. À présent, elle regrettait que cet instant ait été si bref. Depuis deux jours, elle faisait des rêves érotiques dont les images la poursuivaient toute la journée.

Rien que d'y penser, elle sentit ses seins se durcir, et croisa les bras devant elle afin de les cacher.

Heureusement, les brancardiers ne tardèrent pas à amener la petite fille qu'elle attendait.

— Voici Rosie, vingt et un mois, annonça le médecin de l'équipe Helimed. Sans antécédent jusqu'à cette chute, il y a environ une heure. Elle était avec sa mère au jardin public, elle a dégringolé plusieurs marches de béton. Ouverte au-dessus de l'œil gauche, Glasgow à 11. Sans doute une commotion cérébrale. Quelques jours d'observation seront sûrement nécessaires pour déterminer s'il y a des lésions intracrâniennes. On lui a fait 200 mg de paracétamol et 1 mg d'ondansétron.

— Pupilles ? s'enquit Anouk en se penchant au-dessus de la fillette.

— Elle n'ouvre pas les yeux.

— OK. Sol…

Inutile de lui en dire davantage, il avait déjà entrepris d'examiner l'enfant. Rassurée par sa voix calme et chaude, la petite Rosie réagissait à ses instructions.

Anouk donna une série de consignes aux infirmières de son équipe, qui s'exécutèrent aussitôt, puis elle se tourna vers son confrère de l'Helimed.

— Sa maman est là ?

— La voici, dit-il en désignant du geste une jeune femme blême, qui conservait néanmoins son sang-froid.

Anouk lui adressa un sourire réconfortant.

— Dans un premier temps, nous allons simplement

ausculter Rosie, éventuellement lui administrer des antalgiques afin qu'elle ne souffre pas. Nous l'emmènerons ensuite au scanner. Vous pouvez rester avec elle. C'est bien qu'elle vous voie et qu'elle vous entende. Parlez-lui.

— Mon mari devrait arriver d'un instant à l'autre…

— Très bien. Quelqu'un de l'accueil l'accompagnera jusqu'ici.

— Merci.

Dès que la jeune maman se tourna vers sa fille, son visage s'éclaira et elle adopta un ton joyeux et plein d'entrain.

La petite Rosie semblait minuscule, sur le matelas bleu. Après les premiers examens, on l'envelopperait dans une couverture et elle paraîtrait moins vulnérable, mais Anouk n'avait pas besoin du diagnostic du neurochirurgien pour savoir que les os d'un bébé de cet âge étaient extrêmement fragiles et qu'une hémorragie interne pouvait causer de graves dommages au niveau cérébral.

Son équipe travaillait vite, avec méthode et concentration. Avec les paramètres qu'on lui communiqua, Anouk pouvait déjà se faire une idée des traumatismes dont souffrait Rosie, avant de la préparer pour le scanner.

— Tu es d'accord pour que la maman l'accompagne ?

La voix chaleureuse de Sol se répandit en elle comme une coulée de caramel.

— Oui, elle y tient. On lui donnera une tenue de protection.

— Très bien.

La peau d'Anouk se hérissa soudain de chair de poule. Pourquoi Sol provoquait-il chez elle des réactions épidermiques, alors qu'ils étaient simplement en train de travailler ensemble, sans la moindre équivoque ?

— Ça te dit de déjeuner avec moi ? proposa Sol deux heures plus tard, et Anouk tourna la tête d'un mouvement si vif qu'elle s'en fit craquer les cervicales. La journée est étonnamment calme, ajouta-t-il. Pour une fois, on pourra peut-être manger un vrai repas.

— Un vrai repas ?

— Ce que la plupart des gens normaux mangent à midi.

— C'est-à-dire autre chose qu'un paquet de biscuits ? dit-elle en riant.

— Voilà ! Je t'invite, alors ?

La tentation était grande mais, au lieu d'accepter, elle demanda :

— Pourquoi ?

— Pour faire connaissance… Après ce qui s'est passé l'autre soir… Tout habillés, naturellement.

— Chut, on risque de t'entendre !

Anouk regarda nerveusement autour d'elle, avant de pousser Sol dans une chambre vide.

— Personne n'a rien entendu, ne t'affole pas. Alors, on va déjeuner ?

— Je ne crois pas que ce soit une bonne idée.

— Pas de panique, répliqua-t-il avec un sourire. Ce n'est qu'un déjeuner entre collègues, pas un rendez-vous. Rien d'ambigu.

— Là n'est pas la question. On pourrait nous voir.

— Et alors ? Tout le monde s'en fiche.

— Pas tant que tu le crois. Et moi, je ne m'en fiche pas.

— D'être vue en train de déjeuner avec un collègue ? Ou d'être vue avec moi ?

— Les deux. Du reste, je croyais qu'il n'y aurait rien d'ambigu…

— OK, j'ai menti, concéda-t-il avec un sourire ensorceleur.

Il savait exactement ce qu'il faisait, Anouk en était sûre. Il lisait sur son visage en feu le trouble que chacune de ses paroles lui causait.

— Tu es incorrigible !

— Merci.

— Ce n'était pas un compliment.

— Trop tard, je l'ai pris comme tel.

Les bras croisés, Sol s'appuya contre l'encadrement de la porte, dans une pose très virile, et Anouk se maudit d'être aussi impressionnée par son physique, subjuguée par ses yeux, de la teinte du meilleur cru d'un grand chocolatier, où brillait une lueur qu'elle aurait donné cher pour déchiffrer.

La sagesse aurait voulu qu'elle maintienne une certaine distance entre elle et lui ou, mieux, qu'elle quitte la pièce. Pourtant, elle demeura immobile, tout près de Sol, une invitation silencieuse, quand bien même elle aurait voulu prétendre le contraire.

Il l'observait, lascif, puis laissa son regard courir du haut en bas de son corps. Quant à elle, elle était fascinée par ses lèvres… Ce qu'il lui avait fait avec cette bouche aurait dû être prohibé par la loi !

Elle était heureuse que ce ne soit pas le cas.

— Quelque chose ne va pas ? demanda-t-il soudain.

Provocation, elle en était certaine, mais elle ne voyait pas où il voulait en venir.

— Comment ça ?

— On dirait que tu es… hypnotisée.

— Hypnotisée ?

OK, elle avait l'air du perroquet de sa vieille voisine, qui les empêchait de faire la grasse matinée, quand elle habitait avec Saskia, dans un appartement cossu où les cloisons n'étaient pourtant pas particulièrement fines.

— Par ma bouche.

— Pas du tout ! s'écria-t-elle en soutenant son regard.

— Tant mieux. Je commençais à me demander si je n'avais pas une tache d'encre ou une miette.

Malgré elle, elle s'imagina lécher une miette à la commissure de ses lèvres.

— Non, non, tu n'as rien, bredouilla-t-elle.

— Dommage, soupira-t-il, comme s'il lisait dans ses pensées.

— Bon… Il faut que j'y aille.

— Je ne te retiens pas.

À grand-peine, elle parvint à mettre un pied devant l'autre, si bien que, lorsqu'elle parvint à la porte, et que Sol refusa de bouger, elle tituba légèrement.

Il la retint aussitôt et elle se retrouva entre ses bras, le cœur tambourinant.

La combustion fut instantanée. Il l'enlaça et l'attira à lui, goûtant à ses lèvres comme à un vin d'exception, savourant le contact de son corps chaud et souple contre son érection naissante.

Anouk se sentait vénérée, précieuse. Malgré elle, des gémissements lui échappaient et elle se cambrait contre lui. Les doigts dans ses cheveux, il murmurait des mots tels que « magnifique », « de la soie dorée ».

— N'exagère pas, balbutia-t-elle, tout près de sa bouche, redoutant de se laisser envoûter par ces belles paroles.

Il s'écarta, et enfouit les mains dans sa chevelure.

— Je n'exagère pas, j'ai l'impression de caresser le plus soyeux et le plus rare des matériaux.

— Laisse tomber les compliments bidon, je…

Du pouce, il lui effleura la lèvre inférieure, et elle en oublia ce qu'elle voulait dire.

Elle aurait voulu que ce moment dure une éternité et, en même temps, elle avait hâte de parvenir au terme de cette phase d'approche, que Sol l'emmène chez lui et qu'ils laissent libre cours à la folie qui les dévorait l'un et l'autre depuis qu'il avait plongé son visage entre ses cuisses, pour lui montrer ce que ses deux gentils petits amis n'avaient su lui offrir, pendant toutes ces années.

Il l'embrassa de nouveau, lentement, langoureusement, comme s'ils avaient tout le temps, comme s'ils n'étaient pas en service à l'hôpital.

Hôpital ! Une alarme retentit soudain dans l'esprit embrumé d'Anouk. Et elle n'aurait su dire où elle trouva la volonté de rompre ce baiser et de s'arracher à l'étreinte de Sol.

— Tu n'es qu'un vil flatteur, murmura-t-elle d'une voix étranglée.

— Quelle importance ? Si cela nous procure du plaisir à tous les deux ?

En effet, ces éloges la comblaient, mais elle savait qu'il n'avait pas plus d'estime pour elle que pour les centaines de filles qui l'avaient précédée, et elle ne voulait pas passer pour une idiote.

— J'ai du travail, dit-elle en pivotant sur ses talons.

Et avant de commettre la stupide erreur de se raviser, elle s'éloigna dans le couloir. La dernière chose à laquelle elle se serait attendue fut la proposition que Sol lui lança :

— Viens avec moi au centre.

Non, elle devait refuser.

Lentement, elle s'immobilisa et se retourna.

— Pardon ?

— Viens avec moi au centre Care to Play, voir ce que nous faisons.

Il voulait donc lui montrer sa sphère privée ? Sa vie personnelle ? Anouk avait du mal à croire qu'il puisse être disposé à s'ouvrir ainsi à elle. Ou à quiconque, du reste.

Et à l'expression qui se peignit sur les traits de Sol, il n'en revenait pas non plus. Si elle ne se dépêchait pas d'accepter, il était fort probable qu'il fasse machine arrière. Or, même si elle s'était promis de ne plus succomber à son charme, elle ne voulait surtout pas qu'il se ravise.

Solomon Gunn lui avait jeté un sort. Depuis l'instant où elle l'avait rencontré, elle avait tenté de lutter contre l'attraction, en se disant qu'il n'était qu'un tombeur et qu'elle ne voulait pas sombrer dans les mêmes travers que sa mère.

Puis elle avait entrevu une autre facette du don Juan. Une bienveillance qui faisait défaut à la plupart des chirurgiens qu'elle connaissait. Outre la compassion dont il avait fait preuve envers la petite Izzy et la vieille Mme Bowman, Anouk avait pu constater à de nombreuses reprises combien il était humain.

Pour autant, elle n'était pas obligée de se laisser prendre dans les mailles du filet. N'était-elle pas immunisée contre les beaux garçons ?

Toutefois, l'heure n'était pas à l'autocritique. Dans l'immédiat, elle devait lui donner une réponse.

— Volontiers, acquiesça-t-elle. Je me ferais une joie de visiter le centre que tu as fondé.

— Je t'apporterai les formulaires à signer.

— Les formulaires ? Quels formulaires ?

— Pure formalité ; nous accueillons des mineurs. Tu es médecin, il n'y aura aucun souci.

— OK.

Rigoureux, donc… Anouk s'abstint de tout commentaire, mais elle prit note. Un signe supplémentaire du sérieux avec lequel Sol s'occupait de cette structure et de ces enfants.

Play-boy invétéré ? Ou bienfaiteur au grand cœur ? Chaque fois qu'elle croyait commencer à se faire une idée de sa personnalité, il lui révélait un nouveau visage et elle ne parvenait pas à le cerner.

Il l'intriguait davantage qu'elle n'aurait dû se l'autoriser.

6.

— Bon, ça va faire une demi-heure que tu es là…, marmonna Anouk pour elle-même en pianotant sur le volant.

Et elle se décida à quitter sa voiture pour entrer dans le bâtiment qui abritait le centre Care to Play.

— Puis-je vous aider ? lui demanda une dame d'un certain âge, à l'accueil.

— Anouk Hart, se présenta-t-elle. Je…

Devait-elle préciser qu'elle avait rendez-vous avec Sol ? Qu'il lui avait donné les formulaires à remplir ? Non, mieux valait faire preuve de discrétion. Elle ne voulait pas que l'on s'imagine qu'elle se servait du centre pour gagner les faveurs de Solomon Gunn.

— Anouk, oui ! Enchantée, Barbara. Sol nous a parlé de vous. Izzy et Katie aussi.

— Elles sont là ?

— Bien sûr. Izzy est sortie hier de l'hôpital et la première chose qu'elle a demandé, c'est quand vous viendriez, déclara Barbara en riant.

— Les enfants ont une capacité de récupération qui me surprendra toujours. Il y a une semaine à peine, elle était dans mon service de réanimation.

— Elle est de retour chez elle et elle a recommencé à aider sa maman. Exemplaire. Comme la plupart des enfants que nous accueillons ici.

— Je comprends pourquoi Sol est aussi investi dans ce lieu. J'imagine que les gens qui ont eu une enfance privilégiée n'ont pas tous envie de se confronter au malheur des autres.

— Exactement. Voilà pourquoi Sol et Malachi ont créé ce centre. Ils ont beau avoir de l'argent et d'excellentes situations aujourd'hui, ils n'ont pas oublié les conditions effroyables dans lesquelles ils ont grandi.

— Tout à fait…, bredouilla Anouk, en s'efforçant de conserver une expression impassible.

— Non seulement ils se sont occupés de leur mère, mais ils se sont sortis tout seuls du caniveau, poursuivit Barbara. Sans leurs campagnes de sensibilisation, personne ne nous connaîtrait et ce centre n'existerait pas – sans parler de celui qu'ils sont en train de construire !

Bien que stupéfaite, Anouk approuva de la tête.

Sol s'était occupé de sa mère ? Il s'était sorti seul du caniveau ?

Barbara évoquait cette partie de sa vie très librement, comme si tout le monde était au courant… Parlait-elle d'ailleurs du même Solomon Gunn, le beau neurochirurgien surnommé le bourreau des cœurs ? Était-il possible que ses collègues ignorent tout de lui ?

Cela dit, il arrivait que l'on envie Anouk lorsque l'on apprenait qu'elle était la fille d'une célèbre actrice, en dépit de l'enfance cauchemardesque qu'elle avait vécue. En était-il de même pour Sol ? Les gens affirmaient qu'il était issu d'un milieu nanti et portaient des jugements. Anouk elle-même avait été prompte à le cataloguer…

Qui était le vrai Solomon Gunn ?

— En tout cas, nous avons pensé que vous pourriez passer l'après-midi avec Libby, une enfant très agréable. Elle a six ans et elle vit seule avec sa mère, qui souffre… Enfin, je ne vous en dis pas plus. Vous savez qu'ici on ne parle pas de ces choses-là.

— Je sais, oui. Ici, les enfants redeviennent des enfants.

Barbara acquiesça de la tête.

— Aujourd'hui, Libby fabrique des Pères Noël pour le marché de Noël. Vous êtes douée pour les loisirs créatifs ?

— Pas trop, avoua Anouk avec un petit rire gêné, mais je ne demande qu'à apprendre. Sol n'est pas là ?

— Non, il y a eu un problème sur le chantier. Du coup, il s'est dit que vous seriez sans doute plus à l'aise sans lui, pour faire connaissance avec les enfants.

Étrange mais, en effet, Anouk était en quelque sorte soulagée.

— Ce n'est pas faux…

Était-ce son imagination, ou Barbara eut-elle soudain un sourire plus sincère, plus chaleureux ?

Anouk lui emboîta le pas, jusqu'à une table où était assise une petite fille vêtue d'un jean rose et d'un T-shirt orné d'une licorne, coiffée de deux tresses.

— Libby, voici Anouk. Elle va te donner un coup de main. Izzy et Katie nous ont parlé d'elle, tu te rappelles ?

La fillette leva vers Anouk un grand sourire édenté.

— Sol aussi nous a parlé de vous. Vous arrivez pile au bon moment pour m'aider à coller les têtes de Père Noël sur les sacs cadeaux. Vous pouvez me passer le coton pour les barbes, juste là, s'il vous plaît ? J'ai déjà fait les yeux. Après, on fera les bonnets, avec des pompons.

Barbara s'éclipsa discrètement, laissant Anouk seule avec Libby, qui semblait n'avoir aucun mal à prendre des initiatives.

— Tu veux bien découper le feutre pour les bonnets ? suggéra-t-elle. Je les collerai. Non… Attends… Regarde, je te montre.

Avec habileté, Libby confectionna un bonnet de Père Noël, en expliquant chaque étape à Anouk. La tâche n'était pas difficile, mais la fillette s'appliquait, avec la concentration intense d'une enfant de son âge.

À la pensée de ce qu'elle vivait au quotidien, le cœur d'Anouk se serra. Elle ne savait que trop bien ce que c'était que d'assumer les responsabilités d'un foyer. Elle-même s'était occupée de tout à la place de sa mère, telle l'assistante personnelle d'Annalise Hartwood, et non sa fille.

De surcroît, elle était aussi son souffre-douleur.

Elle s'empressa toutefois de faire barrage aux souvenirs.

— Tu attends Noël avec impatience ? demanda-t-elle, puis elle se mordit aussitôt la langue.

Libby prit le temps de réfléchir, puis elle hocha la tête, au grand soulagement d'Anouk, qui retenait sa respiration.

— Oui, je crois. Ça va mieux, maintenant, depuis que je peux venir ici.

— Bien sûr ! Ces paquets sont pour le marché de Noël ?

— Oui, ça va être super ! Il y aura des stands, des jeux, et Sol et Malachi nous préparent une surprise ! Une année, ils nous ont emmenés à la patinoire, une autre fois au parc d'attractions. Ces sorties sont des opportunités pour Care to Play de montrer que nous sommes des enfants comme les autres.

— C'est vrai, approuva Anouk, impressionnée par la maturité de cette enfant, ainsi que par l'aisance avec laquelle elle s'exprimait.

— En plus, on récolte de l'argent pour le centre, poursuivit-elle fièrement. Et pour acheter des nouvelles pièces pour notre village de Noël.

Anouk ignorait de quoi il s'agissait, mais, avant qu'elle n'ait pu interroger Libby, celle-ci souleva le couvercle d'une boîte pleine de Pères Noël, rennes, lutins et bonshommes de pain d'épice.

— J'ai déjà fait tout ça.

— C'est super !

Un sourire éclaira le visage de la fillette.

— Il ne faut pas le dire aux petits, chuchota-t-elle, mais, en vrai, le Père Noël n'existe pas.

— Qu'est-ce qui te fait penser ça ? demanda Anouk, prudente.

— Je le sais ! rétorqua Libby, presque vexée. L'année dernière, quand j'avais cinq ans, on est allées faire les courses ensemble avec maman, et elle a acheté mes cadeaux sans me le dire. Mais le jour de Noël, elle était trop fatiguée pour se lever toute seule et déposer les paquets sous le sapin. Alors elle a essayé de me faire croire que le Père Noël s'était trompé, qu'il les avait mis sous son lit.

— Ça se peut, dit Anouk, sans lever les yeux de sa tâche.

— Pas la peine de me protéger ; je suis très mûre pour une enfant de six ans.

Sans doute Libby répétait-elle une phrase qu'elle avait entendue, avec un tel détachement qu'Anouk en eut la gorge qui se serra.

— En fait, quand maman est malade, c'est moi qui passe l'aspirateur. J'avais vu depuis longtemps que mes cadeaux étaient là. J'ai essayé de lui dire, mais elle s'est fâchée, et elle était si contrariée que j'ai fait semblant de la croire.

— Il n'empêche que ça arrive que…, insista Anouk.

Libby ne la laissa pas terminer.

— Je voulais le dire à quelqu'un, et je t'aime bien. Je crois que je peux te faire confiance. Je peux ? demanda-t-elle, la tête penchée sur le côté, en scrutant le visage d'Anouk.

— Bien sûr ! répondit-elle, en s'efforçant de dissimuler son émotion.

Libby l'observa encore un instant, puis elle se remit à l'ouvrage, et Anouk l'imita, en priant pour que la petite fille n'entende pas les battements de son cœur.

Une bonne demi-heure s'écoula ainsi, dans un silence paisible, avant que Libby ne reprenne la parole.

— Tu sais qu'on va voir un spectacle, pour Noël ? Peut-être un magicien, ou bien des marionnettes.

Comme si la conversation précédente n'avait jamais eu lieu.

— Génial ! s'exclama Anouk, espérant paraître sincère.

— Ça va être super, surtout que cette fois ce sera un vrai spectacle, pas juste Sol et Malachi qui font les clowns ! Mais ils sont drôles, quand même. Ils sont trop cool !

— Tu trouves ?

L'adoration que la fillette semblait vouer à Sol ne le rendait que plus attirant.

— Évidemment ! Ça se voit tout de suite ! Normalement, ils sont tout le temps là. Mais depuis qu'ils ont commencé à construire le nouveau centre, on les voit moins.

Tout en collant un Père Noël sur un sac en papier, Anouk s'efforça d'adopter un ton naturel.

— D'après toi, quelle est leur plus grande qualité ?

— Ils sont juste hyper cool… Eux aussi, ils s'occupaient de leur mère, alors qu'elle ne les aimait même pas. Eh bien, ça ne les a pas empêchés de devenir riches et célèbres. Quand je serai grande, j'espère que je serai comme eux.

— Tu veux devenir chirurgien, comme Sol ?

— Sol est neurochirurgien, précisa Libby. Il sauve des vies. Mais je n'ai pas encore décidé si je veux faire médecin ou investisseur, comme Malachi, et devenir millionnaire. Tous les deux, ils disent toujours que, quand on veut quelque chose vraiment, et qu'on se donne la peine, on a de fortes chances d'y arriver.

— Ils ont raison, acquiesça Anouk, ne sachant trop que dire.

— Tu savais qu'ils aiment bien aider les ouvriers sur le chantier du nouveau centre ?

— Qui ça ?

— Sol et Malachi. Ils travaillent souvent sur le chantier. On les voyait, en été, quand on allait jouer au foot ou dans le parc. Ils déchargeaient des sacs du camion, ou bien ils sciaient du bois.

— Ah bon ?

L'image ne contribuait pas à apaiser les tiraillements qui taraudaient Anouk en permanence, ces derniers jours.

Pas étonnant que Sol ait une silhouette aussi athlétique. Chaque fois qu'elle avait réussi à chasser le souvenir de son corps musclé, elle s'était consolée en se disant qu'il devait consacrer des heures à soulever de la fonte. Sa mère avait un faible pour les adeptes du body-building, si bien qu'Anouk avait pu constater à maintes reprises que ce genre d'hommes s'aimaient tellement qu'il ne leur restait plus d'amour pour personne d'autre.

Elle s'était ainsi presque convaincue que le physique de Sol n'était pas naturel et, du coup, qu'il lui plaisait beaucoup moins. Mais maintenant qu'elle savait que sa carrure était due à de véritables travaux de force, de surcroît dans le but de construire un centre d'accueil pour enfants en détresse, il allait devenir plus compliqué de nier sa flamme pour cet homme.

— Un jour, ils étaient torse nu, et les grandes, elles ont dit qu'ils étaient canon, déclara Libby avec une moue sceptique. Mais moi, je trouve qu'ils ont eu raison de remettre leur T-shirt quand ils nous ont vus.

Dans ce domaine, apparemment, la fillette était moins en avance sur son âge que dans d'autres.

— C'est sûr ! approuva Anouk, en évitant d'imaginer Sol torse nu.

— Des fois, on leur apportait des bouteilles d'eau, quand il faisait très chaud.

— C'est très gentil.

— Sol et Malachi font tellement de choses pour nous… C'est normal qu'on pense à eux. C'est pour eux qu'on achète des scènes miniatures pour le village de Noël.

— Ils veillent sur vous parce que vous veillez sur les autres, dit Anouk d'une voix douce.

— Peut-être. En tout cas, ils savent très bien ce qu'on vit. C'est pour ça que c'est plus facile de parler avec eux.

Encore un nouvel élément… Anouk avait l'impression d'être comme un oisillon, en quête de la moindre miette à propos de Sol. Elle se mordit la lèvre inférieure.

— Comment se fait-il qu'ils s'occupaient de leur maman ? demanda-t-elle, l'air de rien.

— Ça, c'est leur histoire ! rétorqua Libby en la fusillant du regard, avec une expression digne d'une jeune femme davantage que d'une enfant de six ans.

Vexée, Anouk se força à sourire, et s'enjoignit de ne plus penser à Solomon Gunn, surtout torse nu sur un chantier de construction.

— J'ai fini de coller mes Pères Noël, annonça-t-elle. Je fais quoi, maintenant ?

*
**

Sol sut qu'elle était là avant même de la voir. Sa présence était perceptible dans l'atmosphère, l'air s'était chargé d'une nouvelle énergie.

En prenant une profonde inspiration, il se retourna lentement. Vêtue d'un long manteau, d'une écharpe verte à motifs de sapins et d'un bonnet en forme de gâteau de Noël, elle était à croquer.

— Tu passais dans le coin ?

— Ne joue pas les innocents. Libby m'a dit que je te trouverais là. Tu t'en doutais, j'imagine.

Il ne pouvait le nier. Libby était une enfant bavarde, et il aurait mis sa main au feu qu'elle parlerait du nouveau centre. En revanche, il n'était pas certain qu'Anouk se déplacerait.

— Tu n'étais pas obligée de venir.

Il en était toutefois extrêmement satisfait.

— J'étais certaine que tu dirais ça, répliqua-t-elle, les lèvres pincées.

Un sac de ciment sur l'épaule, il s'avança vers elle.

— Tu aimes la maçonnerie ?

— Tout ce que Mal et moi pouvons faire nous-mêmes, c'est de l'argent économisé pour le centre.

— Je te croyais millionnaire… À en croire les rumeurs qui circulent à l'hôpital, vous aviez des parents très riches…

Sol ouvrit la bouche, dans l'intention de répondre par une boutade, comme à son habitude, mais pour une fois il se trouva à court de répartie. Anouk avait employé un drôle de ton, comme si elle prêchait le faux pour savoir le vrai…

Cela dit, il n'avait pas honte de son histoire. Malachi avait raison : ce qui était passé était passé. Pour autant, Sol ne tenait pas à raviver l'humiliation de son enfance, surtout devant la fille d'une starlette hollywoodienne, née avec une cuillère en argent dans la bouche.

Quoique… Les Hinton n'avaient-ils pas insinué autre chose ?

— Mal et moi pouvons donner tout ce que nous voulons, ces centres doivent être autonomes, si nous souhaitons qu'ils nous survivent. Et si le modèle fonctionne, alors nous pourrons essaimer dans tout le pays.

— Vous avez pour objectif d'ouvrir d'autres Care to Play ?

— Oui, un maximum.

— Je… Je n'aurais pas cru.

— Tu ne peux pas tout savoir ! Je te fais visiter ?

Anouk parut surprise, puis elle hocha la tête, absolument divine avec son bonnet de Noël.

— Avec plaisir.

— Au fait, comment va la petite qui est tombée dans l'escalier ? s'enquit Sol en se dirigeant vers l'entrée du bâtiment, sans vérifier si Anouk le suivait.

Toutefois, en déposant son sac de ciment sur le sol, il entendit le bruit de ses talons. Pourquoi en éprouva-t-il un sentiment de victoire ? Comment cette femme était-elle parvenue à lui tourner ainsi la tête ? C'était du pur délire et il y était grand temps d'y remédier. Cependant, il avait le pressentiment que, s'il ne réagissait pas immédiatement, il serait très bientôt trop tard.

— Rosie ? demanda Anouk tandis qu'il déverrouillait le cadenas des portes provisoires. Crois-le ou non, elle se porte comme un charme. Tu sais qu'elle ne s'est fait aucune fracture, n'est-ce pas ?

— Et l'hémorragie cérébrale ?

— Rien de méchant. Nous l'avons gardée deux nuits sous surveillance. Elle est sortie hier.

— Elle a eu de la chance.

— Beaucoup, acquiesça Anouk, toujours épatée par ce genre de miracles.

Sol ôta la lourde chaîne qui retenait les battants de contreplaqué, puis il s'écarta et invita Anouk à entrer.

— Bienvenue dans notre nouveau Care to Play. En principe, on devrait emménager d'ici la nouvelle année.

Dans ce qui serait bientôt le hall d'accueil, Anouk regarda autour d'elle, les équipements high-tech, les enchevêtrements de câbles, en prévision sans doute de nouveaux gadgets pour les enfants, les radiateurs allumés pour sécher les plâtres.

Inexplicablement, Sol se sentait euphorique, à guetter les réactions de cette femme à la personnalité si complexe, qui faisait naître en lui des sentiments qu'il était incapable d'identifier.

De l'attirance, certainement, mais il avait déjà éprouvé de l'attirance pour des dizaines de femmes. Anouk ne l'attirait pas seulement physiquement, il y avait entre eux une espèce de… connexion. Non… Ce n'était pas ça non plus, mais il ne parvenait pas à trouver le mot juste.

— Qu'y aura-t-il ici ? demanda-t-elle en désignant un espace encore en chantier.

— Une scène. Certains de ces gamins ont un talent inouï, qui n'attend que d'être révélé et développé. Derrière le mur, là, il y aura deux salles de musique insonorisées, avec des instruments, pour que les enfants puissent jouer en groupe, s'ils le souhaitent. Sinon, ils pourront chanter en solo.

— Ces nouveaux locaux sont beaucoup plus grands que le premier centre.

— Quatre cents mètres carrés de plus, et beaucoup mieux équipés.

— Je vois ça, répondit Anouk avec un sourire qui fit chaud au cœur de Sol. C'est génial. Les enfants seront bluffés.

— J'espère. Viens, je te montre le reste.

Ils poursuivirent par les cuisines, les bureaux, les salles de musique et enfin les petits salons pour les temps calmes.

— Bien que l'idée soit de permettre aux enfants de jouer, de chanter, de faire des activités manuelles, il y a tout de même des moments où ils ont besoin de parler. Ils pourront alors s'isoler en petits groupes dans ces pièces.

— S'encourager les uns les autres.

— Exactement. Ils auront aussi la possibilité de se réfugier là pour discuter en tête à tête avec un adulte. Certains s'automutilent et ont besoin de soutien psychologique. En général, ces enfants ont trop longtemps assumé seul trop de responsabilités et ils ont fini par se laisser déborder, sans savoir vers qui se tourner.

La façon dont Anouk baissa les yeux n'échappa pas à Sol, ni le rouge qui lui monta aux joues, comme chaque fois qu'elle se sentait mal à l'aise.

— Tout va bien ?

— Grâce à Care to Play, ils ne seront plus jamais seuls. C'est formidable, bravo !

Là-dessus, elle pivota vers ses salons, en direction de la sortie, et se heurta à Sol, qui lui saisit les avant-bras afin de la stabiliser. À l'évidence, Anouk cachait un secret, et il était curieux de savoir lequel.

Toutefois, à l'instant où ils entrèrent en contact physique, une décharge électrique le parcourut, soudant ses mains aux bras d'Anouk. Il avait beau se faire violence, il était incapable de la lâcher. Il éprouvait un besoin quasi viscéral de connaître cette femme. En à peine une semaine, elle avait pris possession de tout son être.

— Que t'arrive-t-il ? demanda-t-il, avec une note d'urgence.

Ces pièces étaient conçues pour que les enfants s'y sentent dans l'intimité, en sécurité, pour qu'ils puissent exprimer ce qu'ils n'osaient même pas s'avouer à eux-mêmes.

Anouk contre son torse, son parfum frais et fleuri lui chatouillant les narines, Sol ne se sentait pas du tout en sécurité. Il brûlait de goûter de nouveau à ses lèvres, d'embrasser la veine qui pulsait dans son cou, mais il se maîtrisa. Car il souhaitait entendre sa réponse. C'était insensé, mais il désirait qu'elle se confie à lui, qu'elle cesse de le considérer comme un coureur de jupons invétéré.

Or, si elle se livrait, serait-il prêt à en faire autant ?

7.

Elle leva les yeux vers lui et scruta longuement son visage, si bien que Sol crut un instant qu'elle s'apprêtait à lui faire des révélations.

Mais brusquement, son expression se durcit.

— Je ne vois pas de quoi tu parles, dit-elle avec un sourire forcé, en s'écartant de lui.

— Je suis sûr que si.

Elle lui coula un regard incendiaire, mais la façon dont elle déglutit péniblement n'échappa pas à Sol. Il aurait pu insister, pourtant quelque chose lui soufflait que ce serait contre-productif.

À nouveau, le silence s'installa.

— Pourquoi ? demanda-t-elle enfin.

— Pourquoi quoi ?

— Pourquoi voudrais-tu que je te raconte ma vie ?

Elle avait une voix à la fois agressive et peinée, traduisant un sentiment que Sol ne connaissait que trop bien.

— Alors que tu fais un secret de la tienne, ajouta-t-elle.

— Ce n'est pas vrai. Je t'ai invitée au centre. Tu as passé du temps avec les enfants, cet après-midi.

Sol recula de quelques pas, et cessa de fixer ces lèvres pulpeuses. En fait, Anouk n'exerçait sur lui qu'une attraction purement sexuelle, comme les autres.

Ou, sinon, de quoi aurait-il pu s'agir ?

— En effet, tu m'as beaucoup parlé de Care to Play, des jeunes aidants, des bénévoles, des donateurs. Tu m'as expliqué comment fonctionnent les autres associations, en quoi la vôtre est différente, et tu m'as montré qu'il reste beaucoup de chemin à parcourir, que ces enfants requièrent encore plus de soutien.

— Tout à fait.

Anouk plongea son regard dans les yeux de Sol, avec une intensité presque insoutenable.

— Mais il y a une chose que tu as soigneusement omise... Pourquoi cette cause t'est-elle aussi chère ?

Il ne s'attendait pas à cette question, bien qu'elle fût prévisible. Et même s'il avait l'habitude d'y répondre, elle le déstabilisa.

— Quelle importance ? répliqua-t-il, posé, alors que son cœur cognait aussi fort que s'il venait de courir un cent mètres.

Anouk prit le temps de réfléchir, et Sol se demanda si elle cherchait ses mots ou si elle regrettait de s'être aventurée sur ce terrain.

— Je ne sais pas, finit-elle par admettre. Je suppose que c'était ça, en fait, le fond de ma question : est-ce que ça a de l'importance ?

— Je ne suis pas sûr de te suivre...

— Qu'est-ce qui compte le plus pour toi ? Les femmes ou les jeunes aidants ? Si ce sont les seconds, au lieu de passer pour un play-boy, tu ne préférerais pas mettre en avant ce côté de toi ?

— Non.

Anouk eut un mouvement de surprise.

— Pourquoi ?

Parce qu'on lui poserait trop de questions, exactement comme Anouk était en train de le faire, et qu'il ne voulait pas qu'en le voyant on voie avant tout un enfant malheureux.

Inexplicablement, toutefois, il aurait voulu qu'Anouk sache qu'il n'était pas qu'un tombeur, et pourtant il ne parvenait pas se résoudre à se montrer sous son vrai jour.

Car il avait beau prétendre le contraire, en vérité, il avait honte de son enfance. S'il avait pu, il aurait gommé ce chapitre de sa vie.

— Parce que je suis fier d'être un séducteur, affirma-t-il avec un aplomb qu'il travaillait depuis plus de dix ans.

Pour la première fois, cependant, il se trouva ridicule.

— Ah oui ? En fait, avec tout ce qu'on m'a raconté aujourd'hui, je commence à me demander où tu trouves le temps pour toutes ces conquêtes amoureuses qu'on te prête...

— Je suis très polyvalent, rétorqua-t-il en riant.

— Il faudrait que tu possèdes le don d'ubiquité, répliqua Anouk sans se démonter. Personne ne peut être présent à plusieurs endroits en même temps.

Il avait l'impression qu'elle lisait dans son âme. Mais si elle savait certaines choses de lui, elle ne pouvait pas tout savoir. Et elle n'en saurait jamais davantage. Tant pis s'il devait être cruel.

— Crois-moi, Anouk, tu n'es pas la première à confondre intimité sexuelle et intimité personnelle. Tu penses me comprendre, mais je ne t'ai donné que du plaisir, rien de plus.

Elle devint blême, et Sol se sentit méprisable. Mais mieux valait passer pour un grossier personnage plutôt que laisser ce désir irrationnel le dominer.

Un pesant silence s'installa, qu'Anouk finit toutefois par rompre.

— Tu es attaché à ces enfants parce que tu les comprends mieux que tu ne le laisses paraître devant les invités fortunés du gala.

— Pas vraiment.

— Tu as pourtant été comme eux, insista-t-elle en soutenant son regard.

Pris au dépourvu, Sol se demanda s'il pouvait bluffer. Étrangement, il pressentait qu'Anouk ne serait pas dupe. Et quelque part, malgré lui, il avait presque envie qu'elle perce sa façade.

— C'est Barbara qui t'a dit ça ? demanda-t-il, d'une voix miraculeusement calme et plate.

Anouk secoua la tête, mais il ne la crut pas.

— Elle sait pourtant qu'elle ne doit divulguer aucune information personnelle, à propos de personne, et à personne.

— Barbara ne m'a rien dit.
— Ça ne peut être qu'elle.
— Non, c'est Libby. Elle m'a dit que vous vous occupiez de votre mère, toi et ton frère.
Un instant, Sol demeura privé de voix.
— Que t'a-t-elle dit d'autre ? parvint-il enfin à articuler.
— Que c'était à toi, et pas à elle, de me raconter ton histoire.
— Libby tout crachée, marmonna Sol avec un petit rire cassant qui se réverbéra entre les murs de plâtre nu.
Et à nouveau, le silence s'installa.
— C'est donc vrai ? hasarda Anouk.
Il ne répondit pas. En niant, il aurait eu le sentiment de trahir une enfant de six ans. Toutefois, il ne savait que dire.
— Quel âge avais-tu ?
Les enfants du centre lui posaient systématiquement cette question ; il y avait répondu un millier de fois, au fil des ans. En revanche, il n'avait jamais toléré aucune indiscrétion de la part de ses collègues de l'hôpital. Mais avec Anouk, c'était différent. Il ne parvenait pas à couper court à cette conversation et, en même temps, il ne parvenait pas non plus à se montrer sincère.
La position était inconfortable. Presque oppressante.
Il aurait dû prendre congé. Si seulement il n'avait pas eu tellement envie de rester encore avec Anouk. Plus il y pensait, plus il lui paraissait évident que, si elle l'attirait autant, c'était parce qu'il n'était pas encore parvenu à ses fins.
Aussi détestable que fût cette explication, il n'en voyait pas d'autre. Aucune autre raison pour que cette femme lui mette ainsi la tête à l'envers.
La solution était de remédier à la situation. De la convaincre qu'il était dans leur intérêt à tous les deux de terminer ce qu'ils avaient commencé le soir du gala. Assouvir leur désir mutuel afin qu'il cesse de les ronger.
— Il n'y a pas encore l'électricité ici, dit-il de but en blanc. Les radiateurs sont alimentés par un générateur. Mais il y a un petit café sympa un peu plus loin dans la rue.
Un instant, ils se regardèrent sans rien dire, et Sol aurait

mis sa main à couper qu'Anouk trouverait un prétexte pour s'esquiver. Mais contre toute attente, elle ajusta la bride de son sac sur son épaule et déclara :

— Eh bien, allons-y.

— Cette affreuse rengaine de Noël passe dans tous les commerces depuis au moins novembre, bougonna-t-elle en entrant dans le café.

Elle ne savait pas pourquoi elle avait accepté de venir là. Sans doute espérait-elle encore des confidences, bêtement.

— Voire octobre, renchérit Sol en riant.

Son malaise s'était dissipé sitôt qu'ils avaient quitté le chantier et qu'Anouk avait cessé de lui poser des questions.

— Choisis une table, dit-il, je vais commander. Qu'est-ce que tu prends ?

Pour sa part, elle était déçue. Si Sol ne voulait pas lui raconter son enfance, il aurait pu au moins l'embrasser. Elle avait cru qu'il était sur le point de le faire, quand il s'était approché d'elle, tout près, les mains sur ses bras. Mais non.

Du coup, elle avait été insistante, voire indiscrète. Alors qu'elle se moquait de qui était Solomon Gunn. Ce n'était pas comme si elle le fréquentait. Elle n'était pas naïve, elle savait qu'aucune femme ne mettrait jamais le grappin sur le bourreau des cœurs. Sauf que… quelque chose ne semblait pas raccord avec la réputation dont on l'avait affublé.

Tout du moins, Anouk essayait de s'en convaincre, pour se justifier de ce qui s'était passé au gala. Certes, elle n'éprouvait pas de regret, mais elle avait besoin de s'expliquer pourquoi elle avait soudain eu ce comportement de séductrice qui ne lui ressemblait pas du tout.

Et restait que cet homme l'intriguait, tout simplement !

Plus elle tentait de le sonder, plus il se fermait, plus il aiguisait sa curiosité.

— Moi, je prends un café aux épices de Noël, dit-il après avoir étudié l'ardoise. Tu as fait ton choix ?

— Un thé. Noir, ordinaire.

Il arqua les sourcils.

— Serait-ce une manifestation de ton aversion pour Noël ?

— Ce n'est pas une aversion.

— Tu détestes vraiment cette période de l'année ?

Il inversait les rôles avec une telle aisance qu'Anouk se demanda s'il le faisait exprès ou non.

— Oui, répondit-elle en haussant les épaules. Je ne suis pas comme toi, je n'aime ni les sapins, ni les guirlandes, ni les villages miniatures.

Le visage de Sol se rembrunit, et elle craignit d'avoir commis une maladresse.

— Pourquoi me parles-tu de villages miniatures ?

— Libby m'a dit que les enfants du centre vous achètent une nouvelle pièce chaque année.

Le sourire revint sur les traits de Sol puis, sans rien dire, il se dirigea vers le comptoir, laissant Anouk trouver une table, et il s'ordonna de ne plus chercher à interpréter chacune de ses paroles ou chacun de ses silences.

— Qu'est-ce qu'on fait là, au juste ? lui lança-t-elle impulsivement dès qu'il la rejoignit avec un plateau. Tu n'amènes pas tes conquêtes ici, j'imagine. Tout du moins, pas après les avoir déshabillées sur un opulent bureau. Avant, peut-être… Quand tu es encore dans la séduction…

Sans un mot, il ôta son manteau, puis il prit place en face d'Anouk et remua son café, pensif.

— Je suis autant dérouté que toi par cette… joute, dit-il enfin, mystérieusement.

— Que veux-tu dire par là ?

— Que ce petit jeu ne nous mènera nulle part.

— Je ne joue pas, répliqua-t-elle, sur un ton qu'elle voulait indigné mais qui se révéla moins convaincant qu'elle ne l'aurait souhaité.

— Par conséquent, je propose qu'on procède autrement, poursuivit-il, ignorant sa répartie. Je crois qu'il faut qu'on se revoie.

— Qu'on se revoie…, bredouilla-t-elle. C'est-à-dire ?

— Au lit, précisa-t-il avec un sourire désarmant.

Bien que sidérée par cette réponse franche et directe, Anouk en éprouva un délicieux frisson.

— Une nuit de pur plaisir, ajouta-t-il, comme s'il craignait qu'elle n'ait pas compris. L'aboutissement de la soirée du gala.

Troublée par cette audace, Anouk revit l'expression qui s'était peinte sur les traits de Sol juste avant qu'il n'enfouisse le visage entre ses cuisses. Chaque cellule de son cerveau lui hurlait de refuser, mais elle garda le silence, contractée… Excitée, déjà.

— Par contre, il y aura des règles de base à respecter.

— Des règles ? répéta-t-elle.

— Pour éviter tout malentendu.

— Il n'y aura pas de malentendu, ne t'inquiète pas, dit-elle d'une voix traînante.

En proie soudain à un violent désir, elle avait l'impression d'être extérieure à son corps. Et alors que le bon sens aurait voulu qu'elle décline ces avances, elle avait hâte de connaître les « règles » et de passer à la suite du programme.

Qui était cette étrangère qui avait pris possession de sa personne ? Et qu'avait donc fait Sol à la véritable Anouk le soir du gala ?

Elle aurait dû s'écœurer. Finalement, elle était une femme facile, comme les autres. Faible. Exactement comme sa mère qui tombait sous le charme de tous les beaux gosses.

Mais Sol n'était-il réellement qu'un don Juan ?

Quelque chose dans sa posture, beaucoup plus tendue que d'ordinaire, quelque chose dans le soin qu'il mettait à choisir ses mots, quelque chose dans son regard semblait indiquer qu'il était beaucoup moins blasé qu'il le laissait paraître.

Ou alors Anouk se faisait des idées…

Quoi qu'il en soit, sa décision était prise. Une occasion de commettre un acte aussi osé avec un homme aussi séduisant que Solomon Gunn ne se reproduirait pas de sitôt.

— Laisse-moi deviner…, dit-elle langoureusement. La règle de base, c'est qu'il ne s'agit que d'une aventure sexuelle, sans lendemain, sans sentiment déraisonnable pour venir compliquer les choses.

— Exactement, à ceci près que j'ai l'intention d'être complètement déraisonnable…

— Oh ?

— J'ai l'intention de te faire passer la nuit la plus folle de ta vie, la plus torride.

Une fraction de seconde, Anouk crut qu'elle avait avalé sa langue.

— Le contraire me décevrait, dit-elle.

Et soudain, ils se levèrent tous deux, Sol l'aida à mettre son manteau et, main dans la main, ils quittèrent le café.

Dehors, la nuit était tombée. Les trottoirs étaient mouillés, mais il ne pleuvait plus. Un vent glacial s'était levé, pourtant Anouk ne sentait pas le froid, le bras de Sol autour de sa taille. À quelques jours de Noël, les rues étaient noires de monde.

— Tu ne trouves pas que c'est bizarre ? demanda Sol tout à coup, en ralentissant le pas et en regardant autour de lui. Il y a vraiment beaucoup de circulation, non, même pour cette période de l'année ?

— C'est vrai… Et les voitures roulent en sens interdit, constata Anouk. Il y a eu un accident quelque part…

— Quelque chose de grave, alors, pour qu'on ait instauré une déviation et qu'il y ait autant de monde…

Sol retira son téléphone de sa poche arrière et ils échangèrent un regard.

— Non, je n'appelle pas, décréta-t-il. Si on a besoin de moi à l'hôpital, ils ont mon numéro.

Anouk arqua les sourcils.

— Et le devoir professionnel ? Passe un coup de fil dans ton service, ou tu sais comme moi que tu auras des remords. Tant pis… C'est sûrement un signe…

— Je ne crois pas aux signes. Toi et moi, c'est inévitable, Anouk. Tu le sais comme moi, ajouta-t-il avec un clin d'œil. On ne peut pas déjouer le destin. Même si on essayait, il nous rattraperait.

— Pas sûr… Je cours vite !

Sol éclata de rire. Un rire extrêmement sensuel.

— Plus tu courras vite, plus tu iras loin, plus dure sera la chute.

La sonnerie de son téléphone l'interrompit.

— Et mince..., grommela-t-il en lâchant la taille d'Anouk.

Dépitée, elle écoutait ses réponses laconiques et tentait de les interpréter.

— Gros accident, dit-il sombrement en raccrochant, quelques minutes plus tard. Une explosion au gaz sur Beechmore Street. Beaucoup de blessés, transférés chez nous et au Royal Hospital.

Saskia...

— Beechmore Street ! s'écria Anouk. C'est tout près de chez moi ! Je dois aller voir !

— Non, c'est dangereux. Tout le quartier a été évacué.

— Je dois aller voir, répéta-t-elle fermement.

Et elle s'avança sur le bord du trottoir pour héler un taxi.

— Tu ne trouveras jamais de taxi. Tout est bloqué, paraît-il. Allons à pied à l'hôpital.

Anouk eut un instant d'hésitation, puis elle pensa aux victimes.

— OK, acquiesça-t-elle.

L'hôpital ne l'avait pas appelée, mais, si la situation était critique, un médecin de plus serait le bienvenu.

Ils avaient à peine parcouru quelques mètres que la sonnerie de son téléphone retentit.

8.

— On a les résultats de la gazo, déclara Anouk à son équipe. pH 7,04 ; lactates à 9.

— Bicarb ?

Elle jeta un coup d'œil à l'ordinateur.

— 8. Base à – 20. OK, les gars, reprenons du début. Voies aériennes ?

Elle attendit qu'on lui communique qu'elles n'étaient pas obstruées avant de demander :

— Fréquence respiratoire ?

La réponse se fit attendre, si bien qu'elle devina que la respiration jusqu'alors faible était maintenant absente. Immédiatement, elle entreprit une réanimation cardio-respiratoire.

La patiente était arrivée dans un état critique. Tout à leur honneur, les ambulanciers étaient parvenus à la transporter depuis le lieu de l'explosion jusqu'à l'hôpital, mais Anouk avait conscience qu'elle ne pourrait pas faire grand-chose pour cette jeune femme.

Elle détestait perdre un malade, quel que soit son âge, et là, le pronostic était sombre. Néanmoins, il était de son devoir de se battre.

Après plusieurs cycles de réanimation, elle finit toutefois par se résigner.

— Pouls ?

Tandis qu'une infirmière le vérifiait sur le moniteur, elle prit le poignet de la victime.

— Pas de pulsation.

À l'écran, le tracé était plat. Contrariée, elle consulta l'horloge et annonça l'heure du décès.

— On aura fait ce qu'on a pu, lui dit une collègue en lui tapotant l'épaule.

Anouk baissa la tête. Certes, elle faisait toujours tout ce qui était en son pouvoir, et ce n'en était que plus frustrant. Mais aujourd'hui, elle n'avait pas le temps de s'apitoyer ; de nouvelles victimes arrivaient sans arrêt, si bien qu'elle tira les rideaux et se dirigea vers le box suivant.

D'ordinaire, elle aimait l'urgence, les défis, les victoires, sauver des vies in extremis. Mais ce soir, elle avait la tête ailleurs.

D'une part, l'explosion avait eu lieu tout près de l'immeuble où Saskia et elle habitaient. Sur le chemin de l'hôpital, elle avait tenté à plusieurs reprises de la joindre ; chaque fois, elle était tombée sur sa messagerie. Toujours sans nouvelles, elle se faisait du souci.

Par ailleurs, elle n'arrêtait pas de penser à Sol. Sans cet accident, elle serait chez lui, en ce moment… Finalement, elle bénissait presque ce contretemps. N'avait-elle pas pris une décision trop impulsive ? N'aurait-elle pas regretté cette incartade ? Mais à présent, n'allait-elle pas regretter d'être passée à côté d'une nuit de folie, d'une opportunité qu'elle ne saurait peut-être plus jamais saisir ?

Bref, ce n'était pas le moment de penser à sa vie sexuelle.

Tandis que les brancardiers emmenaient la patiente décédée, elle s'apprêtait à entrer dans un box lorsque Sol l'interpella.

Son cœur bondit de joie et, soudain, tout s'éclaira.

— On m'a appelé pour un cycliste de trente-deux ans avec des fractures en T12 et L1, dit-il.

— Un de mes patients. Juste là.

Malgré son trouble, elle bascula instantanément en mode professionnel, et elle précéda Sol auprès du blessé. Sa compagne, pétrifiée d'angoisse, était assise à son chevet.

— Voici Jared. Il revient du scanner.

— Victime de l'explosion ?

— Oui. D'après ce que les témoins ont raconté aux ambulanciers, il a été soufflé. Il est passé par-dessus le guidon de son vélo et il a été projeté sur une voiture. Heureusement, il portait un casque. Le scanner a révélé des fractures de la troisième et de la quatrième côte, avec un pneumothorax droit, des fractures en T12 et L1. Des troubles neurologiques ne sont pas à exclure. Il présentait une plaie assez profonde à la cuisse droite, qui a été suturée. On lui a donné 14 mg de morphine.

— OK, je peux voir le scan ?

— Bien sûr. A priori, la moelle n'a pas été touchée…

Anouk s'étonnait elle-même : dans le contexte de l'hôpital, elle parvenait à collaborer avec Sol comme s'il ne s'était absolument rien passé entre eux. Une chance, le contraire eût été ennuyeux !

— Montre-moi le scan, demanda-t-il, alors que son téléphone sonnait.

À l'évidence, la nuit serait chargée.

Pendant plusieurs heures, Anouk travailla sans relâche, occupant ses pauses à chercher des lits pour les victimes de l'explosion, si bien qu'elle finit par perdre la notion du temps.

Elle avait le téléphone en main, pour appeler la neuro, lorsque Sol apparut.

— Tu tombes bien ! dit-elle en reposant le combiné. Je croyais que je n'arriverais jamais à avoir personne !

— Pour Jared ? Notre cycliste avec les fractures en T12 et L1 ?

— Pardon ?

— Je suis content : les fractures sont stables, l'intervention n'est pas nécessaire. Pas non plus de déficit neurologique. Tu peux le muter en soins intensifs, pas la peine qu'il aille en neuro.

Anouk héla une infirmière et la pria de s'occuper du transfert au plus vite, afin de libérer un lit. Puis elle attrapa Sol par sa blouse avant qu'il ne tourne les talons.

— Oui ?

Il regarda ses mains, mais elle n'avait pas le temps de se sentir gênée.

— J'ai besoin de toi. Pour un patient. C'est urgent.

— J'étais juste descendu pour faire le point sur Jared. J'ai un autre malade qui m'attend. Appelle Alice, elle ne devrait pas tarder à être dispo.

— Je ne peux pas me permettre d'attendre Alice.

Sur ces mots, Anouk entraîna Sol vers un écran et lui montra des radios. Vaguement, il lui vint à l'esprit qu'il aurait pu objecter, dans l'intérêt des patients de son service. Par chance, il partait du principe qu'il s'agissait d'un cas gravissime et qu'elle avait réellement besoin de lui.

— Elle s'appelle Jocelyn. Elle se trouvait devant l'immeuble au moment de l'explosion. Elle a été projetée contre un mur de l'autre côté de la rue. Perte de connaissance pendant une dizaine de minutes. À l'arrivée des ambulanciers, elle avait un Glasgow à 3, qui depuis est passé à 11. Attitude très agressive, ce qui d'après son mari n'est pas du tout dans sa nature. On l'a endormie pour l'envoyer au scan.

Anouk afficha d'autres clichés.

— Important hématome sous-dural, constata Sol. De très grande taille, ajouta-t-il, sourcils froncés.

— Oui, avec engagement temporal.

— La pression intracrânienne continue d'augmenter ?

— Oui.

Une intervention immédiate s'imposait. Dans le meilleur des cas, les neurochirurgiens parviendraient à drainer le sang, le cerveau reprendrait sa place et il n'y aurait pas de séquelle. Mais rien n'était gagné d'avance et il fallait agir vite.

Dans le pire des cas, Jocelyn mourrait.

— Je la prends en charge, déclara Sol. Alice s'occupera de mon patient, il est dans un état moins critique.

— Merci, murmura Anouk, soulagée de savoir sa patiente entre de bonnes mains.

La nuit fut mouvementée, mais les satisfactions assez nombreuses pour aider les soignants à tenir le coup pendant douze heures, qui se prolongèrent en dix-huit et s'étirèrent encore… Au bout de vingt-quatre heures, le flot des ambulances finit cependant par se tarir.

Anouk se dirigeait vers les vestiaires, lorsqu'elle croisa enfin Saskia. Elle l'avait aperçue à diverses reprises au cours de la nuit, mais toutes deux étaient tellement débordées qu'elles n'avaient pas eu le loisir de se parler.

Maintenant que le calme était revenu, elles tombèrent dans les bras l'une de l'autre.

— Si tu savais comme j'ai été soulagée quand j'ai su qu'il ne t'était rien arrivé !

— Et moi donc ! Il paraît que tu es arrivée en hélico ?

— On ne t'en a pas dit plus ?

Un vague malaise s'empara d'Anouk.

— Non…

— Kings Boulevard a été impacté par l'explosion.

— Il y a eu des dégâts dans notre immeuble ?

— Tout le quartier a été évacué. Des analyses sont en cours pour déterminer quels bâtiments sont structurellement intacts et quels autres présentent des risques d'effondrement.

Sans un mot, elles s'étreignirent de nouveau.

— Il ne nous reste plus qu'à aller à l'hôtel…, murmura Anouk, désemparée.

Saskia lui posa une main sur le bras, tout en déverrouillant son casier.

— Je… J'ai quelque part où aller.

— Où ça ?

— Chez Malachi, répondit-elle, embarrassée.

— Malachi ?

Le frère de Sol ? Anouk ne comprenait pas. Penchée en avant, son amie changeait de chaussures.

— Saskia, tu es là ? retentit la voix de Sol.

Et la tension qui régnait dans la pièce ne fit que monter d'un cran.

— Oh ! Anouk…, bredouilla-t-il en la voyant. Mal t'attend, dit-il à Saskia. Son hélico est sur le toit. Il ne veut pas le mobiliser trop longtemps, au cas où il y aurait de nouvelles urgences.

— J'y vais…, acquiesça Saskia, de plus en plus gênée.

Sol se tourna vers Anouk.

— J'ai entendu que vous alliez aller à l'hôtel… Il paraît que tout est complet. Le périmètre de sécurité est très large. Beaucoup de logements ont été évacués.

— Ah…

Inquiète pour son amie, Saskia était toujours là.

— Il reste peut-être une chambre de garde, avança-t-elle.

— Ça m'étonnerait, répliqua Sol. Tous les lits ont été réquisitionnés.

— Je peux peut-être demander à Malachi si tu peux venir chez lui, proposa Saskia en prenant la main d'Anouk.

— Ou vous pouvez venir chez moi, suggéra Sol.

Comme prévu initialement… Seulement, plus de vingt-quatre heures s'étaient écoulées depuis qu'Anouk avait relevé ce défi insensé… Et à présent, elle était épuisée – et d'humeur beaucoup moins téméraire.

— Je ne crois pas que ce soit une bonne idée.

— Pourquoi ? se récria Saskia.

Et Sol lui coula un regard reconnaissant.

— En tout cas, moi, je file ! déclara-t-elle en exerçant une pression sur la main de son amie. Je t'expliquerai, OK ? C'est compliqué…

Et là-dessus, elle disparut, laissant Anouk regarder fixement la porte se refermer derrière elle. Tout à coup, elle avait l'impression d'être redevenue adolescente, à la période de sa vie où elle avait pris conscience que tout le monde autour d'elle évoluait alors qu'elle stagnait dans une complète inertie, trop engluée dans les mélodrames de sa mère pour profiter de sa jeunesse.

Était-il possible qu'elle en soit toujours au même point ?

— Tu es au courant de quelque chose ? demanda-t-elle à Sol, repassant au tutoiement maintenant qu'ils étaient seuls.

Les mains dans les poches, il s'adossa contre le mur, dans une pose digne d'un mannequin.

— Possible…

— Mais tu ne veux rien me dire ?

— Je ne suis sûr de rien, répondit-il en haussant les épaules. Ils nous raconteront tout eux-mêmes quand ils en auront envie.

— Ils sortent ensemble ?

— Ce ne sont pas nos affaires. Bon, tu as un endroit où dormir ou tu veux venir chez moi ?

Et il attendit tranquillement, comme s'il lui offrait simplement un service. Or Anouk n'avait pas l'intention d'accepter, non parce qu'elle avait peur de ce qui se passerait, mais parce qu'elle redoutait d'en avoir *trop* envie.

Cela dit, que risquait-elle ? Une nuit de plaisir, voire deux ou trois ? Rien qu'au souvenir du gala, le désir se réveilla, presque douloureux.

Oui mais… N'avait-elle pas décidé vingt-quatre heures plus tôt que le destin avait joué en sa faveur ?

Elle y avait cru, tant qu'elle était préoccupée par ses patients, mais à présent la perspective d'une nuit seule à l'hôtel ne l'enchantait guère. D'autant moins qu'elle était invitée chez un homme beau comme un dieu…

— Au fait, comment va Jocelyn ? s'enquit-elle.

— Elle a été opérée. L'intervention a duré deux heures. On la maintient quelques jours en coma artificiel. On verra quand elle se réveillera…

— Tu aviseras en temps voulu ?

Sol répondit par un mouvement d'épaule.

Rien n'était certain, dans la vie. Mais s'il s'agissait d'un test afin de vérifier qu'il s'intéressait suffisamment à ses patients, il l'avait brillamment réussi !

Anouk allait venir chez lui. C'était inexorable.

— Je ne suis pas l'une de tes conquêtes, dit-elle, sans transition. J'accepte, mais seulement à condition que personne ne le sache.

— Quoi donc ? répliqua-t-il innocemment.

Agacée, elle prit une profonde inspiration.

— Tu sais très bien.

— Non, précise…

Sol arqua les sourcils, un sourire amusé flottant sur ses lèvres ô combien alléchantes.

Anouk poussa un soupir. Si elle était incapable de formuler les choses, comment les assumerait-elle ?

— Une nuit avec toi, répondit-elle sèchement.

— Non ? ! s'exclama-t-il. Je te proposais juste un endroit où dormir. Je n'ai pas le souvenir d'avoir mentionné… une relation sexuelle.

Ces mots dans sa bouche firent monter une bouffée de chaleur en Anouk.

— Je… Tu…, bafouilla-t-elle, gênée, et légèrement vexée. Non, effectivement, tu n'as rien mentionné de tel, poursuivit-elle d'un ton froid. Mais tu sais comment ça va se terminer. C'était d'ailleurs ce qui était prévu avant que l'hôpital nous appelle.

— Un signe du destin, d'après toi. Pour ma part, je ne crois pas à ce genre de trucs.

— Tu me l'as déjà dit. Tu es d'avis que le destin finit toujours par nous rattraper. Plus on le fuit, plus dure est la chute.

— Tu prêtes attention à chacune de mes paroles, j'en suis flatté, dit Sol en étendant langoureusement les jambes devant lui.

— Tu te moques de moi…, riposta Anouk.

Soudain, l'atmosphère était glaciale. Sol se redressa.

— Contrairement à la faible opinion que tu sembles avoir de moi, non, je ne me moque pas des femmes qui me plaisent.

— Ce n'est pas ce qui se dit.

— Je sais, marmonna-t-il en se dirigeant vers la porte. Mais là, je viens de passer vingt-quatre heures éprouvantes, et je ne suis pas d'humeur à ce genre de petit jeu.

— OK, murmura Anouk en prenant son sac et en lui emboîtant le pas, déroutée par cette réaction.

— Pour ce soir, sois tranquille, je t'offre un lit où dormir, rien de plus. On va devoir marcher. Ma voiture est restée au centre. Ça ne t'ennuie pas ?

— Pas du tout.

9.

— Il s'est passé quelque chose avec l'un de tes patients ? hasarda Anouk alors qu'ils marchaient depuis un moment.

— Pourquoi ?

— Je te trouve… bizarre. Ça m'arrive, parfois, de m'attacher à un malade…

Sol ralentit, mais ne s'arrêta pas.

— Un décès, c'est ça ? insista-t-elle d'une voix très douce.

Les rues paraissaient étrangement calmes, après la tempête qu'ils avaient affrontée à l'hôpital.

— Un petit garçon de dix-neuf mois, dit-il enfin après un interminable silence.

Anouk ne répondit pas. Simplement, elle régla son pas sur celui de Sol, en espérant que cela suffirait. Elle ne comprenait que trop bien. Perdu dans ses pensées, Sol avançait tête baissée, les mains enfoncées dans les poches.

— C'est drôle, comme ça peut nous toucher, des fois, tu ne trouves pas ? dit-il au bout d'un long moment.

Question purement rhétorique, Anouk le savait ; néanmoins, elle éprouva le besoin de répondre :

— Tu parles des décès ?

— On voit des gens mourir tous les jours. C'est facile de se blinder. Mais après un accident de cette ampleur…

— Oui, c'est le nombre de victimes, je crois, qui est dur à accepter.

De nouveau, le silence s'installa et, lorsque Sol s'arrêta devant une vitrine, Anouk prit conscience qu'ils étaient déjà dans la partie sud de la ville.

— Tu m'as parlé de village de Noël…, dit-il.

— C'est ça ?

— C'est ça.

Dans un décor enneigé, des petits trains tournaient en boucle, de minuscules figurines flânaient dans des ruelles bordées de magasins d'un autre temps, d'autres patinaient sur un lac gelé. À l'arrière-plan, un funiculaire grimpait à flanc de montagne, une route serpentait de colline en colline, semées de maisonnettes illuminées.

Anouk avait beau ne pas aimer Noël, force lui était de reconnaître que ce petit monde miniature était extrêmement bien fait et dégageait un indéniable charme.

— Voilà pourquoi les enfants se donnent autant de mal, murmura-t-elle. Pour vous offrir des modèles réduits, à toi et à ton frère Malachi. Pourquoi ?

Sol garda le silence.

Elle pressa les doigts contre la vitrine, comme si ce geste pouvait lui révéler la clé du secret de Sol.

— C'est devenu une tradition, répondit-il, évasif.

— Comment ça ?

Elle ne s'expliquait pas pourquoi elle était aussi curieuse, mais elle mourait d'envie d'en savoir davantage. Intriguée, elle se tourna vers Sol, qui contemplait le village illuminé.

— S'il te plaît, Sol…

Il inspira profondément, puis poussa un soupir, ne sachant par où commencer cette histoire qu'il n'avait pas racontée depuis… Cette histoire qu'il n'avait jamais racontée à personne.

— On était tout gamins, mon frère et moi, la première fois qu'on a vu un village de Noël, dans un magasin de jouets. Quand on a voulu entrer, le propriétaire nous a mis à la porte. Dès qu'il nous voyait, il nous chassait : on n'était que des petits morveux, on salissait la vitrine.

— Il a vraiment dit ça ?

— Pire ! Il nous poursuivait avec un balai et nous donnait des coups dans les jambes. Alors on attendait la nuit pour aller contempler le village. À condition d'être sûrs qu'on pouvait laisser notre mère seule. Il y avait un gars qui vendait des donuts dans un camion. Il nous en offrait s'il lui en restait, plutôt que de les jeter.

— C'était gentil, commenta Anouk, le cœur brisé.

Jamais elle n'aurait soupçonné que Sol avait eu une enfance aussi difficile. Certainement personne à l'hôpital ne s'en doutait. Parce qu'il le voulait ainsi.

— Oui, c'était un gars sympa. Des années plus tard, quand Malachi est devenu champion de boxe, il lui a racheté son camion, cinq fois son prix réel, pour le remercier.

— Le marchand de donuts a su qui il était ?

— Oui, il a été très touché. Mal a offert le camion à deux jeunes du centre. Ils en ont quatre, aujourd'hui.

— Waouh !

Anouk pensait que Sol continuerait sur sa lancée, mais il se tut brusquement, comme s'il regrettait d'en avoir déjà trop dit. Sans doute avait-elle soulevé le couvercle d'une boîte fermée à double tour depuis des années, et les souvenirs s'en échappaient par bribes, sans ordre logique, sans qu'il ne puisse les contrôler.

Ou alors c'était encore l'un de ses petits jeux.

— Pour en revenir à nos moutons, on adorait regarder ces petits trains, avec Mal, et on s'était promis qu'un jour on gagnerait assez d'argent pour se payer le village entier, que les imbéciles comme le patron du magasin de jouets nous feraient des courbettes et que plus jamais on ne nous chasserait d'aucune boutique.

— Ça fait longtemps, j'imagine, que vous avez les moyens de vous offrir un village miniature, souligna Anouk en observant Sol de ses grands yeux bleus.

— Oui, on se l'est acheté dès qu'on a pu, juste pour voir ce que ça faisait.

— Et ?

— C'était cool ! répondit Sol en riant. Un peu surréaliste, quand on l'a monté. Deux jeunes adultes savourant un bonheur d'enfant dont ils avaient été privés. Et puis on a offert des scènes à cinq ou six foyers pour enfants.

— Dont Care to Play ? devina Anouk.

— Évidemment. Lorsque les gamins ont appris notre histoire, ils ont décidé de nous offrir une nouvelle pièce chaque année. C'est une question de fierté, pour eux, de vendre des objets qu'ils ont fabriqués dans l'objectif d'acheter une nouvelle échoppe, un nouveau carrousel, une nouvelle patinoire.

— C'est adorable.

— Ils en retirent un immense plaisir.

— Je peux te poser une question indiscrète ? Pour les enfants du centre, vous êtes la preuve qu'on peut réussir en partant de rien… À l'hôpital, la rumeur dit que vous êtes nés dans une famille extrêmement riche…

— Ce n'est qu'une rumeur. Malachi est devenu multimillionnaire grâce à la boxe. Moi, je n'ai rien.

— Les neurochirurgiens gagnent bien leur vie.

Sol se tourna vers Anouk et haussa les sourcils.

— Je me suis plaint ?

— Non… Pourquoi tu ne démens pas les rumeurs ?

— Pour qu'on me pose des tas de questions ? Mon passé ne regarde personne.

— Vous avez un parcours intéressant. Deux jeunes garçons d'origine modeste qui ont réussi deux belles carrières. Les gens adorent les contes de fées. Vous auriez encore plus de succès auprès des femmes.

— Je viens de le dire, nous n'avons pas envie que les gens fouinent dans notre histoire.

Sol s'était exprimé d'un ton cassant, si bien qu'Anouk se garda d'insister, heureuse qu'il lui en ait déjà révélé autant.

Comme si elle comptait pour lui…

— Tu sais que ton bonnet est à l'envers ? dit-il en lui enlevant pour le remettre à l'endroit, un sourire charmeur revenu sur ses traits.

Puis avec une grande douceur, il lui encadra le visage, ses mains dégageant une délicieuse chaleur sur ses joues glacées.

— Sol ? chuchota-t-elle.

Les yeux dans les yeux, ils demeurèrent immobiles, puis il inclina la tête et posa les lèvres sur sa bouche.

La rue, les magasins et les passants se fondirent en un flou artistique. Avec un gémissement, elle s'agrippa à sa veste et lui rendit son baiser avec fougue.

Sa bouche était brûlante, son goût aussi enivrant que le souvenir qu'elle en gardait depuis le gala… Et malgré tous les beaux discours qu'elle avait tenté de se tenir, elle avait terriblement envie de lui.

Il l'embrassait avec une habileté qui lui faisait tourner la tête. En la serrant contre son torse musclé, il explorait sa bouche, se l'appropriait, l'excitait de sa langue, de ses lèvres, de ses dents, et un ronronnement s'échappait de sa gorge.

Ce fut sa perte. Elle qui pourtant se croyait forte et avertie, elle succomba à l'enchantement de cet homme au charme irrésistible, comme tant d'autres avant elle.

— Chez moi ? murmura-t-il.

Anouk n'essaya même pas de parler, elle se contenta d'acquiescer.

À peine eurent-ils franchi la porte qu'ils commencèrent à s'arracher mutuellement leurs vêtements.

Partout où les mains de Sol l'effleuraient, la peau d'Anouk s'embrasait. Partout où ses lèvres se posaient, elles allumaient des incendies. Dans son cou, sur ses épaules, à la naissance de sa poitrine.

Une main derrière sa nuque, il jouait de l'autre sur son corps comme du plus exquis des instruments de musique, et Anouk se sentait révérée, précieuse, adorée.

Chaque caresse attisait la flamme qui la dévorait et, lorsque celle-ci fut trop vive, elle ferma les yeux pour mieux s'abandonner à sa beauté, de glorieuses arias résonnant dans sa tête. Jamais elle n'avait connu pareilles sensations.

De ses doigts, de sa main, de sa bouche, Sol rendait hommage à chaque centimètre de son corps, son dos, le creux de ses reins, la courbe de ses fesses, prenant le temps, comme s'ils avaient toute la vie devant eux, laissant ses doigts longs et forts se promener sans but, du haut vers le bas et du bas vers le haut, provoquant dans leur sillage de merveilleux frissons.

Du haut vers le bas.

Vers le haut, vers le bas.

La comblant et la punissant, jusqu'à faire pulser chaque molécule de son corps d'un désir brûlant, auquel elle ne pouvait que répondre. Comme si elle attendait ce moment depuis toujours. Comme s'il détenait le contrôle de son corps.

Comme si elle lui appartenait.

Le temps s'était figé. Entre les bras de Sol, Anouk se laissait porter par une spirale de sensations, ses caresses incandescentes comme des marques au fer rouge. Plus jamais elle ne serait la même.

Il est habile, lui chuchota une petite voix intérieure. *Il sait te donner l'illusion que tu es spéciale, unique. Tant que tu n'es pas dupe, tout ira bien.*

La voix était cependant trop faible pour dominer le désir. Ou alors Anouk préférait s'y abandonner.

Ce n'est qu'en entendant le bruit délicieusement érotique d'une fermeture Éclair qu'elle réalisa que Sol avait glissé la main dans son jean. Ils n'étaient même pas parvenus jusqu'à la chambre !

— Tu veux… Je veux dire… Ici ?

Pour toute réponse, il fit courir un doigt sur le devant de sa culotte.

Puis il redressa la tête avec un sourire ensorcelant.

— Pardon ? Qu'est-ce que tu disais ?

Une lueur sombre et intense brillait dans son regard, comme s'il ne se contrôlait pas autant qu'il voulait le montrer, comme si elle l'excitait davantage qu'il ne le laissait paraître.

Une pensée grisante.

Avant qu'Anouk n'ait retrouvé la voix, il écarta la fine barrière de dentelle et répéta le même geste.

— Tu veux que j'arrête ? demanda-t-il d'une voix rauque, tout en la caressant, puis il introduisit un doigt dans sa chaleur.

Le sexe d'Anouk se contracta, elle entrouvrit les yeux.

Quand il retira son doigt, elle ne put retenir un petit cri de protestation.

— Pas de panique, susurra-t-il, je suis là…

Et il se lécha lascivement le doigt.

— Qu'est-ce… que… tu fais ? articula-t-elle à grand-peine.

— Je savoure…, répondit-il, les paupières lourdes.

Tout le corps d'Anouk vibrait de désir.

— Oh oui…, murmura-t-il en insérant de nouveau la main dans son jean, puis son doigt humide où elle le désirait. Alors… Je continue ? Ou je m'arrête ?

Anouk tressaillit et elle se mordit la lèvre inférieure. Sol la privait de voix, tel un magicien usant de ses doigts pour lui jeter des sorts.

— Dis-moi, s'il te plaît…

Au prix d'un suprême effort, elle souleva ses paupières à demi closes. Parler demeurait toutefois au-dessus de ses forces. Alors elle se cambra et se tendit vers sa main, qu'il éloigna. De quelques millimètres. Elle sentait la chaleur qui en émanait mais elle ne pouvait pas l'atteindre.

— Je veux que tu me dises ce que tu veux, insista-t-il.

Cet homme était diabolique.

— Continue, souffla-t-elle.

Il se fit une joie de s'exécuter.

— Tu es tellement excitée…, dit-il d'une voix si sensuelle qu'elle crut qu'elle allait jouir.

Elle tenta de répondre mais seul un gémissement franchit ses lèvres. De ses doigts experts, Sol continua de la caresser et ce n'est qu'au bout d'un moment qu'Anouk s'aperçut que les petits cris qu'elle entendait provenaient d'elle. Jamais personne ne lui avait fait ce que Sol était en train de lui faire.

Elle lévitait hors de son corps et en même temps elle était totalement à la merci de cet homme. Elle eut à peine conscience de tourner la tête pour chercher sa bouche. Les mouvements de sa langue, en accord avec ceux de ses doigts, attisèrent encore davantage le brasier.

La main de Sol quitta sa nuque pour se poser contre sa joue, presque tendrement, bien que ce ne fût pas du tout son genre – Anouk conservait tout de même un brin de lucidité – et elle se donna entièrement à ce baiser.

Des sensations inouïes déferlaient dans son corps, de sa bouche vers son sexe et de son sexe vers sa bouche. Partout où Sol la touchait, des ondes incroyables se répandaient en elle. Plus jamais elle ne connaîtrait cela avec un autre, elle en était certaine. Après Solomon Gunn, plus personne ne pourrait la satisfaire.

Mais pour l'instant, elle s'en moquait. Pour l'instant, seul comptait ce qu'elle ressentait grâce à lui.

Un soupir langoureux lui échappa et Sol s'écarta pour sonder son regard, comme s'il cherchait à y déceler quelque chose. Ou comme s'il lui communiquait un message silencieux qu'elle ne comprenait pas. Elle aurait voulu lui poser la question, mais elle était toujours incapable de formuler le moindre mot. Ses doigts habiles jouant dans sa chaleur moite, elle parvenait tout juste à respirer. Il suivait le tracé de ses replis les plus secrets, prenait son sexe au creux de sa paume, et, quand il glissa de nouveau un doigt en elle, elle se cambra avec un gémissement avide.

Les yeux de Sol se voilèrent de désir.

— Tu aimes ça, hein, *zolotse* ? murmura-t-il d'une voix râpeuse.

En se mordant la lèvre, elle acquiesça de la tête. Quand bien même elle aurait pu parler, elle n'aurait su que dire. Ses doigts la rendaient folle, sa langue et ses dents dans son cou la mettaient au supplice.

Elle ne s'était pas rendu compte qu'elle s'était mise à se frotter contre sa paume, l'implorant ainsi d'accélérer le rythme alors qu'il semblait vouloir prolonger son agonie. Elle se sentait basculer dans l'abysse, happée dans un tourbillon dont elle craignait qu'il ne l'emporte avant que Sol ne la pénètre. À tâtons, elle entreprit de dégrafer sa ceinture. L'érection qui déformait son jean ne fit qu'accroître son excitation. Mais de sa main libre, il lui saisit les poignets.

— On a le temps, chuchota-t-il, sans interrompre le divin concerto de ses doigts. Toi d'abord…

Jamais elle ne s'était sentie aussi adulée, aussi puissante, aussi sûre d'elle et de son corps.

Et finalement, l'orgasme déferla, électrisant chacune de ses terminaisons nerveuses, du sommet de son crâne jusqu'à la pointe de ses orteils et, d'un habile mouvement, Sol la catapulta encore plus haut, sur la crête d'une vague de sensations indescriptibles, dont elle aurait voulu ne jamais redescendre.

Lorsque le flot de plaisir sembla se tarir, Sol le fit enfler à nouveau et, quand il déclina, il le fit remonter.

Encore et encore.

Jusqu'au moment où Anouk se laissa retomber entre ses bras, à bout de souffle, repue, comblée.

Alors il la porta jusqu'à son lit, comme il l'avait maintes fois imaginé. En clignant des paupières, elle reprit lentement ses esprits et il la regarda balayer la pièce du regard, mi-amusé, mi-affamé.

— Oh…, bredouilla-t-elle, et il se pencha au-dessus de sa bouche afin de cueillir ce son sur ses lèvres.

— J'ai pris la liberté de t'emmener dans mon lit, dit-il en promenant le regard sur son corps nu. Et celle de te déshabiller. Pas d'objection ?

— Au contraire…, répondit-elle d'une voix lourde de désir. Tu as pris une très bonne initiative.

Et comme pour prouver sa sincérité, elle s'étira sous lui et écarta les jambes afin de l'accueillir contre sa chaleur humide.

— Doucement, *zolotse*…, murmura-t-il, dangereusement près de perdre le contrôle.

Elle noua les bras autour de son cou, les jambes autour de sa taille.

— Tu crois ? chuchota-t-elle avec un sourire provocant.

Avant qu'il ne puisse répondre, elle souleva les hanches et l'amena en elle. Sol en eut le souffle coupé. Avec un grognement, il s'enfonça en elle, savourant le frisson qui la parcourut, le spasme de son sexe autour du sien.

Puis il se retira doucement, pour mieux se glisser en elle,

avec une lenteur délibérée, luttant de tout son être contre la tentation de lâcher prise.

Il s'efforça de tenir ce rythme le plus longtemps possible mais, malgré lui, il allait et venait de plus en plus vite, de plus en plus loin, de plus en plus fort, Anouk ondulant du bassin au gré de ses coups de reins. Et rapidement, il sentit l'orgasme monter en elle, comme il montait en lui.

Quand la respiration d'Anouk se fit plus courte, il glissa une main entre eux afin de caresser l'épicentre de son désir.

Elle hurla son prénom et il se répandit en elle.

10.

Il sut qu'elle n'était plus là avant que ses yeux ne s'habituent à l'obscurité. Il le sentait. Sans elle, le lit semblait… vide. Et un irrationnel sentiment de colère l'envahit à la pensée qu'elle était partie comme une voleuse pendant qu'il dormait. Lui qui n'avait jamais le sommeil profond.

Il rejeta les draps, enfila un pantalon de jogging et sortit dans le couloir d'un pas rageur. Puis son cœur se gonfla quand il vit de la lumière dans le living, d'où provenaient des cliquetis de vaisselle.

Il s'avança et s'appuya contre l'encadrement de la porte. Anouk lui avait emprunté un T-shirt. Assise sur un tabouret devant le comptoir de granite, elle mangeait un bol de céréales.

— Tu avais faim ?

Elle sursauta.

— La journée de travail a été longue et la nuit… sportive, bredouilla-t-elle avec un sourire emprunté. Je ne voulais pas te réveiller.

— Ne t'en fais pas.

D'un placard, il retira un autre bol et le remplit de céréales. Anouk avait laissé le lait sur le comptoir. Il se servit puis rangea la bouteille au réfrigérateur.

— Maniaque ? plaisanta-t-elle.

— Bordélique ? riposta-t-il en riant.

Indignée, elle redressa les épaules.

— Pas du tout. J'aurais tout remis en ordre après avoir fini.

— Pardon, je retire ce que j'ai dit.

Il attaqua ses céréales tout en la regardant descendre de

son tabouret et laver son bol à l'évier. La voir ainsi dans sa cuisine lui procura un drôle de sentiment… qu'il ne prit pas la peine d'analyser.

— Je… Je retourne dans ton lit ? Ou… je vais dans la chambre d'amis.

L'habituelle réserve d'Anouk avait repris le pas sur sa nouvelle audace. Sol n'essaya même pas de dissimuler son amusement.

— À ton avis ? Tu reviens dans mon lit !

— Moque-toi de moi…, grommela-t-elle. Ce n'est pas mon genre de… passer la nuit chez un homme.

— Malgré ma réputation de play-boy, j'ai quelques notions de savoir-vivre. Certes, je ne suis pas fait pour le couple, l'amour et tout le tralala, mais je ne mets pas les femmes à la porte en pleine nuit après avoir couché avec elles.

— N'importe quoi…, murmura-t-elle.

— Comment ça ?

Elle s'humecta les lèvres nerveusement et Sol s'efforça de ne pas fixer sa bouche.

— Je crois que le sexe te sert de prétexte.

— Ah oui ?

— Oui, pour éviter les relations trop intimes.

Sol se sentit gagné par une bouffée de colère. Accompagnée de quelque chose ressemblant étrangement à de la frayeur.

— C'est idiot de dire que tu n'es pas fait pour l'amour, insista Anouk.

— Attention, *zolotse*, tu franchis certaines limites…

Une autre aurait été intimidée, or Anouk n'était pas comme les autres.

— Il faut bien que quelqu'un t'ouvre les yeux, répliqua-t-elle.

— Que cherches-tu ? À me faire dire que je suis amoureux de toi ?

— Sûrement pas ! se récria-t-elle, horrifiée. C'est… ridicule !

— Complètement. Je ne crois pas en l'amour et je n'en ai pas à offrir.

— Tu en offres pourtant à tes patients, aux enfants du centre, à ton frère. Ça crève les yeux.

Pourquoi diable s'acharnait-elle à vouloir faire de lui un être meilleur qu'il n'était en réalité ? Il n'en avait que davantage conscience de ses défauts, et cela le mettait hors de lui.

— Tu essaies de me voir tel que tu voudrais que je sois, rétorqua-t-il d'une voix sourde.

La colère montait mais, au moins, elle était plus facile à gérer que toutes ces émotions menaçant de le submerger.

— Tu t'en veux d'avoir couché avec moi, poursuivit-il. Alors tu essaies d'embellir le tableau. Mais ça ne sert à rien, je ne suis qu'un croqueur de femmes et je l'assume. Je t'avais prévenue.

Il avait fait mouche. Il le vit à la façon dont elle se raidit et rejeta la tête en arrière.

— Pas du tout ! protesta-t-elle. Je te dis juste que tu n'es pas celui pour qui tu te fais passer. Qui cherches-tu à leurrer ? Toi ou les autres ? Il n'y a que toi qui puisses savoir. Pour moi, c'est du pareil au même.

— On dirait pourtant que tu tiens à me changer.

Si les céréales de Sol avaient contenu du verre pilé, elles n'auraient pas été plus dures à avaler. Anouk l'observait sans répondre, une expression solennelle dans ses superbes yeux bleus.

— Sais-tu que je suis venue en Angleterre pour essayer de retrouver mon père ? demanda-t-elle soudain.

Non, évidemment, il l'ignorait, et il la soupçonnait de ne l'avoir jamais dit à personne, excepté peut-être à Saskia. Néanmoins, il voulait bien l'écouter, si c'était ce dont elle avait besoin. Du reste, sa colère commençait à se dissiper.

— Non, je ne crois pas…, répondit-il.

— Juste avant de… mourir…, ma mère m'a révélé qu'elle avait un jour reçu une lettre de mon père.

— Tu ne le connaissais pas ?

— Non. Elle avait toujours affirmé qu'il ne voulait rien savoir de nous.

— Que disait-il, dans cette lettre ?

— Je n'en ai pas la moindre idée. Ma mère l'avait jetée au feu, et puis elle a eu des remords, mais elle n'a pu récupérer que l'angle où figurait l'adresse.

Anouk se tut brusquement, comme si elle hésitait encore à se livrer. En revanche, Sol brûlait d'entendre la suite, lui qui ne s'intéressait jamais à la vie des femmes avec qui il couchait.

— Tu as quitté les États-Unis parce qu'il vivait en Angleterre ?

— À Moorlands, plus précisément.

— Tu as retrouvé sa trace ?

Que diable lui avait fait cette femme pour le captiver à ce point ? Un combat faisait rage en lui et pendant quelques secondes, quelques minutes, quelques heures, il retint sa respiration, ne sachant quel camp l'emporterait.

— C'était il y a huit ans… Saskia est venue avec moi.

— Et ?

— Il était mort depuis cinq ans. Une jeune famille vivait dans sa maison, mais les voisins me l'ont confirmé.

— Tu es sûre de cette info ?

Un sourire triste étira les lèvres d'Anouk.

— Aucun doute. Je suis allée sur sa tombe.

— Je suis désolé.

Sol était sincère, quand bien même il ne savait que dire. Anouk s'adossa au comptoir, les bras croisés sur la poitrine, dans une pose défensive.

— Je n'ai pas besoin de ta pitié, Sol. Je voulais juste te faire comprendre que, si je te dis que tu es capable d'aimer, ce n'est pas parce que je veux que tu m'aimes. Les conditions étaient claires : cette aventure serait sans lendemain. C'est uniquement pour cette raison que j'ai accepté. Loin de moi l'intention de revenir là-dessus. Moi non plus, je ne veux pas d'une relation sérieuse. Moi non plus, je n'ai jamais cru en l'amour.

De nouveau, Sol sentit la rage gronder, non pas contre Anouk, ni contre lui-même, mais contre ceux à cause de qui elle doutait maintenant que quiconque puisse jamais lui donner de l'amour.

— Tu as fait confiance à des gens qui ne le méritaient pas…, dit-il entre ses dents serrées.

Il avait envie de lui tendre la main, de la prendre dans ses bras, de lui dire combien elle était belle, douce et attachante. Car elle n'en était pas consciente, il ne s'en rendait compte qu'à présent. Comment avait-il fait pour ne pas s'en apercevoir plus tôt, lui d'ordinaire si psychologue ?

— C'est ça, acquiesça-t-elle platement. Mais qui se méfierait de sa mère et de sa grand-mère ? Pourtant, elles m'ont menti toute ma vie. Et si ma mère a fini par me dire la vérité, je crois que c'était juste pour remuer le couteau dans la plaie, pour me montrer qu'elle avait gardé la main jusqu'à son dernier souffle.

— Elle n'est plus là, maintenant, et tu as autour de toi des gens dignes de confiance. Moi, par exemple ; tu peux compter sur moi.

Anouk arqua les sourcils.

— Dit l'araignée à la mouche…

Effectivement, Sol ne pouvait nier qu'elle avait toutes les raisons de douter de lui. Alors pour se racheter, il se résolut à répondre aux questions qu'il avait éludées.

— J'avais cinq ans quand Malachi est plus ou moins devenu soutien de famille.

Anouk eut un mouvement de surprise.

— Tu n'es pas obligé… Je ne te parlais pas de moi pour que tu me parles de toi.

— Il s'occupait de moi, et de notre mère quand il le fallait, poursuivit-il néanmoins.

— Elle était malade ? demanda Anouk après une brève hésitation.

Si l'on considérait la toxicomanie comme une maladie. Pour l'avoir côtoyée au quotidien, Sol et son frère n'étaient pas aussi charitables. Toutefois, il ne l'aurait pas admis à voix haute.

— Plus ou moins, dit-il, sans parvenir à cacher son mépris.

Loin de paraître choquée, Anouk semblait comprendre.

— Et ton père ?

— Il est mort très jeune. C'est pour ça qu'elle est tombée… malade.

— Mais c'était un bon père, avant de mourir ?

Pièce après pièce, elle s'efforçait de reconstituer le puzzle, dont il lui manquait encore de nombreux éléments.

— Je n'irais pas jusque-là… Il était soldat de l'Armée rouge.

— Tes parents étaient russes ?

— Seulement mon père. Il avait été blessé et démobilisé. Comme il n'avait aucune qualification, il vivait de petits boulots sur les docks. Quand il n'était pas en train de se battre dans les pubs.

— Il vous maltraitait ?

— Non, ce n'était pas un père modèle mais il n'a jamais été violent avec nous, si ce n'est une claque de temps en temps, comme ça se faisait à l'époque. Ce qui relève du miracle pour un gars qui avait été le punching-ball de son père. Par contre, dès notre plus tendre enfance, il nous a appris à nous battre. C'était sa façon de tisser des liens avec nous. Avec Mal, surtout, parce qu'il était l'aîné.

— C'est de là qu'est née sa vocation de boxeur ?

— Mon père ne se serait sûrement jamais douté qu'il en ferait un champion… L'amour n'était pas son fort. Même sa relation avec ma mère était plus passionnelle qu'amoureuse. Elle nous donnait de l'affection, quand on était petits ; lui faisait bouillir la marmite.

— De quoi est-il mort ?

— Une bagarre qui a mal tourné. Hémorragie cérébrale. Merci de m'épargner le couplet sur les raisons qui m'ont amené à devenir neurochirurgien ! Ma mère ne l'a pas supporté, elle a sombré dans la drogue. Dans notre quartier, elle n'avait aucun mal à se fournir. Et très vite, son affection pour ses enfants s'est tarie.

— Quel âge avait Malachi ?

— Huit ans. Deux ans plus tard, elle était complètement

accro, et c'était Mal qui gérait tout, qui subvenait aux besoins de toute la famille.

— À dix ans ? s'exclama Anouk. Un enfant de dix ans ne peut pas travailler !

— Si, dans les gangs.

Elle dévisagea Sol avec une expression abasourdie.

— Dans les gangs… Que faisait-il ?

Sol croisa les bras sur la poitrine. Vingt ans plus tard, il ignorait toujours ce qu'avait fait exactement son frère pour qu'ils gardent un toit au-dessus de leur tête et qu'ils mangent à leur faim. Car tous deux auraient préféré se tuer plutôt qu'être placés dans une famille d'accueil et séparés l'un de l'autre.

Sol ne comprenait pas pourquoi il se livrait aux confidences. Anouk les lui soutirait une à une, avec la même patience et la même compassion dont il faisait preuve à l'égard des enfants du centre. Et s'il éprouvait une drôle de sensation, tout à coup de l'autre côté du miroir, celle-ci n'était pas déplaisante.

— Des gangs de trafiquants ? demanda Anouk.

Sol eut un petit rire. Témoin de la déchéance de leur mère, Malachi n'avait jamais voulu tremper dans le milieu de la drogue.

— Non, surtout pas, bien qu'il ne m'ait jamais tout dit… Je sais seulement qu'il prenait des paris pour des bookmakers, entre autres. On lui faisait confiance parce qu'on connaissait notre père. Il a sûrement fait des trucs louches, mais jamais moralement répréhensibles. Malachi a toujours été quelqu'un de très droit, même enfant.

— Il paraît si posé…, murmura Anouk, songeuse.

Elle ne jugeait pas, ne s'apitoyait pas, ne dramatisait pas. Elle écoutait, avec beaucoup d'attention et de respect. Et malgré lui, Sol continuait de s'épancher.

Néanmoins, il en était conscient.

— Mal n'est pas aussi calme qu'il en donne l'impression. C'est un dur qui a grandi à l'école de la rue. Pour que son petit frère puisse aller à l'école. Tu me croiras si tu voudras, mais j'étais un gamin beaucoup plus discipliné que lui.

— Sol le play-boy, un enfant sage ? railla Anouk avec un sourire plein de tendresse.

— Étonnant, n'est-ce pas ?

— Mal a donc arrêté l'école à dix ans ?

— Il a toujours eu une mémoire impressionnante. Des garçons de son âge me faisaient passer leurs cours. Je savais me montrer persuasif.

— Comme ton père te l'avait appris ?

— Au début, seulement, avoua-t-il en toute honnêteté. Avec les garçons de dix ou onze ans qui avaient du mal à rendre un service demandé poliment par un petit de huit ans. La deuxième fois, ils étaient plus sympas.

— Je ne savais pas tout ça.

— L'essentiel, c'est qu'on s'en est sortis. Mais sans Mal, je ne serais jamais devenu chirurgien.

Ni l'un ni l'autre des deux frères n'auraient jamais imaginé la moitié de ce qu'ils avaient aujourd'hui, ni le chemin parcouru pour en arriver là. Toujours ensemble.

— Qu'est devenue ta mère ?

Malgré lui, Sol se raidit.

— Mal lui a payé je ne sais combien de cures de désintoxication, elle replongeait sans cesse. J'avais dix-sept ans quand elle est morte.

— Je suis désolée.

Sol haussa les épaules, et s'efforça de passer outre le nœud qui se formait dans sa gorge.

— En quelque sorte, sa mort nous a libérés.

Anouk l'observait avec un regard empli de douceur, et il détourna la tête, de crainte qu'elle ne lise jusque dans le tréfonds de son âme – la honte qu'il ressentait encore au souvenir de son enfance défavorisée.

— C'est pour ça que tu te fais passer pour un tombeur allergique au couple et à la famille ? À cause des antécédents de ta mère ?

Il garda le silence, ne sachant que répondre, n'y tenant pas vraiment. Les mains en appui sur le comptoir, il se contenta de fixer le mur carrelé.

Anouk descendit de son tabouret et lui encadra le visage, le forçant à la regarder, mais il n'avait plus envie de parler.

Il avait oublié que le but de ces confidences était de gagner sa confiance. Qu'il attendait qu'elle le désire au point de le supplier, comme le soir du gala.

— Les confessions sont terminées, *zolotse*, dit-il en lui enlaçant la taille.

Elle ne résista pas, et ne protesta pas davantage lorsqu'il posa la bouche contre la sienne.

Le corps de Sol entra instantanément en fusion. Cette femme était une allumette. Chaque caresse de ses lèvres sensuelles, chaque frémissement de son corps magnifique, chaque gémissement qu'il lui arrachait en promenant le doigt sur ses seins délicieusement tendus rendait son érection un peu plus douloureuse. Jamais aucune femme n'avait éveillé en lui un désir aussi intense, aussi violent. Bien plus profond que la simple attirance charnelle.

Elle était de la dynamite. Il n'avait jusque-là connu que de la poudre noire.

11.

— Qu'est-ce qui t'arrive, *bratik* ? demanda Malachi, assis à son luxueux bureau.

Sol se servit un café, puis il prit deux viennoiseries sur une serviette en papier, et s'installa dans un fauteuil face à son frère.

— Rien, pourquoi ?

Il venait de passer une semaine dont il se souviendrait toute sa vie. Après son « aventure d'un soir » avec Anouk, il n'avait pu se résoudre à la laisser partir et elle ne s'était pas fait prier pour rester. Il n'y avait pas une pièce de son penthouse où ils n'avaient pas fait des folies de leur corps.

— Tu as un sourire jusqu'aux oreilles…

— Toi, en revanche, tu fais une tronche de six pieds de long. Pire que d'habitude. Si tant est que ce soit possible.

— Ha, ha ! très drôle.

— Merci.

— Crétin.

Sol haussa les épaules avec indifférence et engloutit sa seconde viennoiserie.

— On dirait que tu crèves de faim.

— Toujours, répliqua Sol en regardant autour de lui. *Vkusno !* Tu as fait un sapin, cette année ?

Jamais il n'avait vu la moindre déco de Noël dans le bureau de son frère. Malachi détestait la période des fêtes au moins autant qu'Anouk.

— Je me suis rendu compte que c'était bon pour le moral. Je ne suis pas seul à travailler ici, figure-toi. Écoute, j'ai une réunion du conseil d'administration à préparer. Si tu as quelque chose à me dire, ne tourne pas autour du pot.

Sol ne pouvait s'empêcher de jeter des coups d'œil au sapin, qui ressemblait étrangement à celui du service de réanimation… Anouk n'avait-elle pas dit que c'était Saskia qui l'avait fait ? Malachi la voyait-il donc toujours ?

— Toi et moi, on a toujours prétendu qu'on n'était pas faits pour la vie à deux. Qu'à cause d'*elle* on n'était pas capable d'aimer… Mais si on s'était trompés ?

— On a déjà eu cette discussion mille fois…, soupira Malachi.

— Nous deux, on s'est toujours aimés, non ?

— Tu es d'humeur à philosopher ? Ou serais-tu amoureux ?

— N'importe quoi !

— Tu es sûr que ce n'est pas une femme qui te rend si guilleret ? Anouk, par hasard ?

Un instant, Sol fut tenté de nier, de crainte de tout gâcher s'il parlait d'Anouk à son frère. Du reste, il ne savait comment présenter les… sentiments qui se bousculaient en lui.

— Tu prends un joker ? insista Malachi.

Sol garda le silence quelques secondes, puis il se résolut à la franchise.

— Tu as raison, c'est Anouk.

— Il y a quelque chose entre vous ?

Il était inutile de préciser que « quelque chose » signifiait davantage qu'une aventure sexuelle. Les deux frères se connaissaient bien.

— Je n'en sais rien. Peut-être. En vérité… C'est à cause d'elle que je suis là.

Malachi scruta attentivement le visage de son frère.

— Qu'est-ce que je peux faire pour toi ? demanda-t-il enfin.

— Tu connais des gens qui peuvent mener une petite enquête, n'est-ce pas ?

Malachi inclina la tête.

— J'aimerais savoir tout ce qu'il est possible de savoir sur cet homme.

Sol alluma son téléphone et afficha la note où il avait

recopié toutes les informations figurant sur une feuille de papier coincée dans un cadre photo chez Anouk.

— Il est mort depuis treize ans, précisa-t-il en tendant le téléphone à son frère.

Sans la moindre question, Malachi recopia tous les éléments, tandis que Sol se demandait ce qu'il aurait fait s'il avait été fils unique.

Anouk avait raison : leur relation avec leur mère avait été destructrice, mais les deux frères avaient toujours cru l'un en l'autre et ils s'étaient toujours serré les coudes.

Comment avait-elle fait, elle qui les connaissait si peu, pour analyser si justement ce qu'eux-mêmes ne parvenaient pas à comprendre ?

— Tu n'as pas peur de la faire souffrir ?

— Pardon ? bredouilla Sol, s'arrachant à ses pensées.

— Tu te crois capable de te caser ?

— Qui a parlé de se caser ? protesta-t-il.

— Alors pourquoi te donner autant de mal pour elle ?

— Parce qu'elle est... différente, répondit Sol, en choisissant ses mots avec soin. Mais il n'y a rien de sérieux entre nous.

— OK..., marmonna Malachi en se levant.

Et il alla se poster devant la fenêtre. Il était mal à l'aise, Sol le voyait, si bien qu'il prit le risque de plonger à son tour dans les eaux dangereuses des questions personnelles.

— Et toi, frangin, tu en es où, côté cœur ?

Malachi fit volte-face mais ne répondit pas, et un silence tendu s'installa. Sur le visage fermé de son aîné, Sol lisait la colère ; la gêne aussi, et peut-être une certaine frayeur.

Chez un homme qui n'avait peur de rien...

— Je crois que je préfère le Sol coureur de jupons, dit enfin Malachi. Là, on dirait un chien perdu sans collier. Le petit toutou d'Anouk.

En dépit du ton désagréable de son frère, Sol savait qu'il ne voulait pas être méchant.

— Va te faire foutre, je ne suis le toutou de personne, rétorqua-t-il.

Et il alla prendre une troisième viennoiserie.

— Normalement non. D'habitude, tu leur jettes des cailloux pour les tenir à distance.

— Qui ? Les chiens ?

— Les chiens, les femmes, les mamies. En tout cas, je ne t'ai jamais vu regarder personne comme tu la regardais au gala.

— Elle s'appelle Anouk, grommela Sol, avant de s'apercevoir que son frère le provoquait.

Malachi connaissait très bien le prénom d'Anouk. Il l'avait déjà employé à plusieurs reprises.

— Et je ne la regardais pas « comme ça », ajouta-t-il.

Malachi arqua un sourcil.

— Tu ne me balances pas une vanne ? dit Sol quand le silence devint insoutenable. Oh ! qu'est-ce qui t'arrive, frérot ?

— Rien.

— Je te sens tendu.

— Non… Pas plus que toi.

Sol s'adossa contre une commode.

— Allez, vide ton sac, *bratik*. Tu verras, ça fait du bien…

Il avait l'impression d'avoir fait un bond dans le temps, d'être redevenu le petit frère suppliant son aîné de lui dire ce qu'il partait faire, la première fois que les frères Mullen lui avaient confié une mission.

Et alors qu'il n'y croyait plus, Malachi prit enfin la parole.

— Après tout ce qu'elle nous a fait subir, je ne voulais pas de femme ni de gosse… J'avais déjà assumé mon lot de responsabilités. J'en avais soupé…

— Mais maintenant ?

— Depuis quelque temps… je ne sais plus trop.

Malachi se tourna de nouveau vers la fenêtre.

— Laisse tomber, marmonna-t-il. Oublie ce que je t'ai dit.

Depuis des années, ils n'avaient jamais parlé de leur enfance. Ni de leurs sentiments. Ils étaient les frères Gunn. Des durs. Ce n'était pas de cette manière qu'ils réglaient les problèmes. Mais soudain, quelque chose avait changé.

Grâce à Anouk ? Non, Sol ne pouvait pas se résigner à

croire qu'elle exerçait une telle influence sur sa vie. Le cap de la trentaine, peut-être… Ou l'accident d'Izzy…

— Tu crois qu'on en est capables, Mal ?

— De quoi ?

— De… D'aimer.

— Tu aimes Anouk ?

— N'interprète pas ! Ce n'est pas ce que j'ai dit. Je te posais juste une question.

Sol se rendait compte qu'il n'était pas convaincant pour un sou. Et pourtant, il disait vrai : il n'était pas amoureux. Certes, il avait du mal à définir ce qu'il partageait avec Anouk, mais une chose était sûre, ce n'était pas de l'amour !

— Non, je ne crois pas qu'on en soit capables…, dit enfin Malachi d'une voix morose. Mais d'abord, est-ce qu'on mérite de vivre l'amour ?

Sol ne sut que répondre, mais son frère poursuivit sans attendre de réponse.

— Ou plutôt, question plus pertinente, est-ce qu'une femme mérite notre amour, sachant qu'on n'est pas capables d'en donner ?

Ce fut pour Sol comme un coup de poing dans le ventre, qui lui coupa la respiration.

Malachi avait-il raison ? Leur amour serait-il davantage une malédiction qu'une bénédiction ?

En proie à des dizaines de pensées contradictoires, il balaya la pièce du regard, fuyant celui de son frère, et ses yeux se posèrent sur le sapin.

— C'est Saskia qui l'a décoré ? demanda-t-il.

— Ce ne sont pas tes affaires, répliqua Malachi sèchement.

— Parler te ferait du bien, tu sais… Notre mère a pourri notre enfance. Il est grand temps de décider si on veut la laisser pourrir notre avenir.

— Alors, de quoi souffre ce jeune homme ? s'enquit Sol.

Il n'avait pas touché terre de la journée, mais ce rythme n'était pas pour lui déplaire.

Le jeune médecin qui l'avait appelé parut soulagé de le voir.

— Darren a dix-neuf ans, il est épileptique. Ce matin, il a fait deux crises coup sur coup, ce qui ne lui arrive jamais. Les crises tonico-cliniques généralisées étaient jusque-là espacées de plusieurs mois, souvent corrélées à un autre facteur, en général une infection.

— Et là ?

— Une otite.

— Vous avez commencé les antibios ?

— Oui, bien sûr.

— Bon, on n'aura pas forcément de complications neuros. Tenez-moi au courant. Je reste dans le service. On m'a aussi appelé pour un autre patient.

Sol pénétra dans le box juste au moment où Anouk se redressa. La surprise se peignit sur son visage, mais elle se ressaisit aussitôt.

— Jack jouait au foot avec des amis, ils avaient un peu bu, il est rentré dans un arbre. Il a vingt-cinq ans. Perte de conscience d'environ cinq minutes. Pupilles asymétriques et réactives. État d'agitation. On l'emmène au scanner.

— Je vous accompagne.

L'asymétrie pupillaire suggérait une hémorragie cérébrale.

— OK, allons-y, acquiesça Anouk, puis elle donna une série d'instructions à son équipe. Pas de réponse verbale, précisa-t-elle à l'intention de Sol, mais des réactions motrices sur ordre. Je n'arrive pas à savoir si l'absence de communication est due à l'alcool ou au traumatisme.

— Tu vas au centre ce soir ? demanda-t-elle à Sol tout en marchant derrière le brancard.

— Oui, pourquoi ?

— J'avais l'intention d'y passer.

— Je t'emmène ?

— Tu ne préfères pas… qu'on y aille séparément ?

Sol fronça les sourcils. La nervosité d'Anouk ne lui disait rien qui vaille. Il avait l'impression d'avoir fait un grand pas en arrière.

— Pourquoi ? Si j'avais quelque chose à cacher, je ne t'aurais pas invitée à venir visiter Care to Play.

Cela dit, il ne savait toujours pas ce qui l'avait poussé à le faire – excepté un inexplicable besoin de se montrer sous un jour différent. Ce qu'il refusait d'accepter.

— Je me posais simplement la question, dit-elle, et elle baissa la voix pour ajouter : Après notre… aventure.

Dans d'autres circonstances, Sol aurait certainement pouffé. Mais là, la connotation péjorative qu'Anouk avait donnée au mot « aventure » lui coupait toute envie de rire.

Que lui arrivait-il ? Pourquoi cherchait-il à interpréter la moindre de ses paroles ? Ils avaient passé d'excellents moments ensemble et c'était tout. Il n'y avait pas lieu de se poser des questions et de se prendre la tête.

— J'avais l'intention d'y aller directement en partant de l'hôpital. Je t'emmènerai.

— Oh ! ce n'est pas la peine, j'irai à pied.

— Non, je te rejoins en réa dès que je termine ma relève. Attends-moi si j'ai un peu de retard. On ira ensemble.

Elle acquiesça avec un sourire timide et gêné, qui le toucha au plus profond du cœur.

Prudence, se remémora-t-il en entrant dans la salle de scanner. S'il n'était pas vigilant, Anouk risquait de faire de lui un ridicule sentimental.

12.

Le centre ressemblait à l'antre du Père Noël, songea Sol en observant les enfants euphoriques, en pleine effervescence.

Anouk était assise par terre entre Libby et Katie, chacune serrée contre elle comme pour en revendiquer l'exclusivité. La facilité avec laquelle les fillettes l'avaient adoptée en disait long sur elle… Ces enfants avaient traversé tant d'épreuves, à un si jeune âge, qu'ils développaient souvent un sixième sens.

Quant à Sol, force lui était de s'avouer qu'il avait Anouk dans la peau. Mais comme il l'avait dit à Malachi, ce n'était en aucun cas de l'amour.

Simplement, elle exerçait sur lui un magnétisme contre lequel il était incapable de lutter. Dès qu'il la voyait, il ne pouvait plus la quitter des yeux.

Elle paraissait entièrement absorbée dans ce qu'elle faisait avec les deux petites filles : remplir des bocaux de boules de chocolat, y coller des bois de renne, des yeux ronds et un gros nez rouge

À en juger par le carton plein posé devant elles, elles travaillaient ensemble depuis déjà un certain temps, avec une telle concentration qu'aucune ne s'était aperçue de la présence de Sol. Si bien qu'il eut tout le loisir de contempler cette femme fascinante qui occupait le premier plan de ses pensées.

Au moment où elle finit par lever les yeux, il la gratifia d'un chaleureux sourire et une petite bulle de joie éclata en lui quand elle le lui rendit en rougissant.

Il s'avança vers le trio et salua les deux petites filles amoureusement blotties contre elle.

— Très jolis, vos bocaux de chocolats, dit-il gaiement.

— Ça y est, on a fini, déclara Katie. Maintenant, on va faire des bracelets de l'amitié, pour toutes les trois !

— *Kruto* ! Super ! Je peux m'asseoir avec vous ?

Les deux fillettes acquiescèrent de bon cœur avant de se lever, pleines d'entrain.

— Viens, on va chercher des perles, dit Libby à Katie en crochetant son bras sous le sien. Si on faisait des bracelets rouge et vert, comme c'est Noël ?

— Avec du fil argenté qui brille !

Et elles s'éloignèrent en babillant, totalement indifférentes aux vibrations qui crépitaient entre Sol et Anouk.

Quand il s'assit à ses côtés, il vit son pouls s'emballer, dans son cou, et, sans le regarder, elle se poussa de quelques centimètres, comme si elle redoutait de ne pouvoir se retenir de le toucher s'il se trouvait trop près. Perversement, il en éprouva une certaine exaltation.

Au moins, il n'était pas le seul à être perturbé par l'intensité de ce qu'ils avaient partagé les jours précédents.

— Tu savais que c'était sérieux entre Saskia et Malachi ?

Il ne voulait pas aborder ce sujet, mais les révélations de son frère lui trottaient dans la tête et il était curieux de savoir si Anouk en savait davantage que lui.

— Saskia et Malachi ? Je n'étais même pas au courant qu'il y avait quelque chose entre eux. J'étais chez toi… Quand je suis rentrée, elle n'était pas là.

La simple évocation de leurs nuits torrides suffit à provoquer chez Sol un début d'érection.

— J'espère qu'il ne la fera pas souffrir, poursuivit Anouk, comme si de rien n'était. Saskia n'est pas aussi frivole ni aussi dure qu'elle voudrait le faire croire.

— C'est drôle, j'allais dire la même chose de mon frangin.

Anouk arqua les sourcils, dans l'attente d'un bon mot, comme Sol en avait le secret, mais non… Pour la première fois depuis très longtemps, il était inquiet pour son frère.

Ils n'étaient pas préparés pour ce… truc – quel qu'il fût. Sol était encore incapable de lui donner un nom, mais il avait conscience de sa puissance. Il l'assaillait aux moments les plus inopportuns, avec la force d'un coup de poing dans une feuille de papier mouillée. Lorsque Anouk lui avait parlé de son père, par exemple, avec une indicible tristesse dans le regard. Ou hier, en l'observant qui s'occupait d'un patient. Et encore à l'instant, en la regardant confectionner des bocaux de chocolats avec les deux petites filles, si appliquée qu'elle ne voyait rien ni personne autour d'elle.

Ce n'était pas de l'amour, mais Sol se rendait compte qu'il s'agissait tout de même de quelque chose qui s'en approchait. De l'affection ? Des affinités ? En tout cas, si son frère éprouvait la même chose pour Saskia, il le plaignait.

— Malachi ne fera pas souffrir ton amie. Il n'est pas comme moi.

Il avait prononcé cette dernière phrase machinalement. Quelques jours plus tôt, elle aurait été sincère. Aujourd'hui, il n'en était pas certain.

— C'est-à-dire ? Séducteur ?

Anouk le testait, et il ne savait comment réagir.

— En quelque sorte…, répondit-il, évasif, lui-même choqué par l'effort qu'il devait fournir pour feindre la nonchalance.

— Sol le bourreau des cœurs…, ajouta-t-elle en levant les yeux au ciel, comme pour ne pas oublier sa réputation.

Après les confidences qu'ils avaient partagées, il en fut contrarié.

Pendant des années, il avait été fier de son image de don Juan, fier d'avoir acquis cette belle assurance, lui qui avait été un enfant et un adolescent effacé, honteux de sa famille. Jamais il n'avait prétendu être ce qu'il n'était pas. Il aimait les femmes, mais la vie en couple le rebutait, il l'assumait. Il n'y avait pas plus honnête que lui.

À présent, sa réputation de play-boy lui faisait l'effet d'un costume étriqué, qui ne lui allait plus mais qu'il tenait quand même à conserver.

En fait, il avait du mal à réfléchir clairement. Comme si

les connexions dans son cerveau avaient été coupées et qu'il tentait de procéder à de nouveaux branchements.

— Je ne suis pas non plus un monstre, dit-il.

Et cette remarque lui parut absurde.

Ce… truc qu'il éprouvait pour Anouk était absurde.

Avec son beau sourire et sa douceur, elle avait réussi à le toucher comme il ne l'aurait jamais cru possible. S'il ne se méfiait pas, il risquait fort, bientôt, de ne plus pouvoir se passer d'elle. Malachi ne l'avait-il pas prévenu ? Qu'un léopard ne peut pas se débarrasser de ses taches. Qu'il était en ce moment sous l'emprise d'un sort, que, lorsqu'il recouvrerait ses esprits, il se mordrait les doigts et Anouk n'aurait que ses yeux pour pleurer.

Or, à l'idée de lui faire du mal, il en était malade, physiquement malade.

Il devait à tout prix réagir. Sans attendre. Avant qu'il ne soit trop tard.

Néanmoins, il demeurait assis près d'elle, pétrifié, comme envoûté par les ondes qui vibraient entre eux. Qu'elle sentait elle aussi, il en était certain.

— On a trouvé des perles super belles ! annonça Libby.

Encore une nuit, une seule, se promit-il. Une dernière nuit avec Anouk et il se débrouillerait pour mettre un terme à cette liaison sans que personne n'en souffre.

Lorsque leurs regards se croisèrent, il lut dans ses yeux qu'elle pensait la même chose.

— Tu viens chez moi ce soir ? chuchota-t-il avant que les deux fillettes ne se réinstallent près d'eux.

Elle acquiesça de la tête, et les deux heures qui suivirent leur parurent les plus longues de leur vie.

La dernière fois, ils avaient à peine attendu de franchir la porte. Cette fois, ils parvinrent tout juste à l'ascenseur.

Sol la dévorait de baisers, comme s'il souhaitait mémoriser sur ses lèvres chaque grain de sa peau. Et elle était aussi avide que lui. Insatiable, c'était là l'essentiel du problème.

En un clin d'œil, il avait anéanti toutes ses résolutions, elle ne pouvait que le laisser la couvrir de baisers.

Elle était son esclave. Esclave du désir qu'il éveillait en elle. Il savait lui faire oublier leur contrat. Il savait la rendre folle de désir. Et le pire, c'était qu'elle s'en moquait.

Lorsqu'il la souleva entre ses bras pour la porter jusqu'à la chambre, en marmonnant qu'ils n'allaient pas faire ça dans le couloir, elle l'enlaça et se pressa contre lui en l'embrassant fougueusement. C'était tout ce qu'elle pouvait faire pour ignorer les émotions qui l'étreignaient.

Avec révérence, il la déposa sur le lit et lui ôta les derniers de ses vêtements, puis il la contempla, nue et offerte à lui.

— J'ai attendu ce moment toute la journée, *zolotse*, murmura-t-il avant de lui embrasser le cou, la gorge, les mains en coupe sous sa poitrine, comme s'il ne pouvait supporter de rester le moindre instant sans la toucher.

Sous ses baisers brûlants, elle le suppliait en gémissant, si bien qu'il prit l'un de ses seins dans sa bouche, mordillant le téton dur et douloureux, le titillant de sa langue, s'en délectant. Et lorsqu'il se fut régalé, il passa au second, lui réservant le même traitement d'adoration.

Anouk se cambrait pour mieux s'offrir à lui, le corps lourd et impatient. Délibérément, il lui bloqua les jambes, afin qu'elle ne puisse pas les écarter, l'attirer là où elle le désirait le plus.

Comme une exquise torture.

Mais s'il ne la pénétrait pas sans tarder, s'il ne se dépêchait pas d'apaiser l'incendie qui faisait rage en elle, elle n'était pas sûre d'y survivre.

Jusqu'à ce qu'il lui vienne à l'esprit que, si Sol pouvait la soumettre à de tels tourments, elle le pouvait aussi.

Lentement, elle lui caressa le dos, retrouvant le tracé de ses muscles si harmonieusement dessinés, qu'aucun de ses élégants costumes ne parvenait à dissimuler. Il approuva d'un murmure guttural qui se réverbéra entre les seins d'Anouk et jusque dans son sexe déjà brûlant.

Avec langueur, elle glissa une main sous sa taille et s'empara délicatement de son érection. Instantanément, ce geste lui procura un indicible sentiment de féminité et de pouvoir.

— Si tu fais ça, je ne tiendrai pas longtemps, la prévint-il d'une voix rauque.

— C'est l'idée, chuchota-t-elle. Moi non plus, je n'en peux plus…

Avec un grognement animal, il se retira de sa main et lui écarta les cuisses.

— Enfin… Viens…, soupira-t-elle.

Sans la quitter des yeux, il descendit le long de son corps et enfouit le visage entre ses cuisses, lui arrachant un petit cri.

Agrippée à ses cheveux, sa tête, ses épaules, elle emplissait la pièce de ses halètements et de ses râles d'abandon. Elle n'aurait su dire combien de temps il resta là, mais il la fit jouir deux fois, de sa langue et de ses doigts.

Tu es perdue, lui chuchota une petite voix intérieure. Elle ne rencontrerait jamais un deuxième homme comme lui. Personne ne lui donnerait plus jamais de plaisir comme Solomon Gunn.

Refoulant toutefois ce genre de considérations, qui ne pourraient que lui être néfastes, elle se dégagea de l'étreinte de Sol et le fit basculer sur le dos. Puis elle s'agenouilla au-dessus de lui et le prit dans sa bouche.

Son sexe était énorme, brûlant, dur et soyeux. Oubliant tout le reste, elle le tourmenta sans répit, comme elle avait appris à le faire tout au long de la semaine, sans jamais s'en lasser.

Dès que la moindre pensée lui effleurait l'esprit, elle la chassait et se concentrait sur les mouvements de sa langue, en se rappelant qu'il ne s'agissait que de plaisir charnel et rien d'autre.

Les spasmes et le regard voilé de Sol lui insufflaient un glorieux sentiment de puissance. Elle se sentait femme et savourait ce nouveau pouvoir avec délectation.

Mais Sol n'était pas disposé à la laisser mener le jeu. Avec un râle, il s'extirpa de sa bouche, la renversa sur le dos et s'étendit sur elle, ses mains parcourant son corps comme s'il la découvrait, incroyablement précieuse, incroyablement spéciale. Il comprit toutefois rapidement qu'elle était à présent trop excitée pour poursuivre les préliminaires.

Alors il se cala entre ses cuisses, le bout de son sexe bandé contre elle.

— Je t'en supplie…, haleta-t-elle, pressée de se perdre dans le maelström qui engloutirait les émotions qui menaçaient dangereusement de la gagner.

Des émotions sur lesquelles elle était incapable de mettre un nom. Sur lesquelles, surtout, elle avait peur de mettre un nom.

Lorsque Sol s'introduisit doucement en elle, elle retint sa respiration et soutint son regard, redoutant que les mots qu'elle refusait de voir en face ne franchissent ses lèvres malgré elle.

Sol allait et venait, se retirant pour mieux se glisser en elle, plus loin, plus vite, l'entraînant de plus en plus près de l'extase. En jouissant, elle hurla son prénom, les yeux rivés aux siens, et il succomba à l'orgasme avec elle.

— Je t'aime, *zolotse*, articula-t-il d'une voix sourde, qui semblait provenir du plus profond de son être.

— Non…, bredouilla-t-elle. Non !

— Je suis amoureux de toi, Anouk.

Et il le répéta une deuxième fois, lui-même choqué par ses paroles.

Il n'avait pas l'intention de les prononcer et pourtant, inexplicablement, plus il les répétait, plus il savourait leur saveur sur sa langue et leur sonorité à son oreille.

Une mélodie qu'il croyait ne jamais vouloir entendre.

— Tu n'as pas le droit de me dire ça ! protesta Anouk, furieuse.

— Trop tard… Ce qui est dit est dit.

Elle le regarda comme s'il l'avait frappée.

— Pourquoi tu me fais ça ? murmura-t-elle, avec une telle détresse qu'il en eut le cœur brisé.

Lui-même ne comprenait pas ce qui le poussait à répéter cette phrase mais, chaque fois, elle prenait davantage de sens.

Tout prenait davantage de sens.

— Je m'étais juré de ne jamais tomber amoureux. De personne. Mais c'est comme ça. Toi aussi, tu es amoureuse, je le sais.

— Non ! cria-t-elle farouchement en s'écartant de lui.

Avec un petit rire, il la laissa s'éloigner. Ironie du sort, lui qui pendant plus de dix ans avait soigneusement évité d'entendre une femme lui dire « je t'aime », il venait de déclarer son amour à une femme qui ne voulait rien entendre.

Comme s'il s'était lui-même mis à l'épreuve.

De toute sa carrière, jamais il n'avait échoué à aucune épreuve. Ce n'était pas maintenant qu'il allait commencer.

— On avait dit qu'on couchait juste ensemble ! tonna Anouk en rassemblant ses vêtements. On avait un contrat. Tu es le roi des aventures d'un soir.

— Je l'étais. Avant de te connaître.

Il la regarda enfiler son T-shirt, puis ramasser son jean à l'autre bout de la chambre. Il n'essaya pas de la retenir. Il ne voulait pas qu'elle se sente piégée, acculée, mais il ne partageait pas son indignation. Il se sentait parfaitement calme, en paix avec lui-même.

Étrangement, à l'instant où il avait admis qu'il l'aimait, tout s'était mis en place, pièce par pièce, tel un puzzle. D'une certaine manière, il se sentait… entier.

— Tu m'as toi-même fait remarquer que le sexe me servait de prétexte. Tu avais raison, il fallait juste que je rencontre la bonne personne. Il se trouve que c'est toi.

— Non !

Elle s'interrompit pour glisser une jambe dans son jean, puis l'autre, ces jambes qu'il aimait nouées autour de sa taille.

— Et toi, reprit-elle, tu m'as dit que je ne savais rien de toi. Que je cherchais à te voir sous un jour meilleur que tu n'es.

— Je me trompais.

— Non ! riposta-t-elle d'une voix étranglée.

— Tu peux nier tant que tu veux, ça ne changera rien. Moi aussi, j'ai essayé de croire que ce n'était que physique entre nous, mais ça ne l'est pas. Inutile de prétendre le contraire.

— Je t'en prie…

Elle paraissait blessée, vulnérable, et elle n'en était que plus belle. Comme si l'acceptation de la vérité parait le monde autour de Sol d'un halo de couleurs chatoyantes.

Comment avait-il pu penser que l'amour était un sentiment destructeur ?

— Plus exactement, dit-il, je ne veux plus me leurrer en me persuadant que ce n'est que sexuel.

— Ce n'est pas parce que tu m'as parlé de ton enfance qu'il y a quelque chose entre nous.

— Non, ce n'est pas ça.

— Tu confonds désir et amour.

— Je n'ai jamais confondu le désir avec rien du tout, répliqua-t-il avec un sourire. Je ne t'aime pas parce que tu es la première à qui j'ai fait des confidences. Je t'aime parce que tu es la première à qui j'ai eu envie d'en faire.

— Arrête, murmura-t-elle en retenant un sanglot.

Il se leva très lentement, afin de ne pas l'effaroucher, et elle posa sur son corps nu un regard empli de désir.

— Tu as peur d'accorder ta confiance, dit-il d'une voix douce, en remettant lui aussi son jean.

— J'ai confiance en Saskia.

— C'est différent, tu le sais comme moi. Ce n'est pas de l'amour.

— Je n'en ai pas à t'offrir, dit-elle en se dirigeant vers la porte. Je n'ai rien à t'offrir. Je n'ai rien à offrir à personne.

— Je t'ai demandé quelque chose ? Je t'ai juste dit que je t'aimais. Je ne t'ai pas demandé de me dire que toi aussi. Mais je suis sûr que tu en es capable ; un jour, tu t'en apercevras. Crois-moi. En attendant, j'ai de l'amour pour deux.

Il la regarda se figer, la main sur la poignée de la porte, puis se tourner vers lui avec un regard d'acier, derrière lequel il discernait toutefois qu'elle ne demandait qu'à le croire.

— Tu ne sais pas ce qu'est l'amour, Sol. Pas plus que moi. Tu t'enflammes parce que tu ressens pour moi des choses que tu n'as jamais ressenties. Mais ce n'est pas de l'amour.

— Si, affirma-t-il, calme et posé, car il n'avait jamais été aussi sûr de lui de sa vie. Je croyais ne pas en être capable.

Il se trouve que je n'en étais capable avec personne d'autre mais que je le suis avec toi.

— Ce ne sont que des mots. Je m'en vais… Demain, tu me remercieras.

— Agis selon ta conscience. Je ne te remercierai pas, mais je ne t'en voudrai pas. Quand tu reviendras, je serai là, je t'attends.

— Tu es si sûr de toi, si arrogant…

Elle avait beau essayer de se maîtriser, sa voix montait dangereusement dans les aigus.

— J'ai toujours assumé ce que j'étais, déclara-t-il sereinement. J'ai confiance en moi, oui, c'est vrai, et je maintiens qu'un jour tu reviendras, j'en suis persuadé.

— Tu te trompes.

Sur ces mots, elle ouvrit la porte et disparut dans le couloir.

Sol n'aurait su dire combien de temps il demeura immobile, n'osant même pas respirer. Attendant qu'elle revienne.

Mais non. Et en vérité, il n'était pas du tout certain qu'elle reviendrait. Pour autant, il ne regrettait rien.

Il l'aimait.

Il n'avait jamais été amoureux et ne le serait jamais d'aucune autre.

Ne lui restait qu'à espérer qu'elle était aussi forte qu'il le pensait. Qu'elle finirait par avoir suffisamment confiance en elle pour admettre ce que lui savait déjà.

Elle était amoureuse de lui.

De tout son cœur, il espérait aussi qu'un jour il aurait l'opportunité de lui prouver son amour par des actes. Et qu'Anouk le croirait, même si elle ne pouvait pas accepter ses paroles.

Elle aurait peut-être besoin de quelques jours. Ou de plusieurs semaines. Voire de quelques années. Mais il devait garder la foi : ce jour viendrait.

Et il saurait alors saisir sa chance.

13.

— Adam a huit ans. Il a basculé par-dessus le muret de soutènement, dans son jardin. Il jouait avec sa sœur, la clôture a lâché, il est tombé tête la première, d'une hauteur de deux mètres cinquante, dans l'herbe. Il est normalement en bonne condition physique, pas d'allergie, pas de traitement, à jour de ses vaccins. Il s'est cassé deux dents et il en a plusieurs qui bougent. Il a perdu connaissance environ une minute. Sa maman est montée dans l'hélicoptère avec nous, le père arrive en voiture.

— Vous avez les dents ? demanda Anouk à son confrère.

— Oui, dans du lait, déclara celui-ci en désignant un brancardier qui tenait un petit récipient en plastique.

— Très bien, merci.

Tandis que deux infirmières branchaient une perfusion et procédaient à une prise de sang, Anouk interrogea le garçonnet.

— Adam ? Tu m'entends ? Je suis médecin, c'est moi qui vais m'occuper de toi. Est-ce que tu peux m'expliquer ce qui s'est passé ?

Puis elle se tourna vers son équipe.

— Faites-lui 2,5 g de morphine. Ça le soulagera.

— OK. On appelle la stomato ?

— Oui, s'il vous plaît. Dès qu'il sera apaisé, on l'emmène au scanner voir s'il n'a pas de traumatisme crânien.

Un moniteur bipa, et une infirmière indiqua que le patient était en insuffisance respiratoire.

— Il tachycarde, constata Anouk. On le ventile.

— Vous voulez intuber ?

Anouk réfléchit un instant. Adam pouvait avoir avalé une dent qui lui bloquait les voies respiratoires.

— Il respire quand même, dit-elle. Ce serait bien qu'un chirurgien maxillo-facial le voie d'abord.

Du reste, il fallait au plus vite conduire le petit garçon au scanner.

— Tu m'évites ?

Anouk tressaillit, sans se détourner de son ordinateur, mais les images et les mots affichés à l'écran se brouillèrent.

— Non… Je suis débordée, en ce moment.

C'était la vérité mais, surtout, elle s'efforçait d'occulter la déclaration de Sol, dont elle ne savait que penser.

Elle avait toujours clamé qu'elle ne croyait pas en l'amour. Pendant des années, elle avait été persuadée qu'il s'agissait d'un sentiment cruel, égoïste, dévastateur. Pourtant, dès l'instant où Sol avait prononcé les mots « je t'aime », tous ses préjugés s'étaient évaporés et l'amour lui était apparu sous un jour idyllique, presque trop beau pour être vrai, si beau qu'elle n'osait pas y croire.

— Je ne regrette pas ce que j'ai dit, murmura-t-il, comme s'il lisait dans ses pensées.

Le pire, c'était qu'il paraissait presque sincère.

— Je suis désolée… Je… Je ne peux pas, dit-elle d'une voix sourde, en secouant la tête. Ce ne sont que des mots. Ils ne signifient rien.

— Viens avec moi.

— Tu ne vois pas que je suis occupée ?

— Le service est tranquille. Ce ne sera peut-être plus le cas dans une heure, mais tu as au moins une trentaine de minutes devant toi. Viens avec moi.

Sans se retourner, elle sentit qu'il se dirigeait vers le couloir. Et au lieu de le laisser partir, malgré elle, elle se leva et lui emboîta le pas.

— Où on va ? demanda-t-elle en le suivant de couloir en couloir.

Le service de réanimation se trouvait dans un bâtiment ancien, labyrinthique, qui semblait conspirer avec Sol pour créer le suspense.

Anouk avait passé une bonne journée. Même le petit Adam, par miracle, ne souffrait d'aucun traumatisme sévère.

— Tu verras, répondit Sol sans ralentir et sans se retourner.

Il semblait un peu nerveux, mais elle s'efforça ne pas en faire cas. C'était elle, sans doute, qui se projetait. Car en vérité, elle était en train de commettre la plus grosse bêtise de sa vie en s'amourachant de cet homme.

Où diable l'emmenait-il ?

Elle allongea le pas afin de le rattraper.

— On va à la cafétéria ? tenta-t-elle de deviner.

— Oui.

— Sol, la journée a été longue et difficile. Je n'ai pas envie de manger à l'hôpital. Plus vite je rentrerai chez moi, mieux je me porterai.

— On ne va pas manger.

Soudain, il s'immobilisa, lui souleva le menton et la regarda droit dans les yeux. Un petit frisson la parcourut aux souvenirs torrides qu'il ravivait d'un simple regard.

— Qu'est-ce qu'il y a, Sol ?

Il la fit pivoter face à la vitre de la cafétéria.

— Tu vois cette dame attablée là-bas ? Entre soixante et soixante-dix ans, un manteau rouge sur le dossier de sa chaise…

Sans raison, le cœur d'Anouk fit un bond.

— Oui. Qui est-ce ?

— Ta grand-mère. La mère de ton père. Mal l'a retrouvée.

Une vague de colère gonfla en Anouk, accompagnée d'une bouffée de panique. Elle avait l'impression que tout s'écroulait autour d'elle et il lui fallut quelques secondes pour comprendre que ce n'était qu'une impression.

— Mal… Malachi ? bredouilla-t-elle. Tu as demandé à ton frère de la rechercher ?

Comment Sol avait-il pu faire une chose pareille ? Comment avait-il osé emmener cette femme ici et la placer devant le fait accompli ?

Anouk demeura un instant pétrifiée. Un instant qui lui parut une éternité, les poings serrés si fort que ses ongles s'imprimèrent dans sa paume. Puis brusquement, elle fit volte-face et partit en courant dans le couloir, renversant une chaise au passage.

— Attends ! cria-t-il en s'élançant derrière elle. Ne t'enfuis pas !

En deux enjambées, il la rattrapa et lui saisit les épaules. Elle le repoussa avec une violence qu'elle n'aurait jamais cru posséder.

— Ne t'enfuis pas ? ! hurla-t-elle. Ne t'enfuis pas ? !

— Anouk…

— Comment tu as pu me faire ça ? rugit-elle.

Elle enrageait, mais la rage était sa seule arme pour lutter contre les émotions qui menaçaient de la submerger.

Elle se rendait à peine compte des regards intrigués qu'on lui jetait, et elle avait à peine conscience de Sol qui essayait d'ouvrir des portes, puis qui finit par en trouver une ouverte.

Bien que furieuse, elle se laissa entraîner dans une salle de consultation. Elle ignorait laquelle ; elle s'en moquait.

La colère et la peur se livraient un duel en elle, et elle ne pouvait pas risquer de laisser gagner la seconde.

— Écoute-moi, Anouk, s'il te plaît.

— Je t'écoute si je veux ! Tu n'as pas à me parler sur ce ton !

— Je désire seulement t'aider.

Bêtement, elle était presque tentée de le croire.

— En te comportant comme un dictateur ? Tu voudrais que je t'en sois reconnaissante ?

— Tu te méprends sur mes intentions.

Il fit mine de lui saisir les épaules, puis il se ravisa et fourra les mains dans ses poches. Anouk en éprouva de la satisfaction et, à la fois, une certaine déception. Force lui était de reconnaître qu'elle était complètement déboussolée.

— L'amener à l'hôpital, par-dessus le marché ! aboya-t-elle. Tu trouves que c'est une bonne idée ?

— Je pensais que c'était mieux pour vous de vous rencontrer en terrain neutre. Tu es médecin. Tu te sens en sécurité et en confiance, entre les murs de l'hôpital.

— Je ne veux pas rencontrer cette femme.

— Anouk, n'aie pas peur…

— Je n'ai pas peur ! Je suis une idiote, mais je n'ai pas peur !

— Si, tu réagis de façon irrationnelle. Mais c'est normal, ce n'est pas grave. Je suis là pour te soutenir.

— Me soutenir, toi ? ricana-t-elle. Tu ne risques pas de soutenir qui que ce soit… J'avais tort, quand je disais que tu étais capable de bienveillance. Tu ne penses qu'à toi. Tu décides pour les autres de ce qu'il y a de bien pour eux, mais tu ne songes pas une seule seconde à leur en parler… Quand je pense que tu as osé me dire que tu m'aimes… Tu ne sais même pas ce que ça veut dire ! Tu n'as aucune idée de ce qu'est l'amour. Tu n'es qu'un égoïste et un prétentieux…

Sur ces mots, elle se rua hors de la pièce et disparut au fond du couloir d'un pas déterminé.

Sol la regarda s'éloigner, profondément meurtri, lui qui espérait que son initiative les tirerait de l'impasse, qu'elle prouverait sa sincérité et qu'Anouk comprendrait qu'il désirait seulement se montrer digne d'elle.

Car il l'aimait.

Il y avait presque une semaine qu'il le lui avait dit. Qu'il s'était entendu lui déclarer son amour à voix haute. Étrangement, de jour en jour, cette réalité devenait de plus en plus facile à accepter. Alors qu'il avait toujours été convaincu que l'amour était quelque chose d'effrayant, il le voyait désormais comme un sentiment spécial, nouveau, qu'il ne redoutait plus – bien au contraire, auquel il aspirait.

À la différence de toutes les femmes qu'il avait connues, Anouk comprenait son besoin de s'investir auprès des jeunes aidants. Il le savait, il en avait l'intime conviction, jamais elle ne lui reprocherait de passer plus de temps au centre qu'avec elle. Et elle préférerait mille fois assister à un gala de charité qu'à un match de foot ou un barbecue. Anouk serait toujours à ses côtés, prête à se mobiliser pour organiser des actions en faveur de Care to Play.

En sa présence, tout se parait d'une aura magique. Les gens, les lieux, les situations. Tout étincelait. Et Sol désirait faire partie de sa vie, comme il n'avait jamais rien désiré auparavant.

Il aurait voulu s'élancer derrière elle et l'obliger à l'écouter, mais il se retenait. Il devait lui laisser de l'espace, la laisser respirer – pour l'instant. Et s'excuser auprès de la vieille dame qui attendait à la cafétéria, cette femme qui aurait tellement aimé rencontrer enfin sa petite-fille, après plus de trente ans. Elle avait été patiente… Elle devrait l'être encore un peu.

Du reste, elle était désormais le seul lien entre Sol et Anouk, et son vœu le plus cher était de comprendre cet être complexe et mystérieux qui avait su gagner son cœur, un cœur qu'il avait toujours cru fermé à double tour.

Dans tous les cas, il ne regrettait pas d'avoir retrouvé sa grand-mère. Qu'Anouk soit prête ou non à aimer et à être aimée, il fallait qu'elle sache ce qui s'était réellement passé entre son père et sa mère. Car tant qu'elle ne serait pas au clair avec elle-même, elle ne pourrait pas avancer ni vivre sereinement une relation de couple avec personne.

Avec lui.

Devant la porte verte, les yeux rivés à la couronne de Noël, le cœur battant à cent à l'heure, Anouk ne parvenait pas à se résoudre à appuyer sur le bouton de la sonnette. Si bien que, lorsque le battant s'entrouvrit, elle eut un mouvement de recul et manqua trébucher sur les marches du porche.

— Bonjour, Anouk.

Il lui fallut un moment pour s'apercevoir qu'elle avait toujours la main en suspens au-dessus de la sonnette. Elle abaissa le bras, comme au ralenti, incapable de formuler la moindre parole.

— Tu es plantée là depuis dix minutes… Entre !

Elle hésita, puis acquiesça timidement de la tête, en s'efforçant de ne pas se laisser attendrir par le sourire de la vieille dame.

Des cartes de vœux étaient accrochées sur un fil, dans le couloir d'entrée, attestant de la popularité de cette nouvelle grand-mère, et un sapin se dressait dans un angle du salon.

— C'était ton père qui le décorait chaque année, pour moi… Je ne crois pas qu'il en faisait un chez lui. Il disait que Noël était une fête pour les enfants, qu'elle ne lui apporterait de la joie que lorsqu'il la partagerait avec toi.

Sans répondre, Anouk prit place à une petite table laquée, où trônaient une théière, deux tasses sur leur soucoupe et un plateau de biscuits, un tableau si typiquement anglais qu'elle dut réprimer un petit rire nerveux.

— J'ai eu le sac…, dit-elle après un interminable silence.

Quelqu'un l'avait déposé en réa, probablement Sol.

La vieille dame lui offrit un sourire encourageant. Elle semblait elle aussi gênée, ce qui réconforta Anouk.

— J'ai été très touchée… Je ne savais pas…, bredouilla-t-elle.

— J'en ai plein d'autres, déclara sa grand-mère tristement. Nous t'achetions des cadeaux pour chacun de tes anniversaires, pour chaque Noël, sans faute. Nous avons cessé de te les envoyer, ils nous revenaient toujours. Mais nous ne t'avons jamais oubliée.

— J'ignorais que vous m'écriviez. Je n'étais au courant que d'une seule lettre, mais je n'ai jamais su de quand elle datait ni ce qu'elle disait.

— Nous t'écrivions tout le temps. Des lettres d'abord, comme celles que tu as vues dans le sac. Puis des journaux.

— Oh…

Anouk but une gorgée de thé. La gorge serrée, elle avait toutes les peines du monde à avaler.

— Tu veux les voir ?

Sa grand-mère repoussa sa chaise ; elle la retint par le bras.

— Non… Je… Excusez-moi… Non…

— Je comprends. Ça te fait beaucoup de choses à assimiler tout d'un coup. Une autre fois, peut-être.

— Oui, un autre jour, acquiesça Anouk, surprise de le penser sincèrement.

Elle n'avait pas encore analysé les émotions dont elle avait été assaillie quand elle avait ouvert le sac, qui contenait une série de cadeaux choisis pour elle au fil des ans, depuis sa plus tendre enfance, par son père et la mère de celui-ci.

Des lettres les accompagnaient, les plus anciennes portant la mention RETOUR À L'EXPÉDITEUR, de l'écriture ampoulée de sa mère, qu'elle aurait reconnue entre mille.

Elle avait pleuré toutes les larmes de son corps en les lisant. Chaque mot lui avait fendu le cœur, ces mots qu'elle aurait tant aimé entendre quand elle était petite, que son égoïste de mère n'avait pas prononcés une seule fois.

Les lettres de son père et de sa grand-mère étaient si poignantes qu'elle n'avait à aucun instant douté de leur authenticité.

Ils lui disaient combien ils l'aimaient, combien elle était mignonne avec ses petites fossettes, combien ses babillements les remplissaient de fierté et de joie. Hélas, ils ne la voyaient jamais que dans les magazines et à la télé, mais ils s'efforçaient de ne jamais manquer une interview d'Annalise Hartwood posant avec son bébé pour donner l'image de la parfaite maman.

Anouk avait mis deux jours pour se procurer un magnétoscope afin de visionner les émissions enregistrées par son père lors de ses deux voyages aux États-Unis. Chaque fois, il avait été éconduit par les vigiles d'Annalise, qui refusait de lui parler.

— Quand il a appris qu'elle était enceinte, il lui a proposé le mariage…

Anouk sentit son estomac se nouer. Les mensonges de sa mère étaient si loin de la vérité…

— Elle n'a rien voulu savoir. Elle était riche et célèbre,

il n'était rien. Lorsque tu es née, elle lui a interdit de venir à la maternité. Elle niait qu'il était le père. Mais il faut que tu saches qu'il aurait fait n'importe quoi pour te voir…

— Je le sais, maintenant, murmura Anouk.

Au moins, sa mère n'avait jamais tenté de lui faire croire qu'elle était la fille d'un autre. Piètre consolation.

— Il était très fier de te voir grandir… Il aurait été si heureux de savoir que tu es devenue médecin, et que tu es venue en Angleterre.

— Je regrette de ne pas avoir pris contact avec vous plus tôt. Je pensais… On m'avait persuadée…

— Qu'il ne voulait rien avoir affaire avec toi…, compléta sa grand-mère.

Aucune amertume, aucune rancœur ne perçait dans sa voix, qu'un immense chagrin, à la pensée de ce qui aurait pu être sans le venin d'Annalise.

— C'était exactement le contraire…, ajouta-t-elle, les yeux voilés de larmes.

Et Anouk baissa la tête, feignant de ne pas remarquer le trouble de la vieille dame, car elle ne voulait pas pleurer.

Par ailleurs, elle s'abstint de lui dire qu'elle s'était rendue à l'adresse de son père, des années plus tôt. Cette discussion pouvait être remise à plus tard.

— Tu as trouvé quelqu'un de bien, tu sais.

— Pardon ?

Anouk fronça les sourcils.

— Solomon, précisa sa grand-mère avec un sourire chaleureux. Le jeune homme que tu fréquentes.

— Oh ! ce n'est qu'un ami !

Une expression amusée s'alluma dans le regard de la vieille dame.

— Il ne se serait pas donné autant de mal, si ce n'était qu'un ami, et il ne parlerait pas de toi comme ça, crois-moi.

— Vous vous trompez, soutint Anouk.

Elle sentait toutefois un petit sourire flotter au coin de ses lèvres et, soudain, une lueur d'espoir lui réchauffait le cœur.

Sa grand-mère lui raconta encore toutes sortes d'anecdotes.

Elle semblait avoir été très proche de son fils, et Anouk s'efforça de ne pas trop en vouloir à sa mère de l'avoir privée d'une famille aussi aimante.

Elle apprit que son père ne s'était jamais marié, que son cœur n'avait toujours appartenu qu'à la mère de sa fille, malgré sa cruauté.

Opiniâtre ou obstiné ? s'interrogea Anouk mais au fond cela lui plaisait de savoir que son père était un homme loyal et éperdu d'amour.

En outre, sa grand-mère avait un sens de l'humour assez osé, pour une femme de son âge, qui commença à se révéler une fois la gêne et la nervosité surmontées. Elle avait eu trois maris, et elle avait été heureuse avec les trois. Malheureusement, ils l'avaient tour à tour laissée veuve.

— J'étais une jeune fille libérée, et un peu portée sur la chose, confia-t-elle à Anouk, mais je les ai aimés tous les trois, et je leur ai toujours été fidèle, précisa-t-elle avec un clin d'œil.

Et Anouk s'aperçut que cette étincelle dans son regard ne lui était pas étrangère. Elle l'avait entrevue chez elle, parfois, au fil des ans, notamment lorsque Saskia l'encourageait à lâcher prise, quand elles sortaient, mais surtout ces derniers temps, depuis que Sol était entré dans sa vie.

Peut-être était-il lui aussi « un peu porté sur la chose », mais prêt à se ranger maintenant qu'il avait rencontré l'âme sœur…

Anouk entreposa cette précieuse petite pépite dans un coin de son esprit. Elle la disséquerait plus tard. Quand elle serait seule. Quand elle en aurait le courage.

Cet après-midi avait été émotionnellement éprouvant. Il était sans doute temps de laisser sa grand-mère s'en remettre.

— Je vais peut-être vous laisser… Je crois que j'ai besoin… de digérer tout ça.

La vieille dame scruta longuement son visage. À l'évidence, elle redoutait de ne jamais la revoir.

— Je reviendrai, affirma Anouk. Si vous le souhaitez, bien sûr.

Sa grand-mère lui saisit la main et la serra entre les siennes.

— Tu me le promets ?

— Oui, répondit Anouk, la gorge nouée, le cœur battant la chamade.

— Et tu remercieras ton fiancé ?

Malgré elle, Anouk esquissa un sourire.

— Je vous l'ai dit, ce n'est pas mon fiancé.

— Il n'attend qu'un geste de ta part, répliqua sa grand-mère, la prenant au dépourvu.

Un instant, elle retourna l'idée dans sa tête, le nez froncé, s'efforçant de dissimuler ses émotions, qui affleuraient beaucoup trop près de la surface, ces jours-ci, à son grand dam.

— Il y a quelque temps, peut-être, s'entendit-elle dire. Mais ce n'est plus le cas.

— Ça ne tient qu'à toi, ma belle. Mais je connais les hommes, crois-moi, et je vois bien que celui-ci est fou de toi.

Anouk n'aurait su dire ce qui la bouleversa le plus, de l'avis de sa grand-mère ou du terme affectueux qu'elle avait employé, mais tout à coup elle se sentait au bord des larmes, si bien qu'elle se hâta de prendre congé.

Il s'était passé tant de choses, ces derniers jours, qu'elle en avait le vertige : le tour imprévu qu'avait pris sa liaison avec Sol, les retrouvailles avec sa grand-mère, toutes ces révélations sur son père…

Elle avait l'impression de perdre pied, elle qui se targuait de toujours garder son sang-froid.

Une chose, toutefois, était parfaitement claire dans son esprit : elle ne pourrait jamais reprendre le cours de sa vie telle qu'elle était avant Sol. Elle avait besoin de lui.

Il n'attendait qu'un geste de sa part, avait affirmé sa grand-mère, mais lequel ?

Soudain, elle se remémora ce que Libby lui avait dit, que Noël était le plus beau jour de l'année.

Un détour par le centre Care to Play s'imposait.

14.

Sol avait passé la journée à chercher Anouk. Chez elle, à l'hôpital, au centre… Il avait appelé Saskia tant de fois qu'un Malachi exaspéré avait fini par lui dire de cesser de les déranger et d'aller se coucher.

Dès l'instant où il avait appris qu'Anouk avait contacté Malachi pour lui demander l'adresse de sa grand-mère, il avait été saisi d'une angoisse indicible. Il ignorait ce que la vieille dame avait pu lui dire et la crainte qu'Anouk ne soit seule à broyer du noir le mettait au supplice.

Si elle était traumatisée, ce serait sa faute. Son intention n'était pas de lui tendre une embuscade en la présentant de force à une grand-mère qu'elle n'avait jamais vue. Il pensait être à ses côtés quand elles se rencontreraient.

Et à présent, Anouk avait disparu… Ce n'était pas possible, elle était forcément quelque part.

Hélas, il ne pouvait rien faire d'autre aujourd'hui que rentrer chez lui et attendre le lendemain pour tenter à nouveau de la joindre. Elle ne pourrait pas le fuir éternellement. Il ne le supporterait pas.

En entrant dans son appartement, il eut une drôle de sensation. La porte encore ouverte derrière lui, il ne parvenait pas à déterminer ce qui lui paraissait anormal.

Puis tout doucement, comme si son intellect refusait de croire ce que voyaient ses yeux, il repoussa le battant du pied et s'avança vers le salon.

La scène lui évoqua un rêve d'enfant.

Des guirlandes scintillantes, un immense village de Noël au centre de la pièce, avec des maisonnettes au toit enneigé, des boutiques, une patinoire, une grande roue, un petit train électrique.

Et Anouk, les mains entrecroisées devant elle, une expression inquiète sur le visage.

— Qu'est-ce que c'est que ça ? demanda-t-il, la gorge nouée, en s'enjoignant de ne pas se réjouir trop vite.

— Des excuses…, bafouilla-t-elle, aussi mal à l'aise que lui.

Il prit le temps de réfléchir. La démarche ne pouvait être que positive ; néanmoins, il enfonça ses poings serrés dans ses poches, se retenant de se jeter sur Anouk et de la couvrir de baisers. Car sa posture indiquait sans ambiguïté qu'elle souhaitait s'expliquer.

Quant à lui, il ne savait que dire.

— Je suis allée chez ma grand-mère, aujourd'hui… Elle m'a dit que je te devais des remerciements.

— Je n'aurais pas dû te mettre devant le fait accompli, l'autre jour, à l'hôpital. Je pensais bien faire… J'ai commis une erreur.

Elle s'avança vers lui, puis se figea gauchement.

— Non… Je tiens à m'excuser pour toutes les horreurs que je t'ai dites. Tu ne les méritais pas. Pardon.

— Ce n'est pas grave… Oublie.

Il lui saisit les mains et chercha son regard. Il comprenait : elle s'était sentie acculée et elle avait paniqué. Dans ce genre de situations, lui-même avait souvent des réactions agressives.

— Je ne peux pas… Je ne pensais pas ce que j'ai dit.

— Je sais. Anouk, regarde-moi, dit-il en lui soulevant le menton. Oublie, vraiment.

— Je n'arrive pas à croire que tu aies fait ça pour moi. J'ai du mal à imaginer que je compte autant pour toi…

Elle esquissa un pâle sourire, qui illumina le cœur de Sol tel un rayon de soleil après l'orage.

— Bah… Ce n'était pas grand-chose.

— Oh ! si ! Personne ne s'est jamais donné autant de

mal pour moi. Ou alors, par intérêt. En général pour avoir accès à ma mère.

— Elle t'a fait beaucoup de mal…

Brusquement, Anouk s'écarta de Sol, et il redouta d'avoir commis un impair.

— Elle était… manipulatrice. En public, elle me traitait comme sa petite fille chérie mais, en privé, je n'étais qu'un boulet dont la simple vue l'incommodait. Et moi, j'ai passé ma vie à essayer de gagner son affection, à me mettre en quatre pour lui faire plaisir. Pour qu'elle m'aime.

Surpris par ces confidences, Sol avait envie de la prendre dans ses bras et de la serrer contre lui, mais il s'en abstint. Il ne devait pas la brusquer.

— Tu n'y étais pour rien.

— Je sais. Dans l'absolu. Mais j'ai grandi à Hollywood, entourée de lèche-bottes qui considéraient ma mère comme une sainte et la croyaient sur parole quand elle affirmait que j'étais une enfant à problèmes. J'étais trop jeune et trop naïve pour me défendre.

— Alors, tu as fini par y croire toi aussi…

— Je ne côtoyais que des gens tordus qui se servaient les uns des autres en prétendant s'adorer. Du coup, l'amour était pour moi un concept pervers, cruel, davantage une arme qu'un noble sentiment.

Une bouffée de colère enfla en Sol à la pensée qu'une femme aussi intelligente et aussi bienveillante qu'Anouk ait pu perdre confiance en elle à cause de personnes mal-intentionnées qui ne signifiaient rien pour elle. Elle paraissait si forte, si sûre d'elle, qu'il était difficile de croire que ce n'était qu'une façade.

Pourtant, il suffisait de bien la regarder pour voir ce que cachait le masque. Et Sol ne se lassait pas de la regarder, mais il l'aimait telle qu'elle était. Avec ses qualités et malgré ses défauts. Pour ses défauts, même, peut-être.

— Je sais que tu ne me crois pas quand je te dis que je t'aime, mais c'est la vérité. Je t'aime de chaque fibre de mon être et, si tu me le permets, je consacrerai le restant de ma vie à te le prouver.

Longuement, elle scruta son visage, immobile, puis elle lui prit la main et la serra entre les siennes.

— Je te crois, Sol, déclara-t-elle en souriant.

Un euphorisant sentiment de victoire se répandit en lui.

— Tout d'un coup ? ne put-il toutefois s'empêcher de demander.

— Tu as contacté ma grand-mère. C'est la preuve que tu m'écoutes, que tu te soucies de moi et que tu me comprends.

— Je serai toujours à l'écoute.

— Je le crois. C'est pour ça que je suis revenue, et que j'ai fait ça.

D'un geste du bras, elle désigna le décor de Noël. Sol l'attira à lui et la serra contre son torse.

— C'est super, murmura-t-il, sans trop savoir ce qui l'était le plus.

— C'est la seule manière que j'aie trouvée de te montrer que je t'écoute, moi aussi. Même si ton frère et toi, vous avez passé l'âge des villages miniatures, excepté pour les enfants du centre.

— Chut… Je suis très touché. D'autant plus que je sais combien tu détestes la période des fêtes. Ton intention n'en a que plus de poids.

— Finalement, c'était moins terrible que je le craignais.

— Tant mieux ! Me voilà rassuré pour nos futurs enfants ! déclara Sol avec un grand sourire.

Anouk le dévisagea avec des yeux ronds.

— Tu veux des enfants ?

Il plongea son regard dans le sien.

— Avec toi, oui, si tu le désires.

Anouk s'était toujours posé la question de savoir si elle souhaiterait un jour être mère. Elle en doutait, si bien qu'elle avait entièrement voué sa vie à sa carrière, et jusque-là rien d'autre ne lui avait jamais donné motif à revenir sur cette position.

Puis Sol avait fait irruption dans sa vie et tout avait changé.

Certes, il ne lui était pas encore venu à l'esprit de fonder une famille avec lui, mais, maintenant qu'il venait d'évoquer cette possibilité, elle désirait plus que tout lui donner des enfants.

— Oui…, parvint-elle à articuler, puis elle prit une profonde inspiration. En fait, j'ai appris que mon père aurait toujours aimé fêter Noël avec moi. Il n'est plus là, mais cette année je voudrais célébrer Noël en son souvenir. Tu veux bien m'aider ?

Un sourire de triomphe étira les lèvres de Sol. Mais avant qu'il ne puisse répondre, elle ajouta :

— Et tu avais raison… Je fuyais, c'est vrai.

— C'était compréhensible, vu les circonstances.

— Non, fit-elle en secouant la tête.

Et elle se passa la langue sur les dents, avec une nervosité qui émut Sol au plus profond de son cœur. Il était tellement heureux.

— Je ne fuyais pas juste ma grand-mère, ni la peur d'être déçue par ce qu'elle me révélerait. Toi aussi, je te fuyais. Ou, plus exactement, je fuyais les sentiments que j'ai pour toi.

Sol n'en espérait pas autant. Il avait envie de sauter au plafond.

— Tu n'as pas à avoir peur. Je t'aime, Anouk Hart. De toute mon âme.

L'étonnement qui parut dans les yeux d'Anouk lui gonfla tant le cœur qu'il redouta que sa poitrine ne puisse plus le contenir.

— Tu m'aimes toujours ? chuchota-t-elle, incrédule.

— Je t'aimerai toujours. Mais tu le sais ; ou sinon, pourquoi serais-tu là ? Pourquoi aurais-tu fait ça ? dit-il avec un geste en direction du village de Noël.

— Parce que je t'aime, idiot, bredouilla-t-elle, entre le rire et le sanglot.

Ces mots le transportèrent de bonheur.

— C'est dingue, quand même, que tu aies fait ça toute seule, dit-il quand il retrouva enfin l'usage de sa voix.

— Pas toute seule, avoua Anouk.

— Qui ?

— Libby, Katie et Isobel. Heureusement qu'elles étaient là pour m'aider.

Sol feignit un soupir contrarié.

— Tu te rends compte que ces gamines vont pouvoir se vanter que j'avais tort et qu'elles avaient raison ?

— Parfaitement, répondit Anouk avec un regard espiègle qui procura à Sol un frémissement de désir. Mais je sais que tu ne leur en tiendras pas rigueur.

— Non…, murmura-t-il, savourant le contact du corps d'Anouk enfin blotti contre le sien.

Comme si elle n'attendait que de se lover entre ses bras.

— Je t'aime, répéta-t-il, juste pour le plaisir de prononcer encore une fois ces mots magiques.

Ces mots dont il ne se lasserait jamais, comme il ne se lasserait jamais de la lueur qu'ils amenaient chaque fois dans les yeux bleus d'Anouk.

Maintenant que les barrières étaient enfin tombées.

— Moi aussi, je t'aime, Solomon Gunn, affirma-t-elle farouchement. Et je t'aimerai jusqu'à la fin de mes jours.

— Tu as intérêt à tenir parole, car je crois bien qu'il me faudra toute une vie pour te prouver combien je suis fou de toi.

— Une seule ?

— Fais-moi confiance, nous saurons la remplir, toi et moi.

N'y tenant plus, il inclina la tête et posa la bouche sur ses lèvres. Elle l'enlaça, il la souleva et elle noua les jambes autour de ses hanches, puis il la déposa sur le canapé et, dans la lumière scintillante des guirlandes et du village miniature, ils célébrèrent le premier Noël du reste de leur vie ensemble.

CAROLINE ANDERSON

Le doux rêve d’une infirmière

Traduction française de
CAROLINE JUNG

Blanche

HARLEQUIN

Titre original :
FROM HEARTACHE TO FOREVER

1.

— Ah, Beth, je vous cherchais. J'ai un service à vous demander.

Son sang ne fit qu'un tour. *Encore ?*

— C'est drôle, je pressentais que vous alliez avoir besoin de moi juste à la fin de mon service.

Elle se tourna vers James, un sourire ironique sur les lèvres, avant de se figer sur place en apercevant l'homme qui se tenait près du chef de clinique du service des urgences, et qu'elle reconnut aussitôt.

Il la fixait de son regard bleu étrangement perçant et ouvrit la bouche comme s'il allait prendre la parole. Mais James continuait à parler, manifestement insensible à la tension qui était apparue entre eux.

— Beth, je vous présente le Dr Ryan McKenna, notre nouveau remplaçant dans le service. Ryan, voici…

— Bonjour, Beth, dit-il dans un doux murmure, le regard adouci.

Il avança vers elle et la prit dans ses bras. Il la serra avec une telle spontanéité et une telle tendresse qu'elle sentit les larmes lui monter aux yeux.

— Oh ! Ryan…

Il se détacha d'elle aussi vite qu'il l'avait prise dans ses bras et la regarda dans les yeux. Puis il déposa un baiser sur sa joue.

— J'ai l'impression que vous vous connaissez déjà, dit James d'un ton un peu sec. À moins qu'il s'agisse d'un coup de foudre.

Ryan pouffa de rire et recula, ce qui donna à Beth une occasion tout à fait bienvenue de se ressaisir.

— Oui, nous nous connaissons, répondit Ryan d'une voix soudain sérieuse. Nous… Nous avons travaillé ensemble, avant que je parte à l'étranger. Beth est l'une des infirmières les plus compétentes que j'aie eu l'occasion de côtoyer dans mon travail.

Ryan n'en dit pas davantage. James hocha la tête, inconscient de l'agitation qui s'était emparée d'elle.

— C'est une bonne chose que vous vous entendiez bien. C'est important pour l'esprit d'équipe. Beth, je voulais vous demander… Je vous serais très reconnaissant si vous pouviez faire visiter le service à Ryan et, peut-être, lui offrir un café. On m'attend en urgence en réanimation. Ce sera l'occasion de vous donner des nouvelles.

— Maintenant ? s'écria-t-elle tandis qu'un vent de panique se soulevait en elle.

— Oui, si c'est possible. Je vous en serais très reconnaissant. Il faut vraiment que j'y aille.

Ryan la regarda d'un air interrogateur.

— Tu as le temps ? murmura-t-il.

Comme si James lui laissait le choix…

— Oui. Je n'ai pas de rendez-vous, répondit-elle, résignée, avant de se tourner vers James. Allez-y, ils ont vraiment besoin de vous. Sam s'arrache les cheveux et Livvy a dû partir en catastrophe. Je m'occupe du Dr McKenna.

James opina, manifestement soulagé.

— Merci, Beth. Vous êtes un ange. Et si, de plus, vous parvenez à convaincre le Dr McKenna de postuler comme médecin titulaire, je vous en saurai éternellement gré.

Son cœur fit un bond dans sa poitrine. Le vent de panique se transforma en bourrasque.

— Je croyais que le poste n'était plus vacant…

— On a prolongé l'appel à candidatures. Alors… Je compte sur vous pour le convaincre de rester.

James souriait, mais sa requête était des plus sérieuses. Le service avait vraiment besoin d'un autre médecin.

Mais le simple fait de revoir Ryan la perturbait au point de menacer l'équilibre qu'elle avait eu tant de mal à recouvrer. Qu'il soit médecin remplaçant était une chose, qu'il devienne titulaire et qu'elle ait à collaborer avec lui au quotidien de façon permanente en était une autre. Elle commençait à peine à redonner à sa vie un semblant de normalité, après deux années passées à ramasser les morceaux de son cœur brisé.

Cela dit, la situation n'était plus la même.

Et elle savait combien Ryan était lié à l'organisation pour laquelle il travaillait depuis deux ans. Il serait étonnant qu'il renonce à aller soigner les gens à tous les coins de la planète pour s'installer dans une vie rangée. Deux ans auparavant, il s'était engagé dans Médecine pour tous et s'était même séparé de Katie, sa petite amie de l'époque, qui ne comprenait pas ce choix.

James se faisait sans doute des illusions. Ryan ne pouvait pas être candidat au poste permanent.

— Je ferai de mon mieux, dit-elle, incapable de donner une réponse plus enthousiaste.

Elle était partagée entre l'envie de partir à toutes jambes et celle de profiter de ce moment pour parler avec Ryan, pour prendre de ses nouvelles.

Car quelque chose en lui avait changé, elle l'avait vu au premier coup d'œil. Il avait maigri, ses traits étaient tirés et une ombre flottait au fond de ses yeux. Était-ce la même ombre que celle avec laquelle elle-même avait vécu après tout ce qu'il leur était arrivé ? Ou celle de fantômes qu'il avait croisés au cours de ces deux années ? Les deux, probablement.

— Je vous le confie ? demanda James, moins catégorique, sentant peut-être, finalement, que la situation était un peu tendue.

Elle hocha la tête.

— Merci. Je sais que vous ferez de votre mieux. Ryan, on se voit lundi. Je suis ravi que vous fassiez partie de notre équipe.

— Moi aussi. Je suis impatient de commencer.

Les deux hommes se saluèrent. Beth et Ryan regardèrent James s'éloigner, puis Ryan se tourna vers elle et lui décocha un sourire complice qui la toucha.

— Laisse tomber la visite. Il y a un endroit tranquille pas loin, où on peut aller boire un café ? demanda-t-il.

Elle poussa un soupir de soulagement.

— Il y a un café qui donne sur le parc. Avec une terrasse.

Ils marchèrent jusqu'au café et trouvèrent une petite table libre, au soleil, un peu à l'écart des oreilles indiscrètes. Ryan s'assit en face d'elle et plongea ses yeux dans les siens.

— Comment vas-tu, Beth ?

Son cœur fit un autre petit bond.

— Oh ! tu vois bien…, répondit-elle en s'efforçant de sourire. Je me suis remise, pas à pas. Et toi ?

Il fit un nouveau sourire en coin, un peu triste.

— Ça va.

Elle n'en fut pas totalement convaincue.

— C'est drôle de te voir de nouveau à Yoxburgh. Qu'est-ce qui t'a décidé à venir ici ?

Et surtout, qu'est-ce qui l'avait décidé à faire un remplacement à l'hôpital : savait-il qu'elle y travaillait ? Étaient-ils vraiment tombés l'un sur l'autre par hasard ?

— J'avais besoin de travailler, j'ai appris qu'un poste était vacant ici et je sais que c'est un bon hôpital. Mais j'ignorais que tu y travaillais, si c'est le sens de ta question. Jusqu'à ce que je te voie, tout à l'heure. C'est incroyable !

— Tu n'aurais pas postulé si tu avais su que j'étais là ?

Il haussa les épaules.

— Je t'aurais au moins demandé ton avis.

— Mais tu as besoin de travailler.

— Il y a des postes partout.

— Oui, mais tu voulais revenir à Yoxburgh.

— Oui. Mais maintenant… Ça dépend.

— Ça dépend de quoi ?

— De toi. Si tu es infirmière aux urgences, nous allons certainement travailler ensemble. Cela ne me pose pas de problème. Je sais que nous travaillons bien ensemble. Mais nous, je veux dire, toi et moi… C'est une autre histoire. Je ne veux pas te compliquer la vie. Il faut que tu me dises clairement si tu es prête à m'avoir dans les pattes tous les jours ou presque.

Était-elle prête à cela ?

— Tant que tu ne me demandes pas de reprendre les choses là où elles s'étaient arrêtées. Enfin… Tu comprends ce que je veux dire.

— Je ne te demande rien, Beth. Je n'aurais aucun droit de le faire. Mais, de toute façon, tu es avec Rick, non ?

— Rick ? répéta-t-elle dans un sursaut.

Elle se mit à rire. Après tout ce qui s'était passé, l'idée que Rick fasse partie de sa vie était saugrenue.

— Il m'a trompée et menti. Je ne risquais pas de passer une heure de plus avec lui. Pas plus que toi avec Katie.

Ryan rit à son tour.

— Je vois. Mais tu pourrais avoir rencontré quelqu'un d'autre.

— Non, je suis seule et cela me va très bien. Et toi ?

Il se remit à rire.

— Moi ? J'ai à peine le temps de respirer, je ne vois pas comment je pourrais sortir avec quelqu'un. Ma dernière expérience sentimentale a été suffisamment chaotique pour que je n'aie pas envie de recommencer.

— Toutes les femmes ne sont pas comme Katie.

— C'est vrai, dit-il avant de la dévisager d'un regard tendre qui lui donna l'impression qu'il caressait son visage.

Puis il ferma les yeux et secoua la tête.

— Je n'en reviens pas de t'avoir retrouvée ici. Mais qu'est-ce que tu fais aux urgences ? Je croyais que tu étais passionnée par le travail au bloc opératoire.

— Cela te va bien de dire ça ! Toi qui ne jurais que par la chirurgie.

— On change, dit-il dans un haussement d'épaules. Personnellement, j'ai pris conscience que je n'avais pas envie de passer ma vie à me spécialiser et à travailler toujours dans le même domaine. J'avais envie de changer et j'ai trouvé

Médecine pour tous. En travaillant là-bas, je me suis rendu compte que j'étais à ma place en traumatologie. J'aime bien la variété, les changements de rythme… Et toi ?

— Moi aussi, j'ai eu besoin de changement.

Ne serait-ce que pour sortir du bloc où elle croisait Rick sans arrêt, pour fuir tout ce qui lui rappelait ce à côté de quoi elle était passée.

— Quand est-ce que tu es arrivé ?

— Je suis dans la région depuis deux semaines. J'étais déjà revenu entre deux missions pour MPT, j'ai même fait quelques remplacements pour renflouer mes comptes et mettre à jour mon inscription à l'Ordre des médecins. Mais cette fois, j'ai envie de rester.

— Ah bon ? s'entendit-elle s'exclamer, le cœur battant.

— Oui, acquiesça-t-il d'un air triste. J'ai besoin de me poser, de recouvrer un équilibre. C'était dur, là-bas. J'ai été le témoin de trop d'horreurs, j'ai perdu des amis, j'ai vu trop d'enfants mour…

Il s'interrompit.

— Je suis désolé, dit-il. Je ne voulais pas…

— Ce n'est rien, mentit-elle. Je n'ose pas imaginer ce que tu as vécu, que tu aies perdu des amis. C'est ce qui t'a décidé à revenir en Angleterre ?

— Non, curieusement, c'est ce qui m'a décidé à rester, dans un premier temps. Je voulais poursuivre ce qu'ils avaient commencé tant leur travail était primordial. Mais je sais que d'autres prendront la relève après moi et, de toute façon, il fallait que je rentre parce que, d'une manière ou d'une autre, on a aussi besoin de moi ici. Mes grands-parents ne sont plus tout jeunes et ma mère ne peut pas s'occuper d'eux toute seule. Il faut croire que c'était le bon moment. Le bon moment de passer à autre chose, de me poser, de reprendre un travail fixe. De penser à mon avenir.

Son avenir… Avec elle ?

Il voulait passer à autre chose et se poser mais n'évoquait pas la présence d'une femme. Katie l'avait peut-être dégoûté, en cherchant à tomber enceinte simplement pour l'empêcher de partir en mission.

Cela dit, son expérience auprès de MPT l'avait changé. Qui sait s'il n'était pas revenu dans la région avec l'arrière-pensée de redonner une chance à leur amour ? Plus sérieusement, cette fois – encore que la conséquence majeure de leur relation passée avait été, en soi, très sérieuse.

Et si telle était vraiment son intention ?

Elle n'était pas certaine d'être tout à fait prête. Elle en était encore à vivre un jour après l'autre, pas à pas.

— Voilà où j'en suis, murmura-t-il. Et toi, tu es heureuse, ici, à Yoxburgh ?

Elle regarda sa tasse et touilla son café machinalement. *Heureuse ?* Se souvenait-elle seulement de ce que le mot signifiait ?

— Yoxburgh est un bel endroit. Je me souviens du week-end que nous y avions passé ensemble, les balades, la mer, le vent salé sur le visage… Nous nous étions dit que ce devait être merveilleux de vivre ici. Quand j'ai su qu'un poste d'infirmière se libérait ici, je me suis dit : « Pourquoi pas ? » J'en avais assez de travailler en ville, assez du bruit, de la poussière. J'avais envie de tourner la page, de recouvrer la paix.

Envie de panser ses plaies, de se retrouver, de réapprendre à vivre. Quel meilleur endroit que Yoxburgh, cet endroit de rêve, où tout avait commencé ?

Elle prit une grande inspiration et releva la tête.

— Comment en es-tu venu à présenter ta candidature au poste de remplaçant ?

Il haussa une épaule.

— Pour les mêmes raisons que toi, je présume. J'aimais beaucoup cet endroit, la tranquillité, la beauté sauvage de la côte et de la campagne. J'avais besoin de ça, après mes deux ans à MPT. Nous n'avons passé qu'un week-end ici, mais il a vraiment compté.

Il détourna le regard, l'air grave. Puis il replongea ses yeux dans les siens.

— Si j'avais su que tu étais enceinte, Beth, je ne serais pas parti – pas à ce moment-là, en tout cas. Je me serais débrouillé, j'aurais repoussé mon départ. Cela n'aurait peut-être rien changé dans le fond, mais au moins j'aurais été là, je t'aurais aidée. Tu sais, dès que j'ai appris la nouvelle de la grossesse, j'ai décidé que j'allais m'arranger. Mais il m'a semblé que tu ne tenais pas à ce que je reste, alors je suis parti.

Il marqua une pause et regarda dans le vague.

— J'ai essayé de ne plus penser à toi, de t'oublier. Mais je n'y suis pas arrivé. Chaque fois que je revenais en Angleterre, j'étais obsédé par l'idée de savoir que tu allais bien.

Il avait essayé de l'oublier ? En vain ? Ils étaient donc deux dans ce cas.

— Pourquoi tu ne m'as pas appelée ? Pourquoi n'as-tu pas cherché à me joindre, depuis deux semaines ?

— Tu as changé de numéro, je te rappelle.

Elle sentit la culpabilité l'assaillir.

— C'est vrai. J'aurais dû te donner mon nouveau numéro. Cela dit, si vraiment tu avais voulu me retrouver, tu aurais pu. Tu as un bon réseau.

— Tu as raison, reconnut-il en opinant. J'avais juste besoin de me poser un peu, de m'organiser, mais je comptais le faire. Mais bref : je t'ai retrouvée et je suis rentré, pour de bon. Et je suis soulagé de voir que tu vas bien. Aussi bien que possible, en tout cas.

Elle sentit un frisson la parcourir devant son regard empli de compassion.

— Tu m'as manqué, s'entendit-elle dire, presque indépendamment de sa volonté.

Il lui adressa un autre sourire las.

— Toi aussi, tu m'as manqué. C'est en te revoyant que j'ai compris à quel point. Comment ai-je pu imaginer une seconde que je pourrais t'oublier ?

Elle sentit les larmes lui monter aux yeux et cligna des paupières.

— Ryan, j'ai changé, tu sais. Je ne suis plus celle que tu as connue.

— Je sais. Nous avons tous changé. Heureusement ! Ne t'inquiète pas, je n'attends rien. Je suis heureux de te voir et désolé de ne pas t'avoir soutenue davantage. Si je pouvais remonter le temps, il est certain que je prendrais d'autres décisions.

Elle hocha lentement la tête et détourna les yeux pour échapper à l'intensité de son regard. Elle se remit à tourner la cuillère dans le fond de sa tasse.

— Tu as vraiment l'intention de candidater pour le poste de médecin permanent ? L'autre jour, James râlait à propos des candidats qu'il avait reçus. De toute évidence, il aimerait bien te voir postuler.

— Il faut voir.

— De quoi cela dépend-il ?

— Essentiellement de toi, Beth. Je ne veux pas faire quoi que ce soit qui ne te convienne pas. Si tu n'as pas envie que je vienne, je ne postulerai pas, d'autant que nous risquons de travailler ensemble. J'ai accepté d'être remplaçant, pour l'instant, mais si cela te pose problème, je peux toujours me désister. Je n'ai encore rien signé.

Elle fronça les sourcils.

— Mais tu t'es engagé. Je sais que tu n'es pas du genre à revenir sur ta parole.

— Mais je suis prêt à le faire si cela te dérange. Je t'ai fait suffisamment de mal comme cela.

— Tu ne m'as pas fait de mal, protesta-t-elle en secouant la tête. Rick m'a fait du mal, lui. Toi, tu ne m'as pas menti, ni trompée, ni couché avec ma meilleure amie ni fait croire que c'était fini avec elle alors que ce ne l'était pas. La seule chose que tu aies faite, c'est de t'engager auprès de MPT, mais c'est une chose positive. J'ai compris et je t'ai même admiré pour cela.

— Ce n'est pas le cas de Katie.

— Je sais. Je ne suis pas Katie et tu n'es pas Rick. Je

te suis très reconnaissante d'avoir été là au bon moment et d'être resté aussi longtemps que tu as pu le faire.

— J'aurais pu rester plus longtemps. J'aurais *dû*, même.

— Non, je n'avais pas besoin de toi. Tu avais ta vie et, moi, j'avais besoin d'être seule. Tu n'aurais pas pu m'aider davantage et des tas d'autres gens dans le monde avaient plus besoin de toi. Je ne veux pas que tu culpabilises.

— Je ne peux pas m'en empêcher.

Elle se redressa et lui sourit, comme pour chasser les ombres.

— Je n'ai pas besoin de ta culpabilité. J'ai déjà suffisamment de fardeaux à porter. Tu as fait ce que tu devais faire.

Elle prit une grande inspiration.

— Et si je te faisais visiter le service, maintenant ? Je peux te présenter à ceux qui y travaillent. Cela t'aidera peut-être à prendre ta décision pour le poste permanent.

— Tu es sûre que tu as envie que je vienne ?

— Le service a vraiment besoin d'un médecin supplémentaire. Rien que pour cette raison, ce serait égoïste de ma part de m'opposer à ta candidature. Cela dit, je ne peux pas te promettre quoi que ce soit en dehors du travail. Alors si jamais tu postulais pour te rapprocher de moi, sache que…

— Ce n'est pas le cas. Je ne te demande rien, Beth.

— Bien. Dans ce cas, allons-y.

Le service des urgences de l'hôpital de Yoxburgh était tel que Ryan s'y attendait, à savoir moderne et très bien équipé. Mais il y régnait une activité à la limite de la frénésie, qui finit de le convaincre de l'urgence d'embaucher un nouveau médecin.

C'était exactement ce qu'il cherchait. Un travail passionnant dans un endroit magnifique, où il pourrait enfin poser ses valises. Et s'installer pour de bon. Avec Beth ?

Non. Elle avait été claire sur ce point. Elle avait changé, disait-elle. Lui aussi avait changé, mais cela n'avait pas empêché son cœur de cogner contre sa poitrine dès qu'il l'avait aperçue ni son corps de réagir quand il l'avait prise dans ses bras pour la saluer.

Serait-ce de l'amour ?

Bien sûr que non. L'amour n'était pas fait pour lui. Plus, en tout cas. De toute manière, cela ne pourrait pas fonctionner. Elle avait d'autres projets, d'autres envies qui ne le concernaient pas. Mais ils pourraient rester amis. C'était possible, s'ils le souhaitaient l'un et l'autre. Quoi qu'il en soit, il était sur le point de travailler dans un bon hôpital, dans un coin magnifique de l'Angleterre. Que demander de plus ?

Il s'agissait d'un poste de remplacement, pour l'instant. Rien qui l'engage à long terme. Cela leur laissait le temps de voir comment ils allaient collaborer aux urgences. S'ils ne parvenaient pas à retravailler ensemble, il pourrait toujours s'en tenir là et prendre une autre direction.

— Tu veux voir autre chose ?

Il croisa ses yeux gris-vert, toujours aussi expressifs, incapable de cacher ses émotions, et comprit qu'elle avait envie de partir.

— Non merci, Beth. Il faut que j'y aille. Je dois me trouver un logement d'ici lundi. À tout hasard, tu ne connais personne à qui je pourrais m'adresser ?

— Attends, je vais demander à Livvy Henderson.

Elle fit quelques pas en arrière.

— Livvy, sais-tu si tes anciens propriétaires ont trouvé un locataire pour te remplacer ? Ryan cherche un logement.

— Oui, Ben a trouvé un nouveau locataire.

— Dommage.

— Désolée, Ryan. J'espère que vous trouverez vite.

— Je vais m'y atteler dès ce soir. Merci, en tout cas.

Il se tourna vers Beth.

— Merci. Tu aurais d'autres pistes ?

— Va voir à l'agence Baldwin. Je sais qu'ils avaient des appartements à louer près de chez moi, il n'y a pas longtemps. Cela vaut la peine de leur demander. Leur bureau est sur High Street. Tout dépend de ce que tu cherches.

Il sourit en pensant aux endroits où il avait dormi au cours des deux années qui venaient de s'écouler.

— Je ne suis pas difficile, mais j'aimerais beaucoup qu'il y ait un extérieur. Il faut que je puisse sortir. Et un parking ou un garage, pour me garer sans avoir à tourner des heures.

— Passe les voir. Je suis sûre qu'ils te trouveront quelque chose.

Il hocha la tête.

— Merci. Je pense que je vais aller m'installer à l'hôtel pour ce soir. J'irai visiter des appartements demain.

Il vit une lueur fugace traverser son regard, comme si elle hésitait.

— Bonne idée, se contenta-t-elle de dire.

Il eut l'impression qu'elle n'était pas allée au bout de sa pensée. Ou alors elle s'était ravisée. Il prit conscience qu'il allait devoir faire des efforts s'il voulait regagner son amitié. À cette pensée, il sentit son cœur se serrer.

Une chose après l'autre. Il venait d'arriver à Yoxburgh et l'urgence était de se loger.

— Alors à lundi ! dit-il.

Il décela une autre lueur d'incertitude dans son regard.

— Appelle-moi pour me dire où tu en es.

— Encore faudrait-il que j'aie ton numéro, dit-il en souriant.

En général, on changeait de numéro de téléphone pour fuir quelqu'un. Avait-elle cherché à se protéger de Rick ? De lui ? Ou des autres, ces soi-disant amis qui n'avaient pas été là pour elle ?

Lui aussi avait bloqué quelques numéros…

Il sortit son portable, composa le numéro qu'elle lui dictait et l'appela.

— Parfait, dit-il en entendant le portable de Beth vibrer. Je te dirai comment ça s'est passé à l'agence… Baldwin, c'est ça ?

— Oui. Baldwin. Bonne chance !

*
* *

La chance ne sembla pas être de son côté.

L'agent immobilier lui décrivit plusieurs logements dont aucun ne lui plut, avant de lui faire une ultime proposition.

— Il y a bien autre chose, dit-il avec circonspection. C'est une maison que les propriétaires avaient mise en vente mais, comme elle ne se vendait pas, ils ont décidé de la louer. Les locataires sont partis avec plusieurs mois de loyer en retard, en la laissant dans un sale état. Le propriétaire est handicapé et n'a pas les moyens de faire faire les travaux. Alors si vous êtes prêt à vous retrousser les manches, je pense que vous pourriez négocier le loyer. C'est une chouette maison. Du moins, elle l'était. Elle est située sur Ferry Lane, et donne sur les marais et le fleuve. On voit les bateaux au loin, dans le port.

Le détail piqua sa curiosité.

— Le fleuve ?

L'agent hocha la tête.

— Il y a de la place pour se garer ?

— Oui, dans l'allée. Il y a aussi un garage double et un grand jardin. La maison sent un peu le chien mais un grand nettoyage de printemps devrait venir à bout de l'odeur.

— Est-ce que je peux la visiter ? demanda-t-il avec impatience, curieux de voir ce qui, avec ou sans odeur de chien, lui paraissait approcher de la maison idéale.

L'agent immobilier consulta sa montre.

— Je ne peux pas vous y emmener, je suis tout seul à l'agence, aujourd'hui. Par contre, je peux vous donner les clés si vous avez envie d'y jeter un coup d'œil. Je pense que je peux vous faire confiance.

Ryan se mit à rire.

— Vous pouvez. De toute façon, que puis-je faire que les précédents locataires n'ont pas fait ? À part le ménage ?

— Bien vu. Tenez. Et voici ma carte. Appelez-moi quand vous l'aurez vue.

— Je n'y manquerai pas. Merci.

Il glissa la clé dans sa poche et regagna sa voiture. Puis il prit la route longeant les falaises et tourna dans Ferry Lane.

Il scruta les numéros et aperçut une maison défraîchie au bout d'une allée goudronnée dont des herbes folles s'échappaient des fissures.

Il emprunta tout de même l'allée et se gara. Lorsqu'il descendit de la voiture, il embrassa la vue du regard et, étrangement, sentit la paix l'envahir.

Il s'approcha du portail, glissa la clé dans le verrou et avança jusqu'à la maison. Il fit le tour et entra dans un décor multicolore et chaotique. L'agent immobilier avait raison : la maison sentait le chien, la cuisine et la salle de bains étaient crasseuses et le jardin ressemblait à une jungle. Mais les fenêtres donnaient sur le fleuve.

Avec un bon décrassage et un bidon de peinture blanche, il y avait moyen de transformer cette vieille bicoque en petit paradis. Il faudrait aussi tondre les herbes folles du jardin. C'était faisable. Il fallait simplement relever ses manches et s'atteler à la tâche.

Il sortit son portable et appela l'agent immobilier.

— Je la prends, dit-il.

Il entendit son interlocuteur rire.

— J'ai vu votre regard s'illuminer quand j'ai parlé du fleuve.

— C'est vrai. Alors, comment procédons-nous ? En fait, je suis assez pressé. Je commence à travailler à Yoxburgh lundi. Pensez-vous qu'on puisse trouver un arrangement d'ici là ?

— Oui. Nous pouvons même régler cela aujourd'hui. Si vous repassez à 18 heures, j'aurai le temps de préparer le dossier.

Il avait à peine raccroché qu'il composa le numéro de Beth, comme par automatisme.

— Dans quel coin se trouve-t-elle ?

— Dans Ferry Lane, sur la gauche, au numéro 11.

— Tu es là-bas ?

— Oui, pourquoi ?

— Je ne suis pas loin. Il faut que je voie ça.

— Tu risques d'être surprise, dit-il en riant. Elle est

dans un sale état. Je vais devoir investir dans du matériel d'entretien et de la peinture.

— Je suis sûre que tu exagères.

Il se remit à rire et sortit de la maison pour l'attendre.

— C'est dingue !

— C'est super, non ? Bon, d'accord, il faut aimer le rose bonbon. Mais regarde !

Il posa ses grandes mains chaudes sur ses épaules et la fit pivoter vers la fenêtre.

— Oh ! on voit le fleuve ! Et l'échalier ! C'est exactement l'endroit où nous nous étions promenés le jour où…

Le jour où il l'avait prise dans ses bras et embrassée, et où elle était tombée un peu amoureuse de lui. Le jour où tout avait commencé…

— Oui, je m'en souviens. L'idée d'avoir cette vue de chez moi me rend fou de joie.

Il la lâcha et s'écarta d'elle. Elle sentit la chaleur de ses mains s'attarder un moment sur ses épaules.

— Viens voir le reste. L'agent immobilier m'a dit qu'il y avait trois chambres. Pour le moment, je n'en ai vu qu'une. Je ne suis pas allé plus loin.

Il y avait de quoi renoncer. La maison était sale et en désordre, comme si les locataires s'étaient enfuis sans se retourner. Il y flottait une odeur de chien mouillé. Il y avait du travail à faire pour la rendre accueillante.

Ils partirent à la découverte des autres pièces et entrèrent dans ce qui devait être la troisième chambre, à l'autre bout de la maison par rapport aux deux autres, derrière la cuisine. Elle donnait sur le jardin et avait un cabinet de toilette attenant.

— Ce sera ta chambre ?

— Non, comme elle donne sur le jardin, je vais en faire mon bureau. La maison est sale mais, sous la crasse, elle est en bon état, malgré tout. Je ne pense pas qu'il faille des semaines et des semaines de travail pour la remettre en état.

Elle jeta un regard circulaire sur les moquettes dégoûtantes, les rideaux délavés, la salle de bains crasseuse.

— Si tu le dis.

— Elle a juste besoin d'un grand nettoyage de printemps. Je m'en occuperai dès demain. Je dois repasser à l'agence tout à l'heure pour signer le bail. Il faudrait aussi que je mange et que je trouve un lit pour la nuit. Tu as une idée ?

Elle ne comprit pas comment cela se produisit, mais elle ouvrit la bouche et s'entendit lui répondre.

— J'ai une chambre d'amis et un ragoût pour au moins trois personnes qui ne demande qu'à être réchauffé. Tu pourrais venir dîner après être passé à l'agence et revenir ici pour commencer à ranger. Qu'en dis-tu ? Je suis du matin, demain, mais je peux te donner un coup de main ce soir et demain soir, après le travail. Il te reste trois jours avant de prendre ton poste. Il faudra aussi que tu trouves des meubles.

— C'est vrai, ce serait pratique, dit-il en riant.

Puis son regard s'assombrit.

— Beth, tu n'es pas obligée, tu sais. Je ne veux pas exagérer.

Elle n'était pas sûre que ce soit la meilleure solution, mais après tout cela lui paraissait être la plus logique et la plus pratique.

— Tu ne m'as rien demandé, c'est moi qui te l'ai proposé.

Pourvu qu'elle ne soit pas en train de faire une énorme erreur…

Il se réjouit que Beth ait proposé son aide lorsqu'il se rendit compte que l'état de la maison était pire que ce qu'il s'était imaginé.

Après avoir dîné chez Beth, ils se changèrent et reprirent le chemin de son futur chez-lui, armés de tout le matériel de ménage qu'ils avaient trouvé chez elle. Beth s'attela au nettoyage de la cuisine tandis qu'il arrachait la moquette de la chambre, qui s'en trouva déjà métamorphosée. Puis il examina la moquette du salon. Lorsqu'il en souleva un coin, il s'émerveilla devant le parquet qu'elle recouvrait. Il tira et se mit à rire de surprise et de joie.

— Beth ! Viens voir ! cria-t-il.

Beth apparut, gantée de caoutchouc rose assorti aux murs, une trace noire sur la joue. Il sentit son cœur se serrer.

Comment pouvait-elle être aussi sexy dans une tenue pareille ?

— C'est le parquet d'origine ? Il est magnifique !

À contrecœur, il détourna le regard de cette apparition charmante en dépit de la poussière et de la sueur sur son visage, et scruta le sol.

— Magnifique, peut-être pas mais il vaut mieux que cette moquette dégoûtante que je ne serai même pas obligé de remplacer. Je me demande si c'est la même chose dans l'entrée.

C'était le cas, ainsi que dans la salle à manger. Il n'en revenait pas.

— C'est incroyable. Et tu as raison : si on le cire, il sera magnifique. On verra ça demain. Il est tard. Tu commences tôt, demain. Je boirais bien une bonne tasse de thé.

— Moi aussi, pour laver la poussière que j'ai dans la gorge.

Ils se sourirent. Sans réfléchir, il l'attira à lui et la serra dans ses bras en enfouissant son visage dans ses cheveux poussiéreux mais dont il reconnut une odeur qui lui serra le cœur.

— Merci, Beth. Merci pour tout ce que tu as fait. Je n'aurais jamais pu faire tout cela tout seul.

Elle se détacha de lui. Il se sentit soudain démuni et gauche.

— Bien sûr que si. Tu aurais sans doute fait moins de pauses. Allez, on y va ?

— Thé ou café ?

— Du thé, s'il te plaît. Mais je peux t'aider, si tu veux.

— Non, reste au salon et détends-toi. Je n'en ai pas pour longtemps.

Comment pouvait-il se détendre alors que ses muscles

étaient tout tendus d'avoir soulevé et tiré pendant des heures ? Il aurait des courbatures le lendemain, c'était certain. Mais qu'importe ! Au moins avait-il attaqué le chantier.

Il s'étira et se dirigea vers les étagères encadrant la cheminée. Une boîte à bijoux en argent attira son attention. Elle était polie et arrondie, en forme de cœur, sobre et… attirante.

Il tendit la main et déposa la boîte dans le creux de sa main. Il caressa du doigt l'inscription gravée sur le couvercle et sentit les battements de son cœur accélérer en la déchiffrant.

Il s'agissait d'une date. Une date qu'il n'oublierait jamais parce qu'elle était également gravée dans son cœur.

Il entendit des pas derrière lui.

— Le thé est servi, dit Beth en posant les tasses sur la table basse.

Il se retourna lentement, le cœur sur la paume de sa main.

— Qu'est-ce que c'est ? demanda-t-il un peu trop brusquement, alors qu'il connaissait la réponse.

Le sourire qu'elle lui décocha lui serra la gorge.

— Ce sont ses cendres.

Sa poitrine se serra. Il se pencha et porta la boîte à ses lèvres, luttant pour que les larmes ne jaillissent pas.

— Tu les as gardées, murmura-t-il quand il put enfin parler.

— Bien sûr. Je ne savais pas ce que j'aurais pu en faire d'autre. Tu n'étais pas là quand je les ai récupérées et j'ai préféré les garder avec moi en attendant de te voir et de prendre une autre décision. Je n'ai pas voulu les laisser là-bas. Je ne voulais pas que quoi que ce soit me rattache à cet endroit.

Il leva vers elle ses yeux emplis de larmes et vit son sourire se briser.

— Oh ! Beth…

De sa main libre, il l'attira de nouveau vers lui. Elle posa la main sur l'urne minuscule et se blottit contre son épaule.

— Grace n'a pas souffert, Ryan.

Il hocha la tête. Elle prit le cœur, déposa un baiser sur le couvercle avant de le reposer sur l'étagère, à côté d'une boîte en carton. Elle effleura la boîte du bout des doigts.

— C'est la boîte des souvenirs, dit-elle doucement. Les sages-femmes me l'ont offerte, à l'hôpital. Tu veux voir ?

— Non, pas ce soir, répondit-il en secouant la tête. Je suis épuisé. Je pense qu'il vaut mieux que j'aille dormir. Demain, j'ai du pain sur la planche. Toi aussi, d'ailleurs, tu devrais aller te reposer. Tu commences tôt.

Elle lui adressa un sourire compréhensif.

— Quand tu seras prêt, dit-elle.

Il avait passé deux années à fuir. Serait-il prêt, un jour, à découvrir le contenu de cette boîte ?

Il était peut-être temps d'arrêter de fuir. Peut-être, mais pas maintenant. Pas encore…

2.

— Bonjour, Ryan. Comment vas-tu ? demanda Beth.

Il s'appuya sur le chambranle de la porte de sa nouvelle maison et lui adressa un sourire en coin.

— Ça va.

— Tu es sûr ? J'ai l'impression que tu n'étais pas très bien, hier soir.

En effet, entre les souvenirs que le petit cœur en argent avait fait remonter à la surface et la pensée que Beth soit couchée à quelques mètres de lui, juste de l'autre côté du mur, il avait eu du mal à trouver le sommeil. De plus, en voyant la maison en plein jour, au petit matin, il avait pris conscience de l'énormité de la tâche qu'il avait devant lui et s'était demandé ce qui lui avait pris.

Donc, pour une raison ou pour une autre, il n'était pas au mieux de sa forme.

Il se passa la main dans les cheveux et s'écarta pour la laisser entrer.

— J'étais épuisé. Et, c'est vrai, un peu remué par le fait de savoir que Grace était là.

— Je comprends, dit-elle en entrant, l'air sérieux.

Puis elle s'arrêta net, jeta un coup d'œil circulaire dans la pièce, bouche bée.

— Où est passé le rose bonbon ?

— Il a été englouti sous deux couches de peinture blanche.

— Tu as déjà eu le temps de passer deux couches ? Aurais-tu des pouvoirs magiques ?

— La première couche a eu le temps de bien sécher. L'air

était sec, il y avait du vent, j'ai laissé les fenêtres ouvertes toute la journée. J'ai aussi repeint le salon. Viens voir.

Il ouvrit la porte du salon et la suivit.

— Il paraît deux fois plus grand. Et deux fois plus lumineux.

— Ce n'était pas difficile, cela dit. Tu veux un thé ?

— Avec plaisir. Je n'ai pas assez bu aujourd'hui.

Elle sortit des vêtements de son sac.

— J'ai apporté de vieux vêtements usés pour t'aider.

— Tu n'es pas obligée, tu sais. Tu as déjà ta journée de travail dans les pattes.

— Et alors ? La journée n'a pas été si terrible aux urgences. La soirée le sera sans doute davantage. Nous sommes vendredi.

Ryan se rendit dans la cuisine.

— Je peux aussi faire du café, si tu préfères. J'ai apporté une bouilloire et des tasses.

— Non, merci. Je préfère du thé.

Il sentit son regard posé sur lui tandis qu'il sortait les sachets de thé et versait le lait dans les tasses, les mains pleines de peinture. Il prit conscience qu'il avait aussi de la peinture dans les cheveux. Il allait falloir qu'il se récure soigneusement avant lundi.

— C'était comment, à l'hôpital ? Des cas intéressants ?

— Pas vraiment. Quelques blessures de sport ou de jardinage, mais rien de grave. La routine.

Il repensa à ses journées à MPT et se mit à rire.

— La routine…

— Oui, cela va te changer.

Il hocha la tête, chassant de son esprit les souvenirs, et sourit de nouveau.

— Viens, on va se poser dans le jardin. J'ai trouvé un banc. Il est un peu branlant mais en faisant attention…

Ryan sortit un paquet de biscuits et la précéda jusque dans le jardin.

Elle s'assit et se figea en entendant le banc craquer sous son poids.

— Je vais plutôt m'asseoir là, dit-elle en prenant un biscuit avant de s'installer sur les marches de la terrasse.

Enfin, terrasse était un grand nom. Au sol, pas un carreau n'était à la même hauteur que l'autre, mais il y avait la place de mettre une table et des chaises.

— Le jardin est beau, dit-elle.

Il eut l'air dubitatif.

— Si ! Regarde ces plantes, tout autour.

— Oui, je les vois. Je vois aussi le chiendent, les herbes folles et la clôture qui, en soi, est une invitation à l'évasion. Je ne sais pas depuis combien de temps il est à l'abandon, mais je pourrai jardiner pendant mon temps libre. Ce sera mon luxe.

— D'avoir du temps libre ?

Il hocha la tête.

— Oui. On en a peu quand on part en mission. On s'engage pour des périodes de trois mois d'affilée, sans congés.

Il se tut, manifestement absorbé par des souvenirs lointains. À quoi pensait-il ? Peut-être valait-il mieux ne pas savoir quelles images il avait en mémoire.

— Tiens, prends un biscuit avant que je dévore tout le paquet.

Il lui tendit le paquet et se rassit. Le banc craqua et se souleva d'un côté, comme une balançoire.

Elle se retint d'éclater de rire en voyant son visage dépité.

— Ça te fait rire ? dit-il d'un air faussement sérieux, en se relevant.

Ils éclatèrent de rire et il vint s'asseoir à côté d'elle, sur les marches.

— Tu vas devoir investir dans du nouveau mobilier de jardin, dit-elle quand elle eut recouvré son souffle.

— Tu as raison. Je vais peut-être changer les fenêtres, aussi. Elles sont vraiment en mauvais état.

— Mais cela va te coûter une fortune. Et tu n'es pas propriétaire.

— Pas encore.

Elle tourna la tête.

— Comment ça, pas encore ?

— Il se peut que la maison soit à vendre.

— Mais tu n'as même pas de poste fixe. Pour le moment, tu fais un remplacement.

— Pour le moment, oui. Mais cela peut changer.

Il fit une pause et regarda au loin.

— Je crois que je vais postuler pour le poste permanent.

Elle ne s'attendait pas à ce qu'il prenne une telle décision. Pas aussi rapidement, en tout cas. Il n'avait même pas commencé à travailler à l'hôpital. Cela dit, il avait déjà rencontré James et ses futurs collègues de travail, et il adorait Yoxburgh et sa région. Que fallait-il de plus ?

À lui, rien. Elle, en revanche, avait besoin de temps pour intégrer cette nouvelle donne. Et, depuis qu'elle avait vu sa réaction, la veille, devant la petite urne de Grace, elle ne savait justement plus que penser.

— Attends au moins de voir si le travail te plaît. Ce sera peut-être très différent de ce à quoi tu t'attends.

— J'en doute. De toute façon, je peux toujours retirer ma candidature.

— Retirer ta candidature ? Tu penses vraiment que James te laissera partir ?

— C'est à moi que revient la décision, de toute façon. Laquelle dépend aussi de toi. Si tu ne veux pas que je reste, Beth, je partirai, quoi qu'en dise et quoi qu'en pense James.

Elle comprit, à l'expression de son regard, qu'il était sincère. Il se préoccupait vraiment de son bien-être. Et, en repensant au petit cœur d'argent lové dans sa main…

Elle souhaitait qu'il reste.

Aussi surprenant que cela paraisse, cela lui apparut comme une évidence. Elle prit une profonde inspiration et se leva.

— On verra, dit-elle en faisant couler les dernières gouttes de son thé dans l'herbe. En attendant, quelle est la prochaine étape du chantier ?

— La chambre. Je vais aller chercher des affaires chez ma mère dimanche – mes vêtements, un matelas pneumatique.

— Un matelas pneumatique ? Tu peux rester chez moi le temps des travaux, tu sais.

Il secoua la tête.

— Je t'ai déjà trop demandé, Beth. J'accepte encore ton hospitalité ce soir et demain soir, mais dès dimanche je m'installerai ici.

— Mais tu n'as aucun meuble ! C'est un peu précaire, comme installation.

— Précaire ? Avoir un toit est un luxe dans beaucoup d'endroits où je me suis rendu. Cette maison est un palace. On va me livrer un lit et un canapé lundi soir. Ce sera parfait.

— Si tu le dis.

Elle haussa les épaules, incrédule, et rentra dans la maison. Comment devait-elle prendre le fait qu'il n'ait pas envie de rester chez elle ? Quelle question ! Ryan était d'une nature indépendante. Elle l'admirait pour cela, entre autres.

— Si tu veux, je vais continuer à nettoyer ici pendant que tu attaques la chambre.

Ils arrêtèrent le ménage vers 20 heures. La lumière commençait à diminuer et ils étaient fatigués. Ryan avait repeint la chambre, et Beth avait fini de nettoyer à fond les deux salles de bains et le débarras. Elle avait même commencé à laver les fenêtres.

Il attendit qu'elle termine de nettoyer la vitre qu'elle était en train de frotter et lui prit le chiffon des mains.

— C'est fini pour aujourd'hui. Il est tard et tu travailles demain. Ça te dit qu'on se fasse livrer le dîner ?

— Bonne idée, dit-elle, un sourire las sur les lèvres. Tu as fini la chambre ?

— Oui. Elle paraît immense et la vue est magnifique.

— Cela tombe bien, tu n'as pas de rideaux. Allez, tu as raison, allons nous reposer.

— Tu es sûre que cela ne te dérange pas que je dorme encore chez toi ? Je ne veux pas abuser de ta générosité.

— Ne dis pas de bêtises. C'est moi qui te l'ai proposé. Cela me fait plaisir.

S'il y avait une chose qui n'avait pas changé, c'était la gentillesse de Beth. Elle avait un cœur en or. Un cœur qu'il avait brisé, sans le vouloir, en ne prenant pas suffisamment de précautions pour qu'elle ne tombe pas enceinte.

— Tu es un ange, dit-il, reprenant les mots de James.

Elle secoua la tête.

— Non, Ryan, je suis une amie, rétorqua-t-elle simplement.

Il sentit une boule se former au fond de sa gorge. Beth était une amie, certes, mais leur relation avait à ses yeux encore plus de valeur qu'une amitié. Comment la définir ? Il l'ignorait. Il était incapable de trouver les mots pour le faire. Mais y avait-il vraiment un mot qui décrive avec justesse ce qu'ils étaient l'un pour l'autre ? Au fond de lui, il savait simplement que Beth était une partie irremplaçable de sa vie et qu'elle le serait toujours.

Lorsque la journée du samedi s'acheva, la maison était métamorphosée. Il avait fini de repeindre le salon, la salle à manger et l'entrée avant de retirer la moquette et, ensemble, ils avaient remis à neuf le parquet.

Ils se levèrent pour admirer leur œuvre.

— Tu avais raison, Beth, dit-il, admiratif. Il est magnifique. Je n'en reviens pas de la transformation !

— J'étais sûre que ce serait une bonne surprise, acquiesça-t-elle avec enthousiasme. Mais dis-moi, comment comptes-tu vivre ici si tu n'as ni vaisselle ni casseroles ? Sans parler du linge.

— Je suis sûr que ma mère pourra me prêter de quoi m'organiser au début. Je n'ai pas besoin de grand-chose pour la cuisine. D'ailleurs, j'ai vu qu'il restait un carton dans le cagibi. Je peux peut-être récupérer deux ou trois choses.

Ils allèrent ouvrir le carton et examinèrent son contenu.

— Je vais emporter tout cela chez moi et tout passer au

lave-vaisselle. Je te le rapporterai demain, si tu veux. Tu peux me laisser une clé.

Il opina, transporta le carton jusqu'à la voiture, ferma la maison et prit la route de chez Beth pour la troisième et dernière nuit.

Il n'avait pas encore de lit, mais peu importait. Il avait pris l'habitude de dormir partout. D'ailleurs, il dormirait peut-être mieux sans Beth dans la chambre voisine, à quelques mètres de lui…

— Bonjour, Beth !

Elle se retourna, le cœur battant plus fort au son de la voix familière de Ryan.

— Bonjour ! Prêt pour ta première journée aux urgences ?

— Oui. Cela va me changer de la peinture. Je suis content de passer à autre chose. Il me tarde de me remettre en selle.

— Fais attention aux désirs que tu exprimes. Tout s'est bien passé, hier ? Tu as bien dormi, dans ta nouvelle maison ?

— Comme une bûche. Mais il me tarde de recevoir mon lit. Finalement, j'en ai assez des sacs de couchage.

— Je te l'ai dit, tu aurais pu dormir chez moi.

— Je sais, mais je ne voulais pas abuser. Merci pour la plante et la petite carte que tu as déposées. La maison a l'air habitée, même si elle est encore plutôt vide.

— Avec plaisir. Les plantes mettent de la vie dans une maison. J'ai rangé le contenu du carton dans le cagibi, d'ailleurs. Cela m'a paru pratique. D'ailleurs, tiens, je te rends la clé.

— Merci.

— En parlant de clés, est-ce qu'on t'a donné un casier ?

— Pas encore, répondit-il en fourrant la clé dans sa poche. Il me faudrait aussi une blouse.

Elle l'accompagna et l'aida à trouver un casier et des vêtements de travail.

— Voilà, conclut-elle. As-tu besoin d'autre chose ?

— J'ai tout ce qu'il me faut, merci. Je vais essayer de trouver James.

— Il est en réanimation.

Ils se séparèrent pour se retrouver peu de temps après dans le service de réanimation, auprès d'un patient dont la moto avait été heurtée par une voiture. Apparemment, le conducteur de la voiture ne l'avait pas vu. Il avait une fracture ouverte à la jambe gauche, sur laquelle les ambulanciers avaient posé une attelle. Mais la douleur était très vive et sa tension, trop basse pour ne pas être préoccupante.

— Pouvez-vous retirer ses vêtements pour qu'on ait une meilleure visibilité, s'il vous plaît ? demanda promptement Ryan. Il me faudra une FAST écho et une perfusion de 1 g d'acide tranéxamique. Il me faut aussi une radio du crâne et de la jambe. On va lui laisser la minerve et le casque pour l'instant. Bonjour, je suis Ryan, le médecin. Pouvez-vous me dire ce qui s'est passé, Jim ?

Tandis que Jim donnait des éclaircissements et qu'on faisait les radiographies, Beth posa la perfusion visant à ralentir le débit sanguin. Ryan se mit à palper les côtes et l'abdomen du patient, dont elle prit les pouls au pied.

— Absence de pouls pédieux, dit-elle.

Ryan hocha la tête.

— Jim, le sang ne circule plus dans votre pied. Je vais devoir redresser votre jambe, ce qui risque d'être douloureux mais devrait améliorer la situation. Vous êtes prêt ? Beth ? À trois ?

Il compta et repositionna la jambe, vérifia son pouls et revint examiner l'abdomen du patient, laissant Beth lui mettre une attelle. Puis il fronça les sourcils en procédant à l'échographie abdominale, quand la baguette passa sous les côtes.

— Il y a une tache, dit-il. Je crains qu'il y ait une hémorragie interne.

— La rate ?

— Non, peut-être le rein gauche. La zone est contusionnée. Injectez-lui encore 1 g de TXA par bolus. Je voudrais voir la radio de ses côtes. Peut-on le cathétériser, s'il vous plaît, et faire une analyse d'urine ?

Le diagnostic avancé par Ryan s'avéra fondé. Ils trouvèrent du sang dans les urines et, l'état du patient se détériorant, on l'emmena dans le service de radiologie d'intervention pour qu'ils procèdent à l'embolisation des vaisseaux sanguins. Après quoi le chirurgien orthopédique interviendrait sur la fracture.

Ils regardèrent le chariot sortir de la pièce. Ryan retira ses gants en secouant la tête, une expression perplexe sur le visage.

— C'est bizarre de ne pas terminer le travail qu'on a commencé, dit-il. Je n'ai pas l'habitude de n'en faire qu'une partie. Mais l'essentiel est que nous soyons parvenus à rétablir la circulation dans son pied et qu'il n'ait pas de fracture du crâne.

— Tu as pris l'habitude de tout faire tout seul, fit-elle remarquer.

— C'est vrai. Mais je suis content de pouvoir passer le relais à des confrères. C'est difficile de jongler avec trop de balles. Trop risqué. Je ne suis pas mécontent de pouvoir faire une pause de temps à autre.

Mais il ne fut pas vraiment question de pause. Les patients défilèrent toute la matinée. Ryan était compétent et efficace, et elle se réjouit de travailler à ses côtés. Cela lui donna en outre l'occasion de l'observer de plus près, de se rappeler tous les petits détails de lui qu'elle avait oubliés, comme son expression quand il était concentré, la façon dont son front se déridait dès que tout rentrait dans l'ordre ou le léger hochement de tête qu'il faisait quand il était satisfait.

— Vous pouvez aller déjeuner, dit James.

Beth prit conscience qu'il était 14 heures. Ils avaient travaillé sans interruption depuis 8 heures.

— Un sandwich et un café ? suggéra-t-elle.

— Avec plaisir. Je meurs de faim.

Mais un autre patient arriva dans le service. Par chance, Jenny, sa cadre, vint à sa rescousse, si bien qu'elle put faire une pause. Elle alla acheter de quoi déjeuner pour Ryan et elle. Ryan finit par trouver, plus tard, un moment pour manger son sandwich et boire le café devenu tiède qu'elle lui avait apporté.

— Un médecin supplémentaire n'était pas du luxe, en effet, dit-il en riant.

— Tu ne regrettes pas les heures où tu repeignais les murs de ta maison ?

— C'est vrai que c'était moins exigeant, psychologiquement parlant.

— À quelle heure viennent-ils livrer tes meubles ?

— Je leur ai demandé de ne pas venir avant 18 heures, mais j'espère qu'ils viendront plus tard. De toute façon, ils doivent m'appeler avant de venir. Bon, je te laisse. Il faut que j'y retourne. À plus tard !

Il ne s'écoula pas beaucoup de temps avant qu'ils se retrouvent dans le service de réanimation, devant une hémorragie artérielle. Ryan était en train d'examiner le crâne du patient lorsque son téléphone se mit à vibrer dans la poche de sa blouse.

— Est-ce que quelqu'un peut répondre pour moi ? demanda-t-il.

Une infirmière prit le téléphone et le lui tendit. Il jura dans sa barbe.

— Est-ce que quelqu'un peut aller chercher Beth, s'il vous plaît ? Si toutefois elle est encore là.

— Elle devrait être rentrée chez elle, à cette heure-là, dit Jenny. Mais il me semble l'avoir vue.

— Je vais la chercher, dit l'infirmière.

— Il y a un problème ? demanda Beth quelques minutes plus tard en entrant dans la pièce.

— J'ai besoin d'un service. Je viens de recevoir un message des livreurs qui disent qu'ils seront là à 17 heures. Mais je ne vais pas pouvoir partir d'ici avant une heure – et encore. Est-ce que tu voudrais aller leur ouvrir ?

— Bien sûr. Il est grand temps que je parte, d'ailleurs. J'aurais dû le faire depuis longtemps.

— Je sais. Je suis désolé de te demander encore un service, mais je suis vraiment coincé.

Elle haussa une épaule.

— Ne dis pas n'importe quoi et donne-moi plutôt la clé.

Il réfléchit à l'endroit où il l'avait mise.

— Dans la poche droite de mon pantalon.

Leurs regards se croisèrent puis elle détourna promptement le sien, avant de glisser la main dans la poche de son jean, sous son tablier en plastique. Il fit des efforts démesurés pour ne pas laisser son esprit s'égarer. Sans parler de son corps.

— C'est ça ? demanda-t-elle en sortant un trousseau.

— Non, c'est une clé toute seule. Celle que tu m'as rendue tout à l'heure.

Il serra les dents tandis qu'elle replongeait la main dans sa poche.

— Il faut que je vérifie le contenu des colis ?

— Non, ce n'est pas la peine. Signe la déclaration précisant que tu as reçu mais pas ouvert les colis. À moins qu'ils soient visiblement abîmés. En tout cas, merci, Beth. Je te revaudrai ça.

— J'espère bien. Je note tout sur ton ardoise, répondit-elle en riant, avant de tourner les talons et de le laisser avec son artère perforée et sa culpabilité croissante.

Depuis qu'ils s'étaient retrouvés, elle n'avait pas cessé de lui rendre service. Il était tiraillé entre son nouveau travail et son amie – si tant est qu'il puisse désigner ainsi la femme avec qui il avait eu une brève aventure, qui avait fini par donner naissance à un bébé atteint de malformation cardiaque et condamné dès la conception à ne pas vivre.

Il devait y avoir un mot plus juste qu'« amie ». C'était le mot qu'elle-même avait employé quand il l'avait remerciée, mais Beth était beaucoup plus que cela à ses yeux. Ils étaient liés par un lien complexe et par la perte douloureuse de leur petite fille.

Il sentit sa poitrine se serrer et s'efforça de reporter son attention sur son patient, chassant Beth, leur bébé et son sentiment de culpabilité de son esprit.

Il était plus de 20 heures lorsqu'elle entendit le bruit du moteur dans l'allée. Elle lissa le drap sur le lit puis alla ouvrir la porte.

— Ne me dis pas que tu es encore là ! dit-il d'un air contrit. Je suis désolé. Ils n'ont toujours pas livré les meubles ?

— Si, si. Ils sont venus à 17 heures, comme prévu. J'ai fait deux ou trois petites choses en t'attendant. Jenny m'a prévenue que tu rentrerais tard.

— Je ne pensais pas finir aussi tard, mais je n'ai pas pu faire autrement.

— Pour ton premier jour, tu as été servi, avec toutes ces victimes d'accidents de la route.

— Effectivement, j'ai commencé sur les chapeaux de roues. Heureusement que j'ai travaillé avec toi. Cela m'a considérablement simplifié la tâche. Alors, tout s'est bien passé avec les livreurs ?

— Parfaitement bien. Viens voir.

Elle ouvrit la porte de la chambre. Ryan s'arrêta net.

— Ils ont monté le lit ?

— Non. C'est moi qui l'ai fait. Je me suis dit que ce serait au-dessus de tes forces après cette journée dingue.

— Toi ? Je n'en demandais pas tant. Merci !

— C'était assez simple, mentit-elle, consciente qu'une autre paire de bras n'aurait pas été de trop. Huit vis et huit boulons. L'outil était même fourni.

Elle lui tendit une clé Allen.

Il se mit à rire et la prit dans ses bras.

— Merci, Beth. Vraiment, je ne m'attendais pas à ce…

Elle posa la main sur sa bouche pour l'empêcher de continuer.

— Chut. Tu as passé ta vie à t'occuper des autres. Il est temps qu'on s'occupe un peu de toi.

Il prit sa main et la porta à ses lèvres avant d'entrelacer ses doigts aux siens.

— Merci, dit-il, les yeux emplis d'émotions contradictoires.

Peut-être était-il aussi désorienté qu'elle. Et le fait qu'ils se trouvent à côté d'un lit immense n'arrangeait rien.

Elle retira doucement la main et s'écarta de lui, essayant d'ignorer les picotements qui remontaient jusque dans son bras.

— J'espère que j'ai mis les bons draps. Ils sont neufs, mais je n'en ai pas trouvé d'autres.

— Ce sont les seuls que j'aie, en effet. Ils ont aussi livré le canapé ?

— Oui. Ils l'ont déballé, ainsi que la table basse, et ont remporté les emballages. C'est vraiment joli. Va voir.

Elle le suivit dans le salon et exhala un soupir de soulagement en le voyant s'asseoir sur le canapé puis s'allonger, jambes tendues, exprimant son contentement.

— Un canapé suffisamment long et suffisamment large pour qu'on puisse s'allonger ! Il est confortable, en plus.

Il parcourut la pièce du regard.

— Cela commence à ressembler à un petit chez-soi. Et, décidément, le parquet est vraiment beau.

Il se leva et s'approcha d'elle.

— Est-ce que tu as dîné ?

Elle secoua la tête.

— Moi non plus. Je meurs de faim. Que dirais-tu d'aller dîner dehors ? Un plat au pub. Ou quelque chose de plus sophistiqué si tu veux. À toi de choisir.

Son estomac se mit à gargouiller.

— Bonne idée. Il n'y a pas grand-chose dans mon frigo. J'avais l'intention de faire les courses en sortant de l'hôpital, mais mes plans ont été légèrement modifiés, dit-elle d'un air entendu.

— Dans ce cas, repasse chez toi si tu veux te changer. Je prends une douche et passe te prendre d'ici une demi-heure. D'ici là, réfléchis à un endroit où tu as envie d'aller. C'est moi qui t'invite, évidemment.

— D'accord, dit-elle avant de se hisser sur la pointe des pieds pour déposer un baiser sur sa joue.

Le contact de sa peau déclencha une vague de chaleur dans tout son corps. Elle recula, troublée.

— Alors à tout à l'heure, dit-elle avant de sortir de la maison.

Une fois dehors, elle poussa un profond soupir. De toute évidence, son corps n'avait pas oublié le sien…

— Où veux-tu aller ?

— Que penses-tu du pub, sur le port ?

Il lui jeta un coup d'œil à la dérobée. Son choix n'était pas anodin. Mais, après tout…

— Si tu veux, répondit-il. C'est sympa et ce n'est pas très loin.

Il prit la direction du petit port de plaisance et du pub où ils avaient déjeuné, deux ans et demi plus tôt, juste avant qu'il l'embrasse pour la première fois, commençant une histoire brève mais intense.

Il avait rompu avec Katie quand il avait compris qu'elle cherchait à tomber enceinte à la seule fin de l'empêcher de rejoindre Médecine pour tous. À l'époque, il travaillait au bloc avec Beth. Cette femme l'intriguait, le tentait. Mais quand il l'avait invitée à sortir un soir, elle avait décliné l'invitation et gardé ses distances avec lui, prétextant qu'elle ne souhaitait pas s'investir dans quelque relation que ce soit.

Cela dit, telle n'était pas non plus son intention. La rupture avec Katie était trop fraîche et il avait du mal à s'imaginer de nouveau en couple. Mais il n'était pas non plus entré dans les ordres. Aussi, après une semaine où le bloc opératoire ne désemplissait pas – à croire que tous les habitants des Midlands s'étaient donné le mot pour se faire opérer cette semaine-là – et où ils étaient restés enfermés pendant des heures devant la table d'opération, la tension qui couvait entre eux depuis leur première rencontre avait atteint un point de non-retour.

Il fallait qu'il parte, qu'il quitte cette ville et s'éloigne de Beth mais, comme par hasard, on leur avait accordé à tous les deux un week-end de congé. Alors il lui avait demandé, sans ambages, de partir en week-end avec lui. Pas d'engagement, pas d'attaches, rien de sérieux. Simplement quelques jours à la mer après une semaine infernale, pour se changer les idées entre adultes consentants.

Il espérait qu'elle accepte, évidemment, mais, même si elle refusait, après tout, qu'avait-il à perdre ?

À son grand étonnement, elle avait dit oui. Alors il avait réservé une chambre dans un hôtel chic de Yoxburgh et était passé la prendre chez elle, le samedi matin, un peu fébrile. Comme ils étaient arrivés en avance, ils étaient allés déjeuner dans un petit pub, sur le port, avant d'aller marcher le long du fleuve pour passer le temps.

C'est là, en l'aidant à descendre de l'échalier, qu'il l'avait embrassée.

Elle ne l'avait pas repoussé. Ils avaient passé la majeure partie du week-end dans leur chambre. Cela avait été le week-end le plus torride de sa vie.

Il gara la voiture et claqua fermement la portière, espérant chasser ces souvenirs brûlants de son esprit.

— Il n'a pas changé, murmura-t-il en s'approchant du pub.

— À mon avis, il est resté dans son jus depuis son ouverture. C'est ce qui fait son charme, d'ailleurs. Qu'est-ce que tu as envie de manger ?

— *Fish and chips.*

— Ce n'est pas très léger, fit-elle remarquer.

— Je m'en fiche. Après la journée d'hier, j'ai besoin de calories et de réconfort. Mais prends ce que tu veux.

— Je vais prendre le cabillaud, avec une salade, dit-elle avant de relever la tête et de le fixer.

Il sentit chaque cellule de son corps se réveiller doucement.

— Tu as des nouvelles de Jim ? demanda-t-elle.

— Oui. Il va bien. On lui a retiré le rein gauche et posé un fixateur externe sur la jambe. Son état est stable. Il est vivant, en tout cas.

— Et les victimes de l'accident qui t'ont retenu ce soir ?

— Ils s'en sont tous sortis, heureusement. Je n'aurais pas aimé perdre un patient dès le premier jour.

Son regard se fit plus intense.

— Je suis contente qu'on travaille ensemble, dit-elle.

Il hocha la tête.

— Moi aussi. J'avais oublié à quel point c'est fluide. C'est comme si tu savais ce qu'il fallait faire, sans me demander, comme si tu lisais dans mes pensées.

— C'est peut-être simplement que je connais bien mon métier et que je le fais bien.

— Tu crois ? dit-il, feignant l'incrédulité, le sourcil levé.

Elle le regarda d'un air renfrogné qui lui donna envie de l'embrasser.

— Je retire, dit-il en souriant. Tu as raison, tu es une excellente infirmière. L'infirmière la plus compétente avec laquelle il m'ait été donné de travailler. Ça te va, comme ça ?

— Oui, c'est mieux, merci.

Elle lui adressa à son tour un grand sourire. Il se sentit attiré comme par un aimant.

— Le *Fish and chips* ?

Il se cala sur sa chaise et leva les yeux vers le serveur arrivé à point nommé.

— C'est pour moi, merci, dit-il avant de prendre une profonde inspiration.

— Tu veux que je te fasse un café ou tu es pressé de rentrer pour essayer ton nouveau lit ? dit-elle une fois qu'ils furent garés devant chez elle.

Il hésita puis finit par se laisser tenter. Il savait qu'il prenait des risques, qu'il marchait sur le fil du rasoir, mais il était incapable de prendre une décision plus sage.

— Je m'accorde encore une petite demi-heure. Juste le temps d'un café, dit-il en coupant le moteur.

Il la suivit jusque dans la maison et lui proposa son aide.

— Non, assieds-toi dans le salon, je m'occupe du café.

Il entra dans le salon et tira les rideaux, puis s'assit sur le canapé, cherchant des yeux la petite boîte en argent sur l'étagère.

S'ils avaient su les conséquences que ce week-end torride allait avoir sur leur vie, ils auraient agi différemment, bien entendu. Mais ils avaient passé le week-end et les deux mois qui avaient suivi dans la plus grande insouciance. Puis, fin janvier, il avait obtenu sa première mission pour MPT.

Pas d'engagement, rien de sérieux. Ils étaient d'accord. Alors il ne l'avait pas recontactée – de toute façon, une fois parti au bout du monde, il avait été tellement submergé de travail qu'il était incapable de penser à quoi que ce soit d'autre. Mais quand il était revenu, début mai, Beth lui avait appris qu'elle était enceinte.

Son pire cauchemar s'était réalisé. Sa première réaction avait été la colère : comme Katie, Beth l'avait peut-être fait exprès ? Mais il s'était ravisé en apprenant que le bébé – une petite file – souffrait d'une malformation cardiaque congénitale et qu'il ne survivrait pas. Loin de le soulager, la nouvelle avait fait voler son cœur en éclats.

Il était encore sous le choc de la nouvelle quand elle était morte, à vingt-sept semaines de grossesse, une semaine plus tard. Il avait perdu cette enfant qu'il n'avait pas désirée jusqu'à ce qu'il apprenne son existence. Mais il était trop tard. Son cœur défaillant avait cessé de battre avant qu'ils aient l'occasion de faire connaissance et qu'il lui dise à quel point il l'aimait.

Il avait passé les deux années suivantes à essayer d'oublier – en vain, bien sûr.

Il se leva et marcha vers l'étagère, prit le petit cœur avec une tendresse infinie entre ses deux mains.

Pourquoi cette petite fille leur avait-elle été enlevée ? Pourquoi ?

— Ryan ?

Il reposa la boîte, tout doucement, comme pour ne pas la déranger. Lorsqu'il se tourna vers Beth, elle le prit dans ses bras.

— Je suis désolé, murmura-t-il d'une voix brisée. Pourquoi est-ce arrivé, Beth ? Est-ce qu'ils ont trouvé la cause de la malformation ?

— Non. Personne ne sait. Les examens n'ont pas révélé d'aberrations chromosomiques ni de lien génétique, aucune piste à part celle d'un dysfonctionnement au cours du développement de l'embryon. Un genre de bug imprévisible.

Elle se détacha de lui et s'assit sur le canapé.

— Viens boire ton café.

Il s'assit, toujours obsédé par le petit cœur et la boîte des souvenirs, sur l'étagère.

Beth but une gorgée et posa doucement sa tasse sur le plateau.

— Tu veux voir la boîte ? demanda-t-elle comme si elle lisait dans ses pensées.

— Je ne sais pas, dit-il, soudain paralysé par la peur.

Elle se leva et alla la chercher, la posa sur la table basse. Il sentit les battements de son cœur accélérer dans sa poitrine et la peur se répandre dans tout son corps.

Mais qu'est-ce qui lui faisait peur, au juste ?

Le contenu de la boîte ou ses propres sentiments ? Peut-être le temps était-il venu de faire face à tout cela.

Il posa sa tasse et attrapa la boîte, la posa sur ses genoux. Telle la boîte de Pandore, une fois ouverte, elle ne pourrait plus être refermée. Il ne pourrait plus revenir en arrière.

Il déglutit, prit une profonde inspiration et souleva le couvercle.

3.

De tout ce qu'il découvrit dans la boîte, c'est la lettre qui lui fit le choc le plus grand.

Le reste, il s'y attendait plus ou moins. La boîte contenait toutes les petites choses émouvantes qu'il avait cherché à effacer de sa mémoire, comme les empreintes minuscules que la sage-femme avait prises de ses pieds, une photographie d'eux avec Grace, la couverture dans laquelle ils l'avaient enveloppée et tenue dans leurs bras pendant quelques heures avant de lui dire adieu.

Puis, il trouva une feuille de papier pliée en quatre, au fond de la boîte. Il la sortit et la déplia sans se douter de l'effet qu'elle allait produire sur lui. C'était une lettre rédigée par Beth et adressée à sa fille.

Grace chérie,

Comment te dire à quel point je t'aime, à quel point tu me manques, à quel point je pense à toi, de tout mon cœur, chaque jour qui passe. Tu fais partie de moi et tu es avec moi, où que je sois.

Te porter en moi pendant ta courte vie, te donner naissance, te tenir dans mes bras a été un honneur et un privilège qui restera à jamais gravé dans ma mémoire et dont je resterai éternellement reconnaissante.

Tu es la part de moi la plus belle, que je chérirai toute ma vie.

Dors bien, ma chérie.

Ta maman qui t'aime

Les mots se mirent à danser devant ses yeux. Beth lui prit la feuille des mains et la reposa doucement dans la boîte, avec tous les autres trésors qu'elle contenait. Puis elle le prit dans ses bras et le serra tandis qu'il laissait libre cours à des sanglots retenus depuis trop longtemps.

Ils demeurèrent enlacés l'un à l'autre un long moment, le temps que la douleur s'estompe, lui laissant la sensation d'avoir subi un profond nettoyage, comme si on l'avait lavé à grande eau.

En lui subsistait néanmoins le souvenir de Grace, l'empreinte de ses petits pieds, sa photo, gravés dans son cœur, à leur juste place.

Beth lui tendit des mouchoirs en papier.

— Ces larmes venaient de loin, dit-elle, le regard empli de compassion et de douceur.

— J'en ai l'impression. Je suis désolé.

— Ne sois pas désolé. Tu as le droit de pleurer. Tu n'imagines pas toutes les larmes que j'ai versées pour elle.

Il essuya ses joues et secoua la tête.

— Je ne me le suis pas autorisé, dit-il. C'est pour cela que j'avais peur d'ouvrir cette boîte. Je pensais qu'il valait mieux l'oublier, que le souvenir disparaîtrait de lui-même. Mais c'était illusoire. Le souvenir ne s'est jamais estompé. Pendant deux ans, il est resté là, enfoui en moi, me rongeant le cœur comme un acide.

Il marqua une pause et sourit.

— C'est drôle, je n'ai plus cette sensation. Je suis triste, certes, mais j'ai l'impression de m'être allégé d'un poids. Tu comprends ce que je veux dire ?

— Je comprends, oui. Tu as accepté, Ryan. Tu n'es plus dans le déni. Il faut du temps pour accepter mais, une fois qu'on y arrive, on est soulagé. Cela n'enlève rien à la tristesse et n'efface pas les souvenirs, mais cela fait du bien.

Il hocha la tête et se cala sur le canapé, le bras sur les épaules de Beth. Ils demeurèrent dans cette position, en silence et, pour la première fois de sa vie, il laissa remonter les images du jour où leur petite fille était née. Il repensa à l'accouchement et à la difficulté de savoir qu'il ne resterait rien d'autre de cet enfant que des souvenirs. L'accouchement avait été provoqué car Beth ne voulait pas attendre plus longtemps. Elle avait refusé la péridurale, affirmant qu'elle ne voulait pas se couper de la moindre sensation la liant à sa fille. Alors il était resté avec elle, l'avait soutenue tant qu'il avait pu tout en sentant son cœur se refermer sur lui-même, comme pris dans la glace.

La nuit avait été longue. Au petit matin, alors que l'horizon commençait à peine à se teindre d'or, la sage-femme avait déposé le corps minuscule de Grace dans les bras de Beth.

Il était demeuré là, impuissant, dans ce silence assourdissant, ce silence dans lequel auraient dû retentir les cris de leur nouveau-né. Il avait l'impression de ne pas être à la hauteur dans cette tragédie, incapable d'agir mais tout aussi incapable de quitter la pièce et de laisser Beth seule avec leur fille mort-née. Alors il était resté là, les yeux secs et irrités par la fatigue, le corps tendu, le cœur anesthésié, tandis que Beth versait des larmes silencieuses en parlant doucement au bébé dans ses bras.

Quand Beth avait déposé Grace dans ses bras, il avait senti son cœur se briser. C'était la seule fois qu'il avait pleuré pour sa fille, jusqu'à ce soir. Mais, à l'époque, ses larmes n'avaient rien lavé.

Une semaine plus tard, ils étaient allés déclarer sa naissance et son décès, avant la cérémonie funéraire. Trois jours plus tard, on le rappelait pour une nouvelle mission de MPT. Beth lui avait dit d'accepter, alors il était parti, presque soulagé de pouvoir échapper au deuil impossible et de se rendre utile pour quelqu'un quelque part, alors qu'il ne pouvait rien faire ni pour elle ni pour lui.

Bien entendu, il n'avait échappé à rien. Il s'était contenté de refouler ses émotions, de les enfouir en lui jusqu'à avoir l'illusion de les avoir digérées…

Il finit par rompre le silence.

— Je suis désolé de ne pas t'avoir aidée davantage. Je ne sais pas comment tu as fait, comment tu as trouvé le courage de traverser tout cela, dit-il, désireux de reconnaître la force intérieure dont elle avait fait preuve, ainsi que sa propre culpabilité de l'avoir laissée seule face à cette perte.

— Ce n'est pas du courage, Ryan. J'ai simplement fait ce qu'il fallait faire. Puis je me suis retrouvée vide.

— Je n'aurais pas dû partir.

Elle prit sa main et déposa un baiser dans sa paume. Ses mains étaient chaudes et douces, à son image.

— C'est moi qui t'ai dit de partir, Ryan. Je ne voulais pas gérer ton chagrin en plus du mien. Nous aurions pu faire le deuil de notre fille ensemble, mais je crois que nous ne nous connaissions pas suffisamment. Nous ne nous connaissons toujours pas bien mais, petit à petit, nous y arriverons.

— Tu as sans doute raison, dit-il avant de jeter un coup d'œil à son portable. Je suis désolé, il est 23 heures passées. Il faut que je rentre. Mieux vaut que je sois reposé pour affronter mon deuxième jour.

— Tu as raison. Tu dois être épuisé.

— C'est le moins que l'on puisse dire. Mon lit a intérêt d'être confortable.

— S'il ne l'est pas, il te reste toujours le grand canapé.

Elle pencha la tête sur le côté et le fixa.

— Ça va, Ryan ?

Il rit doucement et acquiesça.

— Oui, Beth. Ça va. Et toi ?

Elle lui adressa un sourire un peu triste.

— Ça va. Je m'y suis faite, avec le temps. Cela fait partie de ma vie.

Il hocha la tête, se demandant combien de temps il lui faudrait pour s'y faire, lui aussi. Il se leva, la prit dans ses bras et la serra doucement.

— Merci, Beth. Merci infiniment, pour tout. Tu as été incroyable depuis mon arrivée. Comme tu l'as toujours été.

— N'exagérons rien.

— Je n'exagère pas, je le pense vraiment. Tu es la personne la plus forte et la plus bienveillante que je connaisse. Merci.

Elle le serra à son tour contre elle.

— Je t'en prie. J'espère que tu vas bien dormir.

— À mon avis, je vais m'écrouler, dit-il en riant.

Elle l'accompagna à la porte. Il se pencha et déposa sur ses lèvres un baiser fugace. Puis il marcha jusqu'à sa voiture et reprit le chemin de la maison.

Lorsqu'il descendit de la voiture, il leva la tête pour contempler le ciel étoilé. C'était le même ciel que partout dans le monde. Il adorait les étoiles. Elles étaient toujours là, quel que soit le chaos autour de lui, rares points fixes dans ce monde en mouvement perpétuel. Les regarder l'aidait à se recentrer et à prendre du recul. À voir combien l'humain n'est qu'une partie infime du tout.

Il entra dans la maison, lut rapidement ses e-mails et se dirigea vers la chambre. Il posa les yeux sur le lit que Beth avait préparé pour lui éviter de le faire en rentrant – encore une preuve de sa prévenance et de sa générosité. La culpabilité de l'avoir laissée seule l'assaillit de nouveau.

À l'époque, elle lui avait fait comprendre qu'elle n'avait pas besoin de lui. Pour elle, ils ne se connaissaient pas suffisamment. Cela ne les avait pas empêchés de faire un enfant – seulement d'en faire le deuil ensemble. Peut-être qu'avec le temps ils parviendraient à se rapprocher suffisamment pour aller au bout de ce processus. Il l'espérait, en tout cas.

Pour accueillant que soit le lit, il sentit qu'il n'était pas prêt à se coucher. Il alla se préparer une camomille dans la cuisine et s'installa sur les marches de la terrasse. Les mots que Beth avait couchés sur le papier à l'adresse de sa fille tourbillonnaient dans son esprit.

Peut-être pourrait-il écrire à Grace, lui aussi ? Pour lui dire ce qu'il ressentait et ses regrets de ne pas avoir pu partager avec elle ses rires, ses larmes, ses sourires, ses premiers pas…

Il entendit un bruit de feuilles dans le jardin. Un hérisson, peut-être, ou un renard. Puis un gémissement lui fit tendre l'oreille. Il tourna la tête et vit s'approcher une forme plus imposante qu'un hérisson et moins craintive qu'un renard. Un chien ?

— Salut, toi. Qu'est-ce que tu fais là ? dit-il doucement.

Le chien s'approcha en remuant la queue, la truffe étincelant à la lumière de la lune. Il tendit la main, que le chien lécha avec enthousiasme, et se mit à caresser la grosse masse de poils emmêlés. Une forte odeur de chien et de vase parvint à ses narines.

— Regarde dans quel état tu t'es mis mon pauvre ! D'où est-ce que tu sors ? Qu'est-ce que tu fais là ?

Le chien posa sa grosse tête sur ses genoux. Ryan continua à le caresser et sentit sous ses doigts ses côtes et sa colonne vertébrale saillantes.

— Tu as faim, c'est ça ?

Le chien se redressa en remuant la queue puis monta les marches et entra dans la maison. Il se dirigea vers le canapé et s'y installa de toute sa longueur.

— Qu'est-ce que tu fabriques ? Non ! Descends !

Il remua la queue de plus belle, langue pendante, sans bouger, comme s'il était chez lui.

Ryan éclata de rire.

— C'est ça ! Tu es chez toi, en fait. C'est ta maison !

Le chien sembla acquiescer en silence.

— Bon. En attendant, descends de ce canapé. Tu es beau et sympathique, mais tu sens la vase à des kilomètres. Viens, pour commencer, je vais te trouver quelque chose à te mettre sous la dent. Ensuite, on avisera.

Le chien le suivit dans la cuisine et posa les pattes sur le plan de travail, les yeux pleins d'espoir.

— Bas les pattes ! Assis !

Le chien obéit et s'assit devant lui en gémissant. Ryan ouvrit le placard dans lequel il avait rangé les vivres généreusement offerts par sa mère, la veille.

— Voyons… Du thon. Tu aimes le thon ? Je vais te faire un sandwich au thon. On ne dira rien au vétérinaire.

Il prépara un sandwich qu'il découpa en petits morceaux dans une écuelle que Beth avait trouvée dans le carton abandonné par les anciens locataires. Le chien n'en fit qu'une bouchée.

Il emplit une autre coupelle d'eau et la déposa sur le sol.

Il le regarda laper bruyamment. Puis le chien revint vers lui et se mit à aboyer.

Il était affamé. Et sale.

Ryan fouilla dans le peu d'affaires qu'il possédait et trouva un pot de beurre de cacahuètes. Il en fit une tartine que le chien engloutit aussi vite que le sandwich au thon.

— Tu aurais bien besoin de passer chez le toiletteur. Je n'ai jamais vu de chien aussi sale et aussi ébouriffé que toi.

Il prit son téléphone et composa le numéro de Beth.

— Désolé de te déranger, Beth. Tu es encore debout ?

— Oui. Que se passe-t-il ? Le lit s'est écroulé sous ton poids ?

— Je n'en suis pas encore là. Est-ce que, à tout hasard, tu aurais du shampoing et de l'après-shampoing ? Ainsi qu'une vieille brosse et une paire de ciseaux ? Et aussi un sèche-cheveux. Et des vieilles serviettes. Plein de serviettes.

Il entendit un petit rire.

— Qu'est-ce que tu racontes ?

— Je crois que j'ai trouvé la source de l'odeur de chien qu'il y avait dans la maison. Un chien est entré dans la maison qui, à mon avis, était la sienne. Il a la même odeur, en tout cas. Je crois qu'une douche s'impose.

Beth se mit à rire plus franchement.

— J'arrive.

— Je suis content que cela te fasse rire. Mets des vêtements qui ne craignent rien.

Il raccrocha en souriant et se retourna. Le chien était remonté sur le canapé, une banane dans la gueule.

— Qu'est-ce qui t'est arrivé ? demanda Beth en le regardant de la tête aux pieds. Tu es couvert de boue.

— Je pense que le chien a fait un tour dans le fleuve avant de venir.

— Où est-il ?

— Dans le cagibi. Je l'ai mis en quarantaine. Il n'arrête pas de se coucher sur le canapé et m'a volé une banane.

— Sur le canapé neuf ? s'exclama-t-elle en se retenant d'éclater de rire. Heureusement qu'il est en cuir et qu'il se lave facilement. Bon. Montre-moi l'animal.

L'animal était une grosse boule de poils sales, emmêlés et malodorants mais, lorsqu'il lui lécha la main, elle sentit son cœur fondre.

— Je me demande de quelle couleur sont tes poils sous cette vase.

— Je ne sais pas par où commencer, dit Ryan. Je ne sais même pas si c'est un mâle ou une femelle.

Elle retroussa ses manches en riant.

— De l'eau. Il nous faut de l'eau, et un saladier pour diluer le shampoing.

Après plusieurs lavages soigneux, le chien était devenu gris-beige. Ils coupèrent les boules de poils autour de ses oreilles et de son cou, puis l'examinèrent.

— C'est une femelle, dit Ryan quand la chienne se roula sur le dos sur le sol de la cuisine. Je me demande comment tu t'appelles, ma belle.

Il s'accroupit, observa la chienne un moment et sourit.

— Et si on l'appelait « Belle » ? Parce qu'elle est vraiment belle, maintenant qu'on a enlevé ces tonnes de vase.

— Mais elle a peut-être déjà un maître. On ne sait même pas d'où elle sort, fit remarquer Beth.

— Tu as raison. Elle porte peut-être une puce électronique.

— Peut-être que les voisins la connaissent. Tu leur as parlé ?

— Non, je ne les ai pas encore rencontrés.

Beth avait raison. Mieux valait ne pas s'emballer. Le chien avait certainement déjà un maître. De toute façon, il n'aurait pas le temps de s'occuper de lui. Il travaillait comme un fou et vivait seul.

— N'y pense même pas, Ryan.

— À quoi ?

— Tu ne peux pas la garder.

La chienne leva vers lui des yeux d'une douceur infinie. Il eut l'impression de la trahir.

— On verra tout ça demain. En attendant, il faut que je lui trouve un endroit pour dormir et, toi, il faut que tu rentres.

Beth haussa les épaules.

— Je commence tard, demain.

— En tout cas, merci encore. Je n'aurais pas pu faire tout cela sans toi. Je l'emmènerai chez le vétérinaire pour voir si elle a une puce électronique. Je suis presque sûr que c'était le chien des derniers locataires et qu'ils l'ont laissé là en partant.

— Je peux y aller demain matin, si tu veux. Je reprends le travail à midi. Il faut simplement que tu me redonnes la clé. Je demanderai à Annie Shackleton où elle amène son chien.

Il pensa à la journée qu'il avait passée à l'hôpital et se demanda quand il pourrait se libérer pour aller lui-même chez le vétérinaire. Il se rendit à l'évidence et tendit la clé à Beth.

— Autant que tu la gardes, s'entendit-il dire. Je vais laisser la chienne dans le cagibi. Si ton amie peut te prêter un collier et une laisse…

— Ne t'inquiète pas, je m'en occupe. On se voit demain à l'hôpital, à midi. Je te raconterai.

Il hocha la tête et se pencha pour l'embrasser. Au même moment, elle se hissa sur la pointe des pieds. Leurs lèvres se rejoignirent et il sentit une vague de chaleur embraser son corps. Ils se figèrent l'un et l'autre, avant de s'embrasser de façon beaucoup plus délibérée pendant un moment qui ne semblait pas vouloir se terminer.

Impossible de savoir qui se détacha de l'autre. Il vit simplement Beth ouvrir la porte et faire un petit signe de la main avant de sortir précipitamment. Il regarda la porte se refermer, le corps et le cœur sens dessus dessous.

La chienne se mit à gémir à côté de lui.

— Elle est partie, ma belle, dit-il en lui caressant la tête. Allez, viens, c'est l'heure d'aller se coucher. Je me lève dans cinq heures.

Quelle bonne blague… Entre le souvenir des lèvres de

Beth et les gémissements de la chienne dans le cagibi, il ne parvint pas à trouver le sommeil. Au bout de deux heures, il finit par céder, alla ouvrir la porte du cagibi, étendit une serviette par terre, à côté du lit, et lui ordonna de se coucher.

À son grand soulagement, elle se coucha sur la serviette si bien qu'il put enfin s'assoupir.

Mais quand le réveil sonna, à 6 heures, la chienne était là, étendue à côté de lui, la tête sur son oreiller.

— Non, ce n'est pas possible ! Descends de là !

Elle le regarda d'un air qui lui parut goguenard et lui lécha le visage. La question de savoir quand – ou, pire, *si* – elle avait été vermifugée lui traversa l'esprit.

Il rejeta les draps, se leva et se dirigea vers la salle de bains, le chien sur ses talons.

— Tu vas aller chez le vétérinaire et, moi, je vais prendre une douche et trouver des vêtements qui ne sentent pas la vase. Il faut que j'aille travailler, tu comprends. J'imagine que tu veux manger d'abord ?

Il marcha jusqu'à la cuisine. À peine eut-il le dos tourné qu'elle goba sans vergogne le pain qu'il avait sorti pour son petit déjeuner.

Il la remit dans le cagibi et partit travailler, le ventre vide.

Pauvre Ryan. Quelle tête il avait faite en comprenant qu'il ne pouvait pas garder la chienne ! Il s'était peut-être raisonné, depuis. Peut-être s'était-il raisonné aussi au sujet du baiser qu'ils avaient échangé ?

C'est en tout cas ce qu'elle avait tenté de faire. Sans grand succès.

Elle se leva, se doucha et se lava les cheveux pour se débarrasser des derniers relents de vase dont ils avaient dû s'imprégner – comment expliquer cette odeur, sinon ? Puis elle enfila un jean et un vieux sweat-shirt, et se rendit chez Annie et Ed Shackleton qui vivaient à deux pas de chez elle, sur le front de mer. Lorsqu'elle arriva, Annie rentrait avec leur chien, Molly.

— Quel timing ! Bonjour, Annie !

— Bonjour, Beth ! Quel bon vent t'amène ? Tout va bien ?

Dix minutes plus tard, Beth ressortit de chez ses amis avec un collier, une laisse et un rendez-vous chez le vétérinaire. Elle se rendit chez Ryan et fit sortir la chienne du cagibi. Au moment de la faire monter dans la voiture, elle entendit une voix dans son dos.

— Elle est revenue ! Je me demandais si on allait la revoir un jour.

Elle se retourna et aperçut un vieil homme derrière la haie.

— Bonjour ! Vous la connaissez ?

— Oui, c'était la chienne des locataires de la maison. Ils m'avaient dit qu'ils allaient la faire adopter, mais ils sont partis en pleine nuit, sans elle. Alors c'est vous qui vous êtes installée, avec votre ami ?

— Oui. Enfin… C'est Ryan qui la loue. Moi je suis juste une amie.

Pourquoi eut-elle l'impression de mentir ?

L'homme passa par un trou dans la haie.

— Je m'appelle Reg, dit-il en tendant la main.

— Et moi, Beth.

Ils se serrèrent la main puis il caressa la tête du chien et désigna la maison d'un signe de tête.

— Il a du courage de reprendre la maison. Ils l'ont laissée dans un sale état.

— C'est vrai. Mais il l'a déjà bien arrangée. Mais je suis désolée, il faut que j'y aille. J'ai un rendez-vous chez le vétérinaire.

— Je ne veux pas vous retenir. Dites à votre ami que, s'il a besoin de quoi que ce soit, je suis là.

— Je n'y manquerai pas.

Elle le regarda traverser la haie en sens inverse puis ouvrit le coffre.

— Allez, viens ! Saute ! dit-elle.

À son grand étonnement, la chienne sauta dans le coffre, lui lécha la main et s'assit.

Elle prit le volant et roula en direction du cabinet vétérinaire, un œil sur le rétroviseur. La chienne était toujours assise mais elle gémissait. Peut-être avait-elle un mauvais souvenir de voyage en voiture. Peut-être les anciens locataires l'avaient-ils emmenée et abandonnée au milieu de nulle part ? Peut-être l'avaient-ils effectivement fait adopter et s'était-elle enfuie de chez ses nouveaux maîtres ?

— Pauvre Belle ! dit-elle.

Les gémissements redoublèrent.

— Alors ? On sait d'où elle vient ? demanda Ryan avec impatience.

— Elle n'a pas de puce électronique, mais j'ai rencontré ton voisin, Reg, qui a confirmé que c'était la chienne des anciens locataires.

— J'en étais sûr. Elle est très à l'aise chez moi. Après le canapé, hier soir, je l'ai retrouvée dans mon lit, ce matin.

Beth écarquilla les yeux.

— Tu sais, elle est très persuasive quand elle pleure vers 3 heures du matin. Je n'avais pas envie de me faire expulser par le propriétaire.

— Je doute que cela arrive. Après les derniers locataires qu'il a eus, je pense qu'il va être ravi que tu t'installes chez lui. Au fait, Reg a dit que si tu avais besoin de quoi que ce soit, il suffisait de lui demander. Il a cru que nous vivions ensemble. Je lui ai dit que nous étions amis.

Encore ce mot, qui sonnait encore moins juste après le baiser de la veille.

— J'irai le voir en rentrant. Il a dit comment elle s'appelait ?

— Non. Mais le vétérinaire a dit qu'elle était probablement un croisement de retriever, qu'elle était jeune et, autre chose : elle est enceinte de quatre ou cinq semaines.

Il la regarda, bouche bée, puis leva les yeux au ciel.

— Oh ! non ! C'est pas vrai. Mais qu'est-ce qu'on va faire ?

— *On ?*

Elle éclata de rire et s'éloigna.

— C'est *ton* chien, McKenna, pas le mien. Je te suggère de retrouver ses maîtres.

Plutôt mourir. Mais avait-il le choix ? Il appela l'agent immobilier et lui expliqua la situation. Comme on pouvait s'y attendre, ce dernier n'avait pas les coordonnées des anciens locataires qui étaient partis avec deux mois de loyer impayé.

Il fallait lui trouver une famille.

En rentrant chez lui, il appela un refuge, qui était plein. On promit de l'appeler au cas où une place se libère.

— Mais cela peut prendre du temps. Vous avez les moyens de la garder chez vous en attendant ?

Il répondit oui, éprouvant une sensation qui ressemblait étonnamment à du soulagement, et raccrocha après avoir donné ses coordonnées.

Dans la cuisine, il trouva un petit mot de Beth collé sur la bouilloire.

J'ai mis des croquettes dans le placard. Elle pèse vingt-cinq kilos mais donne-lui 20 % en plus parce qu'elle est enceinte. Je n'ai pas trouvé de balance mais je lui ai quand même donné à manger. Elle ne s'est pas fait prier !

Il sourit et alla lire les recommandations sur le paquet de croquettes. Belle le suivit avec un enthousiasme non dissimulé.

Puis il regarda l'heure sur son portable. Il était 19 h 45. Ils avaient encore le temps d'aller marcher avant que la nuit tombe. Il lui mit la laisse et l'emmena se promener le long du fleuve. Lorsqu'ils rentrèrent, il se nourrit d'un bol de céréales, se fit un café et alla s'asseoir dans le salon pour lire ses e-mails et faire des recherches sur l'adoption et la grossesse chez les chiens. Mais Belle revint du jardin, victorieuse, et déposa une balle couverte de boue à ses pieds.

Il aurait dû s'en douter. Elle avait du sang de retriever. Lequel, comme chacun sait, peut passer ses journées à rapporter des balles.

Il se leva et envoya la balle, que Belle rapporta. Qu'il renvoya. Qu'elle rapporta. Qu'il renvoya, encore et encore, jusqu'à ce qu'il décide de la cacher dans son dos.

— C'est fini. Il n'y a plus de balle. Couchée !

La chienne gémit, puis grimpa sur le canapé, et s'allongea en fermant les yeux.

Enfin, presque. Elle en garda un entrouvert, au cas où.

Ryan grogna et retourna à sa recherche de refuges.

4.

— Comment va-t-elle ?

— Elle est affectueuse, collante, même. Très joueuse. Et elle prend de la place. J'ai acheté un lit de 1,80 m de large pour avoir de la place et elle en occupe plus de la moitié.

Beth réprima un sourire.

— Tu pourrais lui acheter un panier.

Ryan grogna avant de se masser le cou.

— Tu as mal ?

— J'ai le cou raide à force d'avoir dormi au bord du lit toute la nuit. Au fait, j'ai fait la connaissance d'Ed Shackleton, au bord de la rivière, ce matin. C'est lui qui s'est présenté quand il a reconnu Belle. Il m'a dit que Belle et Molly s'entendaient bien et qu'Annie se proposait de les promener toutes les deux et de donner à manger à Belle le matin. Je lui ai laissé la clé. Au moins je n'aurai pas à m'en occuper aujourd'hui.

— C'est gentil de sa part.

— Oui. Pour en revenir au travail, comment s'annonce la matinée ?

— Plutôt calme, répondit-elle en parcourant des yeux la liste étonnamment courte des patients inscrits sur le tableau.

— Dans ce cas, je crois que je vais m'accorder le temps d'un café. Je n'ai pas encore reçu ma machine à expr…

Il fut interrompu par une annonce.

— Urgence adulte dans cinq minutes. Urgence pédiatrique dans cinq minutes.

Il leva la tête vers le haut-parleur.

— Oh ! non ! J'avais vraiment besoin d'un café !

— Pauvre Ryan ! dit Beth en riant. Le café attendra. Le dernier arrivé en réa offre le déjeuner !

Le déjeuner ? Il ne se souvenait même plus de ce que ce mot voulait dire. Il ignora les gargouillements de son estomac jusqu'à ce qu'il puisse enfin prendre une pause, vers 15 heures.

— Tu viens déjeuner ? demanda-t-il à Beth.

— Avec plaisir ! D'autant que c'est toi qui m'invites.

— D'accord. Sortons vite avant qu'une nouvelle urgence arrive. Vous êtes toujours en sous-effectifs ?

— Non. Mais ce sont les vacances de Pâques. Andy Gallagher travaille officiellement à temps partiel mais, comme il est souvent venu prêter main-forte avant que tu arrives et qu'il a cinq enfants, il a pris des jours de congé. Quant à Sam Ryder, sa femme est malade, alors il garde les enfants. Quand Andy va revenir, James sera en congé pendant une semaine. Pour couronner le tout, deux infirmières sont absentes aussi. La situation est pire que d'habitude.

— Je n'ose pas imaginer ce que ce sera à Noël.

Elle poussa la porte du café en riant.

— Tu as raison, mieux vaut que tu n'imagines pas.

Ryan prit un plateau et le fit glisser devant la vitrine de salades. Il fallait vraiment qu'il fasse des courses, quitte à se faire livrer.

— Alors, tu vas postuler ?

— J'ai eu James sur le dos toute la matinée. Il n'a pas arrêté d'y faire allusion.

Il prit une assiette de salade composée, à laquelle il ajouta une part de poulet, un petit pain et une banane.

— Cela ne répond pas à ma question.

— Je pense que je vais postuler, oui, dès que j'aurai cinq minutes devant moi. La chienne prend pas mal de mon temps.

Elle posa sa salade sur le même plateau.

— Tu ne veux pas la faire adopter ?

— J'ai appelé tous les refuges de la région. Il n'y a plus de place nulle part. Je prendrai un café allongé. Et toi, Beth ?

— Un cappuccino, s'il vous plaît. Qu'est-ce que tu comptes faire ?

— Je ne sais pas, dit-il, les yeux fixés devant lui. En théorie, je ne devrais même pas me soucier d'elle.

— Mais en pratique ?

Il leva les sourcils, prit les cafés, passa à la caisse puis sortit pour trouver une table.

— En pratique ? insista-t-elle.

— Que veux-tu que je fasse, Beth. Elle attend des chiots. Je ne peux pas la jeter dehors. Ce serait pire que ce qu'ont fait les précédents maîtres. Oh ! d'ailleurs, son vrai nom, c'est Dolly.

— Dolly ?

— Oui. Reg, le voisin, m'a dit que les enfants des anciens locataires lui avaient donné ce nom quand elle était bébé.

Beth fronça les sourcils.

— Elle doit leur manquer !

— Oui, et je crois qu'ils lui manquent aussi. Elle n'arrête pas d'aller voir dans l'autre chambre, comme si elle les cherchait. Bref. Il faudrait que le refuge lui trouve une nouvelle famille.

Il prit une bouchée de poulet mais la boule qui venait de se former dans sa gorge l'empêcha d'en apprécier le goût. Il l'avala, but une gorgée de café mais se brûla la langue.

Livvy Henderson leur sourit en passant devant eux, avant de rejoindre un homme attablé plus loin. Il avait déjà eu l'occasion de travailler avec elle.

— Qui est l'homme à côté duquel elle vient de s'asseoir ?

— C'est Matt Hunter. Il est chirurgien en traumatologie et c'est aussi son fiancé. Ils vont se marier d'ici quelques semaines. Dans *notre* hôtel, d'ailleurs. Je te le présenterai.

— Bel endroit.

— Oui, d'ailleurs, j'ai un service à te demander. Je suis invitée, bien sûr, mais je n'ai pas envie d'y aller seule. Est-ce que tu voudrais m'accompagner ? Je sais qu'avec toi il n'y a pas d'ambiguïté.

Il manqua s'étrangler avec sa salade. Il n'en était pas si sûr, à plus forte raison s'ils retournaient dans l'hôtel où ils avaient autant de souvenirs torrides. De plus, il n'aimait pas les mariages. C'était un événement que les gens surinvestissaient, qui engendrait souvent des dépenses outrancières et ridicules pour ce qui était, tout bien considéré, ni plus ni moins qu'une soirée.

Ce n'était pas l'avis de Katie, évidemment. Il avait fini par se rendre compte que Katie et lui ne s'entendaient finalement pas sur grand-chose. Il lui avait expliqué qu'il ne souhaitait ni se marier ni avoir des enfants avant d'avoir pu travailler pour MPT ailleurs dans le monde. Et, quand il s'était rendu compte qu'elle avait arrêté de prendre la pilule et qu'elle réfléchissait déjà aux dates du mariage, il avait tapé du poing sur la table. Quand elle avait compris qu'il était sérieux, elle l'avait menacé à grands cris de le quitter s'il ne renonçait pas à s'engager auprès de MTP ; il avait mis fin à la discussion : qu'elle ne se donne pas cette peine : il partait.

Il s'était avéré qu'elle n'était pas enceinte. Il avait éprouvé une certaine culpabilité, en même temps qu'une once de regret et un immense soulagement. C'était juste avant qu'il commence à travailler avec Beth.

Tout cela expliquait pourquoi il avait été aussi clair avec Beth sur le fait qu'il ne voulait rien d'autre qu'une relation légère et physique, sans aucune forme d'engagement.

Leur relation avait finalement eu des conséquences plus lourdes que prévu. Après la colère initiale à l'idée que Beth ait pu le piéger là où Katie n'y était pas parvenue, il avait appris que le bébé ne survivrait pas à une maladie, ce qui avait éveillé en lui un instinct paternel qu'il ignorait posséder. Presque deux ans plus tard, il ne comprenait toujours pas ce qui lui était arrivé.

Alors, retourner dans l'hôtel où tout avait commencé ne faisait pas partie de ses vœux les plus chers. D'autant que le fait de travailler avec Beth était déjà suffisamment perturbant.

— Il n'y a personne d'autre qui pourrait être ton cavalier ? Tu sais bien que je n'aime pas les mariages.

— C'est non, alors ? dit-elle, manifestement déçue.

— C'est quand ?

— Dans un mois. Le 11 mai. C'est…

— Je sais quel jour c'est, dit-il sur un ton bourru.

Cela ferait exactement deux ans que le petit cœur de Grace avait cessé de battre. Elle était née le lendemain, à la date gravée sur le cœur en argent. Et dans le sien, et certainement aussi dans celui de Beth.

Quelle ironie que le mariage ait lieu ce jour-là, dans cet hôtel ! Pouvait-il ne pas accompagner Beth, sous prétexte qu'il n'aimait pas les mariages ? Était-il égoïste et égocentrique à ce point ?

— Je vais venir. Comment faut-il s'habiller ?

Peu importait, de toute façon. Il irait, vêtu d'un sac-poubelle s'il le fallait, pour ne pas laisser Beth seule le jour de ce triste anniversaire.

— Smoking pour les hommes, parce que Livvy trouve que Matt est magnifique en smoking.

Il fronça les sourcils. Où avait-il pu ranger son smoking ? Chez sa mère, peut-être ? Il avait maigri, depuis la dernière fois qu'il l'avait porté. Mais qu'importe. Il avait un mois pour trouver une solution.

— Il y a un problème ? demanda-t-elle, l'air inquiet.

Il secoua la tête et sourit.

— Non, ce n'en est pas vraiment un. Je me demandais juste où était mon smoking, mais j'ai le temps de trouver la réponse. Par contre, le problème pour lequel je n'ai pas de solution, c'est celui du chien. Vu le travail que j'ai, je ne peux pas m'occuper d'elle. Je ne sais pas quoi faire.

— J'ai une idée. Et si tu demandais à ton voisin de venir lui donner à manger dans la journée ? J'ai l'impression qu'il l'aime bien.

— Tu crois qu'il accepterait ?

— Demande-le-lui.

Il finit sa salade et son café.

— Il faut retourner travailler, dit-il.

— Qu'est-ce que tu fais, après ?

— Je vais promener le chien, quelle question !

— Est-ce que je peux venir ?

Au bord du fleuve, là où ils s'étaient embrassés pour la première fois ? Son cœur se mit à battre plus fort.

— Bien sûr, s'entendit-il dire.

À condition qu'il sache résister à la tentation, cette fois.

Beth enfila un jean et des bottes, et se rendit chez Ryan en voiture pour aller plus vite.

— Bonjour, Belle, dit-elle quand la chienne vint à sa rencontre.

Ils passèrent par un trou dans la haie pour emprunter le chemin qui traversait les marais jusqu'au fleuve.

Elle accorda son allure à celle de Ryan qui marchait à côté d'elle. Leurs mains s'effleurèrent plusieurs fois jusqu'au moment où elle glissa sur de la vase. Il la rattrapa mais, au lieu de la lâcher, il lui prit la main et la garda fermement dans la sienne. Par moments, elle sentait son pouce la caresser ou sa main serrer doucement la sienne et cela lui fit chaud au cœur.

Ils atteignirent le fleuve puis le longèrent un moment avant de prendre la direction du port niché dans l'embouchure, empruntant le chemin qu'ils avaient parcouru à l'époque. Ryan guida Belle dans l'échalier puis tendit de nouveau la main à Beth. Elle monta les quelques marches puis plongea son regard dans le sien.

— C'est ici que tu m'as embrassée pour la première fois, dit-elle doucement.

— Je me souviens.

Un éclair traversa le regard de Ryan, un éclair fugace, chargé de désir et de quelque chose qui lui parut soudain dangereux pour la paix de son esprit, et qui disparut aussi vite qu'il était venu.

Il lâcha sa main et se remit à marcher d'un bon pas. Belle

attendit patiemment qu'elle saute de l'échalier avant de le rejoindre.

Quelque chose flottait toujours entre eux, qui ressemblait à de la lave en fusion, et elle regretta soudain de lui avoir demandé de l'accompagner au mariage de Livvy et de Matt. Ce serait une soirée romantique par nature où, inévitablement, ils danseraient, ce qui ne ferait qu'empirer une situation qui était déjà assez complexe. Avec un peu de chance, Ryan changerait d'avis. Ce n'était pas impossible, vu la manière dont il semblait avoir envie de s'éloigner d'elle en cet instant précis.

Il s'arrêta et se retourna, le visage impassible.

— Tu veux qu'on retourne au pub pour le dîner ? demanda-t-il, contre toute attente.

Elle qui pensait qu'il mourait d'envie de rentrer chez lui ! Il fallait croire qu'elle avait mal interprété son attitude.

— Tu crois que Belle va rester tranquille ?

— On peut toujours essayer. Ed m'a dit qu'ils acceptaient les chiens. De toute façon, il n'y a rien à manger chez moi. Je n'ai toujours pas fait les courses et je meurs de faim.

— Alors d'accord, dit-elle en priant pour que la proposition ne soit pas une invitation pour une soirée en amoureux.

Il était encore trop tôt. La situation était encore trop embrouillée.

Mais ce n'était certainement pas l'intention de Ryan. De toute façon, elle avait accepté, alors elle le suivit jusqu'au pub. Ils trouvèrent une petite table au fond de la salle. Belle se coucha, la tête posée sur ses pattes avant et eut l'air de s'endormir.

— Elle est fatiguée. Il faut que je l'emmène chez le vétérinaire pour parler de la grossesse.

— Tu ne veux plus la mettre au refuge ?

— Si mais, pour l'instant, il n'y a pas de place. En attendant, il faut bien que quelqu'un s'occupe d'elle.

— Que quelqu'un la laisse dormir dans son lit et se laisse mener par le bout du nez ?

Il sourit.

— Entre autres, oui. J'ai parlé à Reg, tout à l'heure en rentrant. Il est d'accord pour la sortir et la faire manger à la mi-journée. Il y a moins d'urgence à lui trouver une famille. Bref. Je meurs de faim. Qu'est-ce qu'on mange ?

— Je te fais un café ?

Beth hésita.

— En fait, j'ai besoin de ton aide, ajouta-t-il. Il faut que je refasse mon CV. Je dois envoyer ma candidature d'ici vendredi dernier délai, et nous sommes déjà mercredi.

— En quoi vais-je pouvoir t'aider ? C'est plutôt à James que tu devrais t'adresser. Il a tellement envie que tu aies le poste qu'il serait sûrement prêt à écrire ta lettre de motivation.

— Je m'en passerai. Et, ne t'inquiète pas, je vais me débrouiller, ajouta-t-il en percevant probablement sa réticence.

Elle se ravisa et lui sourit.

— Qu'est-ce que je peux faire pour t'aider, au juste ?

— Merci, dit-il, un sourire de soulagement sur les lèvres. Je vais donner à manger à Belle et j'arrive.

— Je fais chauffer l'eau.

Elle mit la bouilloire en marche et regarda, par la fenêtre, les marais qui s'étendaient jusqu'au fleuve. De là, elle voyait même l'échalier. Ryan contemplait-il, lui aussi, la vue de cette fenêtre ? Se demandait-il, lui aussi, comment tout cela était arrivé ? Comment ce qui n'aurait dû être qu'un moment de plaisir sans engagement avait-il pris de telles proportions ?

Il avait eu une drôle d'expression dans les yeux, quand il l'avait regardée, en haut de l'échalier, comme s'il avait pris conscience de quelque chose, comme si ses sentiments étaient remontés, juste sous la surface. Que se passerait-il s'il leur laissait libre cours ? La pensée la fit frissonner.

— Belle, assise !

Elle se retourna et vit la chienne assise, fixant des yeux son écuelle, la queue balayant le sol de la cuisine.

— Bien, tu es une bonne chienne, dit Ryan en déposant l'écuelle devant elle.

Il lui caressa la tête et se redressa.

— Quoi ?

Elle s'efforça de rester sérieuse.

— Rien, dit-elle en haussant une épaule.

Il émit un petit son qui lui était devenu familier et par lequel il ponctuait parfois leur conversation, puis alla chercher un filtre et du café.

— Ça sent bon ! dit-elle en humant l'arôme du café sur lequel il versait l'eau.

Il posa les tasses sur le plateau et l'apporta dans le salon, Belle toujours sur ses talons. Il lui ordonna de descendre du canapé et invita Beth à s'asseoir à côté de lui, repoussa Belle une fois encore et ouvrit son ordinateur portable.

— Je suis convoqué à un entretien mardi prochain.

Beth leva les yeux de son dossier et sourit.

— Quelle surprise ! dit-elle, feignant l'étonnement.

— Il n'y a qu'un autre candidat sérieux en lice, mais James a l'impression qu'il cherche un joli petit coin au bord de la mer pour attendre tranquillement la retraite.

— C'est James qui t'a dit ça ?

— Oui, de manière confidentielle. L'autre candidat est plus âgé que moi, mais mes expériences sont plus variées que les siennes.

Effectivement, elle avait lu son CV – c'est elle qui l'avait remanié la semaine précédente. Avec tout ce qu'il avait fait dans sa vie, il avait de bonnes chances d'obtenir le poste.

Ce qui signifiait qu'elle avait de bonnes chances de continuer à travailler avec lui, dans cet hôpital.

En avait-elle envie ? Cela faisait à peine deux semaines qu'ils s'étaient retrouvés et qu'ils avaient renoué. Du moins rétabli une relation amicale. Pourtant, elle n'était pas certaine d'avoir envie de le voir tous les jours au travail. Ils étaient très proches, mais il y avait une distance entre eux, un peu flottante et pas très confortable. Car, entre leur première rencontre et leurs retrouvailles, il y avait eu Grace. Le drame de sa mort avait changé leur relation, laquelle était plus étendue qu'une amitié, plus profonde qu'une relation purement physique, plus complexe qu'une ancienne histoire d'amour.

Mais que penser du baiser qu'ils avaient échangé la semaine précédente, et du regard qu'il avait posé sur elle, près de l'échalier ?

— Beth, ça va ?

Elle s'efforça de sourire, chercha quel mensonge elle pourrait lui donner comme réponse puis se ravisa.

— J'étais en train de me demander ce que nous étions l'un pour l'autre, dit-elle avec toute la franchise que leur relation méritait.

Il lui adressa un sourire triste qui lui donna envie de pleurer.

— J'ai arrêté de vouloir trouver une réponse à cette question. Je ne sais pas si c'est la définition la plus juste mais, pour moi, nous sommes amis. Du moins je l'espère.

— Bien sûr que nous sommes amis !

— Merci, dit-il avant de la prendre brièvement dans ses bras. On m'attend en réanimation. James a dû aller faire une thoracotomie à l'extérieur. Je ne plaisante pas. Une voiture est sortie de la route et a fait des tonneaux dans un champ.

— En plein jour ?

— Oui. Le conducteur a été tué sur le coup. Un AVC ou un infarctus, qui sait ? C'est le passager que j'attends au bloc. Je te tiens au courant.

— Bon courage. Moi, je vais m'occuper d'un ongle incarné.

— Passionnant ! Tu es sûre que tu ne veux pas déléguer et venir m'aider, plutôt ?

Elle sourit et le poussa doucement vers le service de réanimation.

— Sûre et certaine. J'ai passé suffisamment de temps en réa ce week-end. Allez, file ! On se voit plus tard.

— Tu viens dîner chez moi, après la promenade du chien ?

Elle hésita.

— Belle ne t'a pas vue depuis longtemps. Tu lui manques.

— Elle ne m'a pas vue depuis trois jours. Je suis passée chez toi dimanche soir.

— Trois jours, c'est long, dans une vie de chien. En plus, tu ne la verras pas le week-end prochain puisque tu vas faire les nuits. Et, si ça se trouve, elle ne sera plus là la prochaine fois que tu viendras, ajouta-t-il dans une tentative flagrante de chantage émotionnel.

Elle leva les yeux au ciel.

— D'accord pour la promenade et le dîner. Maintenant, file au bloc !

Il sourit, lui envoya un baiser et tourna les talons.

Comment avait-elle pu se laisser convaincre aussi facilement ? Dire qu'elle souhaitait instaurer un peu de distance entre eux…

— Bonjour, Beth ! lança Livvy.

— Bonjour, Livvy. Alors, vous êtes dans les préparatifs ?

— Oui. Heureusement que ma mère est là. Elle est venue m'aider. Elle organise des fêtes comme personne. Bref. Tu voulais que je jette un coup d'œil à cet ongle incarné ? Il paraît qu'il n'est pas joli…

Le week-end suivant, Ryan réceptionna ses meubles qui se trouvaient depuis plus de deux ans dans un garde-meuble. Même s'il n'était pas sûr de l'issue de son entretien d'embauche, qu'il n'avait d'ailleurs pas encore passé, il en avait assez de vivre dans une maison vide. Il employa donc ses deux jours de congé à faire des allers-retours et à trouver une place pour ses affaires. Même s'il n'avait pas pour autant l'intention de tout déballer d'emblée.

Comme il n'avait pas encore de bibliothèque, il entreposa ses cartons de livres et de documents dans la pièce qu'il comptait transformer en bureau, ainsi que tout ce dont il n'avait pas besoin pour le moment – d'ailleurs, en aurait-il un jour besoin ?

Il ferma la porte et se concentra sur le reste. Ce qui n'était pas une mince affaire d'autant que, contrairement au week-end où il avait remis la maison en état, Beth n'était pas là pour l'aider.

Cela dit, elle lui avait suffisamment rendu service depuis leurs retrouvailles et il ne voulait pas abuser de sa générosité. De plus, il commençait à se demander s'il ne se servait pas de la maison comme prétexte pour passer plus de temps avec elle. En fin de compte, mieux valait peut-être qu'elle ne soit pas disponible ce week-end. C'était plus sûr.

Le lundi après-midi, il était en train de se demander quand il viendrait à bout de la pagaille qu'il avait mise dans toute la maison quand elle réapparut, tout sourires. Elle sortit un gâteau de son sac et, soudain, tout lui parut redevenir simple.

— Oh ! je t'adore ! dit-il avec enthousiasme. Je fais du café. J'ai enfin déballé ma machine à expressos. Je te fais un cappuccino ?

— Avec plaisir. Et, tiens, mets ça au frigo pour plus tard, dit-elle en sortant du sac une bouteille de champagne. Maintenant que tu es vraiment installé, je me suis dit qu'il fallait pendre la crémaillère.

— Tu es un amour ! Merci. Nous le boirons tout à l'heure.

Il mit la bouteille dans le réfrigérateur et la prit dans ses bras. Elle se blottit contre lui comme si c'était la chose la plus naturelle du monde et il dut déployer des efforts surhumains pour se détacher d'elle. Car la sentir contre lui était la chose la plus naturelle du monde pour lui aussi.

Mais mieux valait ne pas avancer sur cette pente-là. Il avait déjà fait suffisamment de dégâts dans la vie de Beth. D'ailleurs, ils avaient été clairs sur le fait qu'ils étaient amis, rien de plus.

Il s'écarta et se donna du courage.

— Allez ! On va faire une pause-café-gâteau dans le jardin. Après quoi, j'ai du boulot pour toi.

— Cela m'aurait étonné ! dit-elle en riant.

— Si tu veux bien, je voudrais que tu m'aides à choisir des cadres à accrocher au mur. Je vais mettre mon ancien lit dans la chambre d'amis pour que ma mère puisse me rendre visite de temps en temps. J'ai envie de décorer un peu la maison, pour la rendre plus chaleureuse. Mais d'abord, allons goûter ton magnifique gâteau.

Ryan ne possédait pas énormément de cadres. Elle se souvint de certains d'entre eux, notamment la photo d'un paysage sauvage qui se trouvait, à l'époque, au-dessus de son lit et dont la seule vue suffit à faire pétiller son corps comme une coupe de champagne.

Combien de fois avaient-ils fait l'amour sous ce paysage ? Des dizaines de fois, toutes aussi mémorables les unes que les autres. Elle la mit de côté et en regarda d'autres qui ne lui rappelaient pas leur vie d'avant Grace, cette période précédant le premier départ de Ryan pour MPT, quand ils faisaient l'amour comme des fous et que rien d'autre ne comptait vraiment.

Il la faisait rire, jouir de plaisir et gémir de frustration mais, chaque fois, elle s'embrasait. C'était exactement ce dont elle avait besoin : un antidote idéal au fiasco avec Rick. Une relation intense et passionnée mais tout en légèreté, du moins jusqu'à ce que le drame survienne.

Contre toute attente, l'attraction était encore présente, bouillonnant sous la surface et de plus en plus difficile à ignorer.

— J'aime bien celle-ci, dit-elle.

Il s'approcha et regarda la photographie par-dessus son épaule.

— Je l'ai trouvée dans une galerie, dans le comté de Cumbria, où j'étais allé voir mon oncle, juste avant sa mort. Je n'ai jamais eu l'occasion de l'accrocher. J'adore l'immensité de la plage et de la mer, au loin. On dirait que c'est un paysage tranquille mais, quand on voit le ciel sombre, on pressent que la tempête va arriver…

Elle ne put s'empêcher de penser à leur relation, au départ insouciante mais dont le dénouement avait été tragique. Elle prit une inspiration et détourna le regard.

— Où est-ce que tu veux la mettre ?

— Elle serait bien en face du canapé, non ?

— Tiens-la, pour voir ?

Elle s'assit sur le canapé, instantanément rejointe par Belle qui se coucha à ses pieds, et aida Ryan à trouver la place idéale pour la photo.

— Parfait. Ne bouge plus. Tu as un crayon, pour faire une marque ?

— Non. Viens tenir la photo, je vais en chercher un.

Elle se glissa sous son bras et prit le relais, un peu trop sensible à la proximité de son corps.

— Dépêche-toi, c'est lourd !

— J'arrive ! dit-il en se rapprochant pour faire une marque sur le mur.

Elle sursauta quand il effleura sa poitrine, faisant pencher la photo.

— Désolée. Je l'ai lâchée, murmura-t-elle avant de poser le cadre par terre.

— C'est moi qui suis désolé. Je ne cherchais pas à mettre les mains sur toi.

— Je sais. On recommence ?

Il la regarda d'un air faussement intrigué. Elle eut du mal à garder son sérieux.

— Je parle de la photo, pas de tes mains sur moi, idiot !

Ils se mirent à rire de bon cœur.

— J'adore te voir rire, dit-il en l'attirant contre lui. Ça m'a manqué.

— À moi aussi.

Beaucoup de choses lui avaient manqué, en plus des occasions de rire spontanément. Ryan, ses bras tendres et enveloppants, son corps enlacé au sien…

Elle sourit et s'écarta.

— Bon, on l'accroche, cette photo ? dit-elle, les jambes en coton, consciente que l'air s'était brusquement chargé de quelque chose de puissant et de dangereux et, surtout, qui ne figurait pas du tout à l'ordre du jour.

Ryan reprit les mesures et fixa un clou dans le mur, puis accrocha le tableau.

— Alors ?

— C'est parfait, dit-elle sans vraiment regarder le résultat. Ensuite ?

— Tu veux un peu plus de café ? demanda-t-il en se dirigeant vers la cuisine.

Elle le suivit, encore sous le choc de cette caresse accidentelle. Ce genre de contact se produisait sans arrêt à l'hôpital, où ils passaient leur temps à se passer et repasser devant pour s'occuper des patients. Pourquoi cela ne lui faisait-il pas le même effet à présent ?

Parce qu'ils étaient seuls, en train d'aménager la maison comme s'ils allaient y vivre ensemble…

— Je veux bien une autre part de gâteau. Tu en veux ? demanda-t-elle d'une voix qu'elle espérait plus calme que le reste de son corps, dont chaque parcelle semblait hurler son envie de voir se matérialiser le désir qu'elle avait vu dans ses yeux…

Elle servit le gâteau, prit son assiette et alla se poster devant la fenêtre, luttant contre la tentation de se retourner, de se jeter dans ses bras et de perdre le peu de raison qu'il lui restait encore.

5.

Ils continuèrent à accrocher des cadres mais, cette fois, c'est elle qui fit les marques pendant qu'il les maintenait en place. Cela ne minimisa pas les sensations qu'elle éprouvait à son contact, notamment quand ils se retrouvèrent tous les deux dans la chambre pour accrocher la photo qu'il avait décidé de raccrocher au-dessus de son lit. *La* photo. Celle qui évoquait des souvenirs qui ne risquaient pas de ramener le calme ni dans son corps ni dans son esprit.

— Qu'est-ce que tu en penses ?

— C'est parfait.

Parfait pour se torturer…

Ryan fixa le tableau selon la marque qu'elle avait faite sur le mur.

— Bien, dit-il en prenant du recul pour admirer le fruit de leur collaboration. Maintenant, il faut que je trouve le bon costume et repasse une chemise, pour l'entretien de demain.

Elle exhala un soupir de soulagement et sortit de la chambre.

— Je vais rentrer, dit-elle, impatiente de s'éloigner de cette maison un peu trop accueillante, avant que Ryan ne dise ou fasse quelque chose qui sape sa détermination déjà mise à mal.

— Tu ne veux pas boire une coupe de champagne ? Tu es en voiture ?

— Non, je suis à pied, répondit-elle, maudissant le fait qu'il n'habite qu'à cinq minutes de chez elle.

Elle entendit le bouchon sauter, les coupes se remplir.

— Tiens.

Elle prit la coupe qu'il lui tendait, se jura de partir dès qu'elle l'aurait vidée et trinqua.

— À ta nouvelle maison !

— À ta santé, et à tout ce que tu as fait pour moi depuis nos retrouvailles. D'ailleurs, où est Belle ?

Ils se précipitèrent dans le cagibi, où elle était en train de lécher une assiette en carton. En l'occurrence, l'assiette qui contenait le gâteau.

— Belle ! cria Ryan.

Elle sortit du cagibi, l'air mi-penaude mi-contente d'elle.

— Oh ! non ! Je suis désolée, c'est ma faute. J'ai oublié de le remettre à l'abri. C'est dangereux pour elle ?

Il secoua la tête.

— Non. Ça l'aurait été s'il s'était agi d'un gâteau au chocolat ou d'un cake aux fruits. Le cake au citron devrait passer.

Il soupira.

— Par contre, j'en aurais bien repris une tranche, dit-il d'un air désolé qui la fit chavirer.

Mieux valait abréger ce moment. Elle leva sa coupe un peu trop rapidement et le champagne éclaboussa son visage.

Ryan accourut avec une serviette en papier et tamponna son visage, s'attardant quelques longues secondes sur le pourtour de sa bouche.

Elle posa la coupe. Ryan s'immobilisa et plongea son regard dans le sien pendant un temps qui lui parut être une éternité.

Il fallait qu'elle se ressaisisse. Elle détourna le regard, se faufila entre Ryan et le plan de travail, et se dirigea vers la porte tant qu'elle en était encore capable.

— Il faut que je rentre.

— Je te raccompagne. Belle ne sera certainement pas contre une petite promenade digestive, dit-il, déviant ses plans.

Cinq minutes plus tard – peut-être dix car Belle prit son temps et renifla tous les brins d'herbe sur le chemin —, ils arrivèrent devant chez elle. Elle mit la clé dans la serrure et se retourna.

— Avant que tu me poses la question : je n'entre pas, dit-il.

Elle hocha la tête en s'efforçant de contenir son soulagement.

— D'accord. Alors bonne chance pour l'entretien.

— Tu es sûre que tu as envie que j'aie le poste ?

En était-elle vraiment sûre ?

Elle hocha la tête en espérant qu'il n'avait pas remarqué son hésitation. Elle n'avait pas vraiment hésité, en réalité, plutôt vérifié si elle était prête à ce qu'il s'installe à Yoxburgh, parce que, après toutes les sensations qu'elle avait éprouvées au cours de l'après-midi à ses côtés, elle se demandait comment elle allait gérer sa présence au quotidien. Cela dit, elle n'était pas la seule concernée par sa candidature. Le service des urgences avait vraiment besoin d'un médecin supplémentaire…

— Oui, je suis sûre, finit-elle par répondre. Merci de m'avoir raccompagnée, Ryan.

— Avec plaisir, dit-il en prenant son visage entre ses grandes mains chaudes. Merci encore pour tout. À demain.

Il déposa un baiser léger et fugace sur ses lèvres, qui souleva en elle une vague de chaleur et de désir. Le cœur battant, elle levait la main pour la glisser sur sa nuque quand il s'écarta d'elle et tourna les talons.

Elle le regarda s'éloigner avant de fermer la porte, les jambes en coton. Elle passa les doigts à l'endroit où ses lèvres l'avaient effleurée. Quelle douceur, quelle tendresse dans ce baiser, loin de la passion dévorante avec laquelle ils s'étaient embrassés, deux ans et demi auparavant, ou le jour où ils avaient trouvé Belle, deux semaines plus tôt. Différente aussi de ce qu'elle avait ressenti au contact de sa main sur son sein.

À vrai dire, il ne s'agissait pas d'un vrai baiser et, pourtant, elle avait été à la limite de l'inviter à entrer. Heureusement qu'elle s'était abstenue, ne serait-ce que parce qu'avec Belle Ryan n'aurait pas pu rester et la situation aurait été encore plus embarrassante qu'elle ne l'était déjà.

Elle continua à les regarder s'éloigner, maître et chien désormais inséparables, et sourit. Pauvre Ryan ! Les chances qu'il trouve une nouvelle famille d'accueil pour Belle étaient minces et, de toute façon, elle n'était pas sûre qu'il en ait vraiment envie.

Elle demeura près de la vitre jusqu'à ce qu'ils soient hors de vue puis entra dans le salon. Son cœur se serra à la vue du petit cœur en argent sur l'étagère. Elle le prit entre ses mains et le scruta.

— Ton papa va passer un entretien, demain. Il va peut-être vivre définitivement à Yoxburgh. Je me demande ce que cela va changer dans nos vies.

Elle n'en avait aucune idée.

Elle secoua la tête, déposa un baiser sur le cœur, alla chercher un verre d'eau et monta dans sa chambre. Elle mit du temps à s'endormir et se réveilla avec, dans la tête, des bribes d'images d'un rêve bizarre qui n'avait aucun sens et la laissa encore plus troublée que la veille.

Le réveil affichait 5 h 50. Elle aurait pu se rendormir pendant quelques heures, puisqu'elle ne commençait sa journée de travail qu'à midi, mais l'idée de Ryan passant l'entretien lui trotta dans la tête et l'en empêcha.

Allait-il obtenir le poste ?

Cette idée lui plaisait-elle ?

Oui, autant qu'elle lui faisait peur.

Mais s'il n'était pas pris ? Si l'hôpital lui préférait le second candidat ? Ou un autre, surgi de nulle part au dernier moment ?

Dans ce cas, il repartirait comme il était venu et leur relation s'arrêterait vraisemblablement là. Il n'avait pas ressenti le besoin de la contacter pendant ses deux ans d'absence, pourquoi le ferait-il maintenant ? Certes, elle avait changé de numéro mais il avait aussi souhaité l'oublier, il le lui avait dit. Même s'il n'y était pas parvenu. S'il n'obtenait pas le poste, il repartirait peut-être travailler pour MPT et, cette fois, il l'oublierait pour de bon.

Et s'il l'obtenait ? Comment leur relation évoluerait-elle ? Ils n'avaient jamais évoqué la possibilité d'un avenir ensemble. Peut-être cherchait-il simplement un travail, aimait-il la ville et se réjouissait-il de l'avoir pour amie.

Est-ce qu'elle pouvait se contenter de cela ? Après l'épisode de la veille, elle commençait à en douter. D'un autre côté, quelle alternative y avait-il ? Une amitié sexuelle ? Elle n'était pas sûre d'avoir le détachement nécessaire à ce genre de relation.

Et s'ils tombaient amoureux ? Seraient-ils capables de former un couple ? De vivre ensemble ? D'avoir des enfants ?

Son cœur fit un bon dans sa poitrine. Ils avaient déjà eu un enfant ensemble, mais ils n'avaient pas eu l'opportunité de vivre avec elle.

À l'époque où ils s'étaient rencontrés, il avait été clair sur le fait qu'il ne voulait pas d'enfant. D'ailleurs, il s'était séparé de Katie parce qu'elle avait tout fait pour tomber enceinte, à son insu.

Et s'il avait changé d'avis ? Il lui avait confié son envie de se poser, de penser à son avenir. En ferait-elle partie ? Le souhaitait-elle, d'ailleurs ?

Oui, s'il l'aimait. Pour sa part, elle était sûre de ses sentiments pour lui. Mais l'aimait-elle suffisamment pour envisager une vie avec lui ? Aurait-elle le courage de se lancer de nouveau dans l'aventure d'une nouvelle relation ? Et d'une nouvelle grossesse ?

Elle rêvait de porter un enfant, de le tenir dans ses bras, mais elle avait peur.

Elle s'égarait. Cela ne se produirait peut-être jamais. Ryan était probablement à mille lieues de penser à ce genre de choses. Et l'équation comportait, pour l'instant, trop d'inconnues. Seul le temps leur dirait le tour que les choses prendraient. Une étape après l'autre.

Elle rejeta le drap, s'habilla et descendit dans la cuisine. Elle fit chauffer de l'eau et sortit boire son thé sur la terrasse en examinant le jardin. Cela faisait des semaines qu'elle ne s'en était pas occupée. Elle avait passé du temps chez Ryan et le printemps en avait profité pour arriver.

Elle avait toute la matinée pour arracher les mauvaises herbes et remplir les mangeoires, en attendant une heure décente pour tondre la pelouse. Ce serait toujours mieux que d'attendre midi, les nerfs en pelote.

— Comment ça s'est passé ?

Ryan poussa un grand soupir et sourit en desserrant sa cravate qui menaçait de l'étrangler.

— Je ne sais pas, Beth. Pas mal, je crois. Ce n'était pas facile. Et James s'est montré aussi intraitable que les autres membres.

— Quel genre de questions t'ont-ils posées ?

— Je ne sais plus. Des questions médicales, de gestion du personnel et aussi des questions sur l'éthique, les droits des enfants, le consentement des familles, bref, tout ce à quoi un médecin peut être confronté dans son métier.

— Tu as vu l'autre candidat ?

— Oui, je l'ai aperçu mais il a dû partir précipitamment pour des raisons familiales, apparemment. Ils ont reporté son entretien à la semaine prochaine.

— Alors ? À quoi ressemble-t-il ?

Il chercha ses mots.

— Disons qu'il a l'air très confiant.

— Confiant ou arrogant ? Je ne suis pas sûre que James apprécie.

— Cela dit, il est brillant et il a plus d'années d'expérience que moi. Mais je pense qu'il est persuadé qu'on m'a fait passer l'entretien simplement parce que j'étais sur place et qu'ils n'avaient pas à payer de frais de déplacement. Quand je lui ai dit ce que j'avais fait avant, il en a conclu que j'étais sorti du circuit. Ce qui n'est pas faux mais qui a aussi beaucoup de points positifs. Je pense que j'ai été confronté à un panel plus grand de situations que lui. Entre l'épidémie d'Ebola, les zones de guerre, les tremblements de terre… On voyait plus de choses en une journée que ce qu'on peut voir en une carrière dans un hôpital tel que celui-ci, dont l'activité est pourtant importante. Je pense qu'il ne tiendrait pas dix secondes. Mais je peux me tromper.

— Cela m'étonnerait. Ce n'est pas à la portée de n'importe qui. Je ne sais pas comment tu as fait.

Il exhala un long soupir et se remémora des situations qui avaient hanté ses nuits et qu'il aurait préféré oublier.

— Moi non plus. Il m'est arrivé de craquer. Quand c'étaient des enfants. Il y a des visages qu'il est impossible d'oublier.

Il se tut, s'efforçant de chasser de son esprit toutes ces images terribles.

— Bref. Je vais devoir attendre une semaine avant qu'on me donne une réponse. En attendant, je continue mon remplacement. Tu veux bien faire un point sur la matinée ?

— Je suis arrivée tard, aujourd'hui. J'ai promené Belle et Molly avant de venir. Annie m'a appelée, l'un de ses petits garçons était malade, alors j'ai pris la relève.

— Merci. Justement, je me demandais comment allait Belle.

— Reg repassera un peu plus tard. Je crois qu'il est content de s'occuper de Belle. Ça lui change un peu les idées. Il est très seul depuis que sa femme est morte, l'an dernier.

Il éprouva un peu de culpabilité à l'idée de ne pas avoir encore pris le temps de parler avec le vieil homme.

— Je n'avais pas compris que c'était si récent. Effectivement, ce doit être dur de se retrouver seul. À quelle heure finis-tu ?

— À 21 heures, si rien ni personne ne me retient ici.

— Viens dîner à la maison. Nous fêterons le fait que j'ai survécu à l'entretien, à défaut d'autre chose. Et maintenant, où a-t-on besoin de moi ?

— Je ne sais pas. Sam est revenu. Il est en réa, avec Livvy. Mais je pense que ta présence ne sera pas superflue.

— Parfait. Je vais me changer. Dis-leur que j'arrive.

Il était près de 21 h 30 quand elle arriva chez Ryan. Elle sonna mais personne ne répondit. Sa voiture était garée dans l'allée. La nuit était tombée et aucune lampe n'était allumée dans la maison.

Pourtant, une bonne odeur de cuisine parvint à ses narines. Elle entra et trouva une casserole bouillonnant sur un feu un peu vif. Elle baissa la flamme, remua et remit le couvercle. Puis elle vit que les portes-fenêtres de la salle à manger étaient ouvertes sur le jardin.

Ryan était assis sur les marches, la tête entre les mains.

— Ryan ?

Sans voir son visage plongé dans l'obscurité, elle perçut qu'il était arrivé quelque chose.

— Que se passe-t-il ? Où est Belle ?

— Elle est partie, répondit-il d'une voix émue. Un refuge m'a appelé. Ils avaient de la place. Alors je l'ai emmenée. Ils vont la garder jusqu'à ce qu'elle ait mis bas puis ils feront adopter la portée. Ils ne sont pas inquiets sur le fait qu'elle retrouvera une famille, elle est tellement adorable…

Il s'interrompit. Elle s'assit à côté de lui et passa un bras sur ses épaules.

— Oh ! Ryan, je suis désolée. Je sais que tu t'étais attaché à elle.

— C'était une responsabilité trop lourde. Je ne pouvais pas m'occuper d'elle, dit-il d'un ton sec, le corps raidi et résistant. Je suis content qu'elle ne soit plus là.

— Si tu le dis.

— Je n'ai plus envie d'en parler, dit-il en se levant. J'ai fait un tagine.

— J'ai vu. Je me suis permis de baisser le feu, il commençait à attacher au fond.

— Oh ! non ? Il n'a pas brûlé ?

— Non, il sent délicieusement bon.

— Bon, alors allons manger. Je vais faire du couscous.

— Je peux t'aider ?

— Il reste du champagne. Tu peux nous en servir une coupe.

— Je ne bois pas, je suis venue en voiture.

— Juste une coupe. Ou alors tu restes.

Elle ne put soutenir son regard et détourna les yeux, le cœur battant soudain la chamade.

Qu'entendait-il par « tu restes » ? Rester dormir ? Dans la chambre d'amis ? Dans son lit, avec lui ? Faire l'amour, comme avant ?

Pourquoi ce soir en particulier ? Était-ce pour oublier le départ de Belle ?

Il lui fallait une meilleure raison que cela pour *rester*.

— Je ne pense pas que ce soit une bonne idée, dit-elle.

Il se mit à rire. Un rire triste et amer, qui lui serra la poitrine.

— Tu as raison. Sers le champagne, Beth. Au pire, je te raccompagnerai.

Elle ne but qu'une coupe, si bien qu'il n'eut pas à la raccompagner chez elle, ce dont il se félicita. Marcher jusque chez elle lui aurait rappelé qu'ils avaient fait le même trajet, la veille, mais avec Belle. Il n'avait pas envie de remuer le couteau dans la plaie.

Belle était un chien qu'il connaissait à peine. Pourtant, dans son lit deux fois trop grand pour lui, il ne put s'empêcher de penser à elle et de se demander, le cœur gros, comment elle s'accommodait de son nouvel environnement. Et si son futur maître la laisserait dormir sur son lit. Ou si elle devrait rester dehors, dans une niche…

Lorsqu'il trouva enfin le sommeil, il dormit en pointillé jusqu'à 6 heures, puis se décida à se lever et à se rendre à l'hôpital.

— Comment vas-tu ? lui demanda Beth d'un air préoccupé.

— Bien, pourquoi ? répondit-il un peu sèchement.

Elle se contenta de hausser un sourcil.

— Tu as bu ton café ?

— J'en ai bu quatre. Pourquoi ?

Elle s'adossa au mur.

— Manifestement, le café ne te met pas de bonne humeur dit-elle, ironique.

Il se passa la main dans les cheveux.

— Excuse-moi, dit-il dans un soupir. Je suis un peu inquiet.

— Je sais. Mais tout ira bien pour elle. Elle aime tout le monde et tout le monde le lui rend bien.

Il repoussa la main que Beth avait posée sur son bras. Il ne voulait pas être réconforté. Il voulait simplement qu'on lui fiche la paix.

— Qu'est-ce que tu voulais me dire, à part ça ?

— On attend un patient en réanimation dans quelques minutes. Si tu n'as pas envie de t'en occuper, je te trouverai une excuse. Il y a du travail partout, de toute façon.

— Je viens.

— Parfait. Dans ce cas, allons-y, lança-t-elle par-dessus son épaule.

La semaine fut chargée, ce qui lui permit de ne pas penser à autre chose qu'à son travail. Le vendredi après-midi, vers 15 heures, l'activité ralentit de manière inespérée. Il en profita pour aller prendre un café dans le parc.

Son cœur se serra à la vue d'un golden retriever qui passa non loin de la terrasse et, aussitôt, le souvenir de Belle refit surface.

Et si elle était malheureuse ? Si elle ne s'habituait pas à la vie au refuge ?

Quel idiot. Bien sûr qu'elle s'y habituerait. Tant qu'on lui donnait une écuelle et une couche…

Il sortit son téléphone, hésita, les yeux rivés sur l'écran, puis composa le numéro du refuge.

— Zoe, c'est Ryan McKenna. Je ne sais pas si vous vous souvenez de moi, je vous ai amené Belle mardi dernier.

— Oui, je me souviens de vous. Je peux vous aider ?

Il se sentit soudain ridicule.

— Pas sûr, en fait. Je sais que c'est idiot, mais je me demandais comment elle allait.

Son interlocutrice marqua un temps d'arrêt puis soupira.

— Je ne vais pas vous mentir. La personne qui l'a adoptée est un peu inquiète. Belle ne mange pas, elle boit à peine, elle n'arrête pas de pleurer. Nous ne savons pas quoi faire. Elle finira peut-être par prendre ses marques, il faut du temps…

— Mais elle est enceinte. Il faut qu'elle se nourrisse correctement…

— Je sais. La personne a tout essayé, y compris lui donner la becquée. Mais Belle prend une bouchée et tourne la tête.

Il sentit la boule qu'il avait dans la gorge gonfler.

— Et si je la récupérais, au moins le temps qu'elle mette bas ? suggéra-t-il tout en se demandant s'il ne s'était pas produit un court-circuit dans son cerveau.

Mais pouvait-il la laisser dans cet état ?

— Est-ce que vous aurez le temps de vous en occuper ?

— Je peux m'arranger. J'ai une amie et un voisin qui peuvent me donner un coup de main. Je ne peux pas la laisser dans cet état. Ce serait cruel.

Il y eut un long silence puis Zoe poussa un autre soupir.

— Est-ce que je peux vous rappeler ? Je vais en parler à la personne qui l'a accueillie chez elle et à mon chef. Je vous rappelle.

— Merci. Je travaille mais vous pourrez me laisser un message. Je vous rappellerai dès que je pourrai me libérer.

Il consulta sa montre. 15 h 18. Encore deux heures quarante avant la fin de son service. Si toutefois il finissait à l'heure, ce qui n'était pas évident. Il pourrait ensuite aller chercher Belle au refuge…

Il but sa dernière gorgée de café et reprit la direction des urgences. Il n'avait pas parcouru la moitié du chemin que son téléphone sonna. C'était Zoe. Il décrocha, le cœur battant.

— Zoe ?

— Oui. La dame est d'accord. Elle est même soulagée.

Il eut l'impression de se dégonfler comme un ballon de baudruche.

— Très bien. Je passerai la chercher après le travail. Dites-moi où et à quelle heure.

*
* *

Beth le regarda, les yeux écarquillés.

— Tu vas *quoi* ?

— Je vais la chercher à 19 heures chez la femme qui l'a adoptée. Je n'ai pas le choix, Beth. Elle ne mange pas, elle pleure toute la journée. Ce sera juste le temps qu'elle mette bas.

— Tu crois vraiment que tu réussiras à te séparer d'elle une fois que la portée sera née ?

— Bien sûr. En attendant, il faut sauver les chiots.

Il se demanda qui, d'elle ou de lui, il cherchait à convaincre.

— C'est une question de deux ou trois semaines, selon le vétérinaire. Il n'a pas su dire précisément combien de chiots elle attendait mais ce n'est pas une grosse portée, apparemment. De toute manière, je ne peux pas la laisser dans cet état. Je sais que c'est galère, mais je vais m'arranger.

Galère ? Elle n'y croyait pas un instant. Ryan avait l'air soulagé et, pour la première fois depuis une semaine, il était de bonne humeur.

— Je suis contente pour toi. Et pour nous. Tu seras plus agréable au travail, dit-elle sans ménagement.

— J'imagine que tu n'es pas disponible, ce soir ?

— Pour faire un comité d'accueil au chien que tu n'as pas l'intention de garder ? dit-elle en lui coulant un regard en coin.

— Laisse tomber, dit-il, refroidi.

— Non, désolée ! Si, je suis disponible. Je peux même apporter le dîner. Je finis tôt, j'aurai le temps de cuisiner.

— D'accord. Dans ce cas, je passerai chez le vétérinaire pour racheter des croquettes.

Beth fit un détour par l'épicerie et prépara un curry de poulet. Elle mit un peu de poulet de côté pour Belle. Elle avait beau se moquer de Ryan, le sort de la chienne lui importait aussi et, dans le fond, elle était contente qu'il ait pris la décision de la récupérer. Si cela pouvait les rendre heureux, l'un et l'autre !

Lorsqu'elle arriva chez lui, un peu après 19 heures, la

chienne vint à sa rencontre, avant de retourner vers son sauveur, lui-même aux anges.

— J'ai fait du poulet pour tout le monde. Au curry pour nous, nature pour elle.

Ryan lui sourit comme il n'avait pas souri depuis des jours.

— Merci, Beth. Le vétérinaire a dit qu'il fallait lui donner peu à manger mais souvent. Je peux mélanger le poulet et les croquettes.

— J'ai fait une tonne de riz. On peut lui en donner aussi.

— Bonne idée.

Après avoir donné à manger à Belle, ils passèrent à table. La chienne se coucha aux pieds de Ryan.

— Elle te suit partout. Encore plus qu'avant, non ?

Il hocha la tête.

— Elle est contente d'être là. Moi aussi, je suis content qu'elle soit là. Au moins, elle a mangé. À nous, maintenant.

Beth les servit. Ryan dévora le contenu de son assiette comme s'il n'avait pas mangé depuis des jours. Peut-être était-ce le cas.

— C'est délicieux, merci, dit-il.

— Avec plaisir. Tu crois que Belle apprécierait, si nous allions nous asseoir sur le canapé ?

Il rit doucement et se leva, suivi de près par Belle qui lui lécha la main jusqu'à ce qu'il s'asseye. Puis elle posa sa grosse tête sur ses genoux.

— Elle a maigri, dit-il en lui caressant les flancs.

— Si elle n'a pas mangé pendant une semaine…

— Elle va reprendre du poil de la bête, maintenant qu'elle est rentrée à la maison.

Belle était chez elle, en effet. Et lui, se sentait-il chez lui ? Et pouvait-elle espérer qu'un jour ce serait aussi chez elle ?

Elle secoua la tête. Une chose après l'autre. Il fallait tout d'abord qu'il obtienne le poste à l'hôpital. Elle n'avait pas encore eu l'occasion de lui raconter ce que James avait dit, la veille. Il fallait qu'elle le lui dise car, tant qu'il ne serait pas fixé, il ne pourrait pas se projeter dans l'avenir.

Mais s'il n'obtenait pas le poste ? Est-ce qu'il repartirait travailler à l'étranger ? Emmènerait-il Belle avec lui ?

Et elle ? Que deviendrait leur relation ? Et quelle relation, d'ailleurs ?

Tant de questions auxquelles il restait à trouver les réponses. Elle prit une profonde inspiration et se redressa.

— Ryan, il faut qu'on parle.

6.

Il éteignit la télévision qu'il venait juste d'allumer et se tourna vers elle en se demandant de quoi elle voulait qu'ils parlent.

— Ça a l'air sérieux.

— Rien de grave. C'est quelque chose que je voulais te dire mais l'occasion ne s'est pas présentée. Je ne sais pas si c'est important, mais voilà : hier, au moment où je partais de l'hôpital, j'ai croisé James qui m'a posé des questions sur toi.

— Mais il n'était pas en congé ?

— Si, mais il m'a dit qu'il était venu chercher quelque chose. Il voulait savoir ce que je pensais du fait que tu prennes ce poste.

— Mais ils n'ont pas encore fait passer l'entretien à l'autre candidat.

— Je sais. Je pense qu'il voulait juste avoir mon avis.

— Mais il n'est pas au courant, pour nous deux… À moins que tu lui en aies parlé ?

Elle regarda ailleurs.

— Je lui ai dit que je serais ravie que tu obtiennes le poste parce que tu étais un médecin brillant, que ce serait un plus pour le service et l'hôpital, que tu aimes beaucoup cette ville et que tu serais certainement très heureux de vivre et de travailler ici.

Il scruta son visage.

— Tu lui as dit ça ?

Elle eut l'air gênée, l'espace d'un instant.

— Heu… Oui. Ce n'est pas le cas ? Il me semblait que

tu étais content d'avoir trouvé ce remplacement et que tu aimais bien la région. Tu me l'as dit toi-même.

— Oui, je serai heureux ici. Je le suis déjà. Mais ce n'est pas ce qui m'a intrigué dans ce que tu as répondu à James. Tu as dit que tu serais ravie que j'obtienne le poste ? Est-ce que cela signifie que tu veux que je reste ?

— J'ai dit que je serais ravie *pour toi.*

— Pas pour toi ? Ni pour *nous* ?

— Nous ? Qu'est-ce que tu entends par là, Ryan ? Je ne sais pas s'il y a un nous. Et encore moins si tu en as vraiment envie. À moins que ce soit la raison pour laquelle tu es revenu à Yoxburgh ?

Elle le dévisagea longuement, le regard empli de doutes.

— Ignorais-tu vraiment que je vivais ici ? finit-elle par demander.

Il la regarda, surpris.

— Je n'en avais pas la moindre idée. Je te l'aurais dit. J'ai vu l'annonce pour le poste de remplaçant, j'avais besoin d'un travail, le temps de décider ce que j'allais faire ensuite de ma vie, et tu as croisé mon chemin, pour la deuxième fois de mon existence. Tu penses que je t'ai menti ?

— Non, non, bien sûr que non. Mais je n'ai pas encore bien compris pourquoi tu souhaitais t'installer ici.

Il se mit à rire de cette conversation qui ne menait nulle part.

— Tu l'as dit toi-même : parce que Yoxburgh est un endroit agréable, que j'aime cet hôpital et parce que tu as dit que tu étais d'accord. À moins que tu aies changé d'avis ?

— Je ne sais pas, dit-elle en cherchant son regard. Je ne sais plus quoi penser parce que je ne sais pas où nous en sommes, ce que nous sommes l'un pour l'autre, ni où nous allons. Je ne te connais même pas suffisamment pour savoir si tu me dis la vérité.

Le constat lui fit l'effet d'un coup de poing dans le ventre.

— Pour quelle raison te mentirais-je ? Je ne comprends pas pourquoi tu ne veux pas me faire confiance. Je ne suis pas Rick !

— Je sais que tu n'es pas Rick mais…

— Mais ?

— Je ne sais pas, dit-elle dans un haussement d'épaules. J'ai l'impression que nous ne voyons pas les choses de la même manière.

— C'est-à-dire ?

— Toi non plus, tu n'as pas confiance en moi. Quand je t'ai annoncé que j'étais enceinte…

— Je t'en prie, Beth. Tu sais que j'ai mal réagi à cause de ce que je venais de vivre avec Katie. Je sais que tu n'as rien à voir avec elle, tu m'as même soutenu dans ma décision de partir pour MPT. Mais, sur le moment, il m'a traversé l'esprit que tu cherchais peut-être à faire un enfant toute seule et que tu avais simplement besoin d'un donneur de sperme. Tu n'aurais pas été la première à le faire.

Elle le regarda, les yeux écarquillés.

— Quelle idée ! Je venais juste de rompre avec Rick. J'étais en vrac, émotionnellement. J'ai perdu à la fois mon fiancé et ma meilleure amie. J'étais loin d'avoir envie de faire un enfant, crois-moi.

— Je veux bien te croire. Et, tu as raison, nous ne nous connaissions pas. Pardonne-moi d'avoir tiré des conclusions hâtives. Et sache que, quand j'ai compris ce qui arrivait au bébé, je suis devenu fou de rage et de tristesse. J'ai fait mon possible pour t'aider mais… Et, c'est vrai, je ne fais pas facilement confiance aux gens non plus. Je pense que nous avons appris à nous méfier pour nous protéger mais que, sans nous en rendre compte, nous pouvons faire du mal aux autres.

Elle hocha lentement la tête.

— Est-ce que nous allons être capables de nous faire mutuellement confiance ? Il le faudra bien si nous voulons faire évoluer notre relation.

— C'est vrai.

— Et il faudra être franc si l'on aborde des sujets sensibles.

— Du genre ?

— Du genre *nous*. Notre relation, l'avenir…

Il se passa la main dans les cheveux.

— Nous ne sommes pas encore au point de voir un avenir radieux se déployer devant nous. C'est l'une des raisons pour lesquelles je veux ce poste. Il nous laissera le temps de voir comment notre relation évolue. Pour le moment, même si nous avons été unis par le drame de Grace, on ne peut pas dire que nous nous connaissions bien.

— Nous avons besoin de temps.

Il hocha la tête.

— J'ai commis des erreurs, blessé des gens, j'ai été blessé, moi aussi. J'ai envie de faire les choses bien, désormais. Bien pour moi mais aussi pour toi, et pour nous. Sans précipiter les choses.

— Tu ne veux toujours pas d'enfants ?

— Qu'est-ce que tu racontes ?

— C'est ce que tu m'as toujours dit.

— C'est ce que j'ai dit à Katie et, à l'époque, c'était vrai. J'étais sur le point de partir deux ans à l'étranger, je ne voulais pas être un père absent. Cela ne signifie pas que je n'aurai jamais d'enfants. Mais nous n'en sommes pas là. Et, après ce que tu as vécu avec Grace, il faut que, toi aussi, tu sois prête.

— Je sais que je veux des enfants, dans le fond, mais rien que l'idée me terrorise. D'ailleurs, rien ne me dit que je pourrai en avoir d'autres.

Il la dévisagea en se demandant comment ils en étaient arrivés à parler de cela alors qu'ils s'étaient à peine embrassés.

— Pourquoi parlons-nous de ça maintenant ?

— Parce que je veux savoir où tu en es pour ne pas tomber amoureuse d'un homme qui n'est pas attaché à moi. Je ne veux plus souffrir, Ryan.

— Je n'ai pas l'intention de te faire du mal.

— Je sais. Mais notre relation a changé. Quand nous nous sommes rencontrés, nous étions libres, l'un et l'autre, et nous ne cherchions qu'à passer du bon temps. Ce ne serait plus possible aujourd'hui. J'aurais l'impression de vouloir remonter le temps. Nous avons perdu Grace et nous ne pouvons rien y changer. Mais qu'est-ce qu'on fait, maintenant ?

Elle marqua une pause.

— Qui a dit qu'on ne pouvait pas revenir en arrière pour changer les choses ?

— La vraie citation, c'est : « On ne peut pas revenir en arrière et changer le début mais on peut repartir d'où on est et changer la fin. » On a attribué la citation à C.S. Lewis mais les avis divergent sur ce point. C'est peut-être ce que nous devrions essayer de faire pour ne pas rester bloqués sur le drame que nous avons vécu. Ne pas en faire la fin de l'histoire mais un nouveau départ.

— Ensemble ?

Il haussa une épaule.

— Je ne sais pas, Beth. Cela dépend de tellement de choses, y compris de facteurs sur lesquels nous n'avons aucun contrôle. La seule chose que je sache, c'est que nous méritons l'un et l'autre de prendre un nouveau départ. Je ne sais pas si nous pourrons nous apporter mutuellement ce dont nous avons besoin. Je ne suis même pas sûr de savoir ce dont j'ai besoin. Mais cela ne nous empêche pas d'essayer de nous comprendre, de nous faire confiance et de prendre soin l'un de l'autre.

— Et si cela ne fonctionne pas ?

— Nous aurons au moins essayé.

Elle ferma les yeux et hocha la tête.

— Alors, qu'est-ce qu'on fait, Beth ? demanda-t-il doucement.

Il retint son souffle.

Qu'allait-elle répondre ? Avait-elle envie d'une amitié franche et solide ? Ou d'une relation plus profonde, qui les engagerait davantage ? Il eut l'impression qu'il venait de jeter une pièce en l'air et qu'elle tardait à retomber. Mais Beth haussa une épaule, un mouvement presque imperceptible qui trahit son indécision, au moins aussi grande que la sienne.

— Je ne sais pas. Je t'aime beaucoup, Ryan, mais je ne sais pas si j'ai le courage de me lancer dans une telle aventure. Saurons-nous nous appuyer l'un sur l'autre en cas de coup dur ? Nous n'en avons pas été capables, la dernière fois. Qui nous dit que nous y parviendrons ? Je ne sais pas ce que tu penses, je ne sais pas ce que tu ressens. C'est dur de déchiffrer ce que tu n'exprimes pas.

— Je ne l'exprime pas parce que je ne le sais pas, dit-il après une longue pause. Mais j'ai envie d'essayer. Nous avons changé, depuis la mort de Grace.

— Cela nous rend-il plus compatibles ?

— Pas forcément, mais certainement plus compatissants. Il y a deux ans, je suis parti alors que j'aurais dû rester. Je ne commettrai pas la même erreur.

— C'est moi qui n'ai pas voulu que tu restes. Je ne voulais pas de ta pitié. Pas plus qu'aujourd'hui, du reste.

— Je n'ai jamais eu pitié de toi. Tu dis que je n'exprime rien mais je n'ai toujours pas compris non plus ce que tu voulais. La seule chose que je souhaite, c'est toi. Cela n'a pas changé et je ne suis pas sûr qu'il ne s'agisse que d'attraction physique, cette fois. La mort de Grace nous a bouleversés et elle nous a transformés. Elle nous a aussi liés l'un à l'autre, d'une manière à laquelle nous n'aurions jamais pensé. Maintenant, je ne peux rien te garantir, mais j'ai envie d'essayer, parce que je n'imagine pas ma vie sans toi, sous une forme ou sous une autre, et que j'en ai assez, moi aussi, de vivre entre deux eaux.

Il s'interrompit pour réfléchir puis reprit.

— Je ne sais pas si la mort de Grace nous rapprochera ou nous éloignera, en fin de compte, mais, de toute façon, elle sera là, présente, dans toutes nos relations, quelles qu'elles soient. Il nous faudra du temps, beaucoup de temps, pour nous en remettre. Et c'est avec toi que j'ai envie de le faire.

Un petit sourire triste se dessina sur ses lèvres puis disparut.

— Et qu'est-ce qu'on fait si tu n'obtiens pas le poste ?

— Comment le savoir ? La seule chose qui est sûre, c'est que je ne veux pas te perdre.

— Et Belle ? dit-elle.

— Belle trouvera une nouvelle maison, dit-il fermement.

La chienne leva la tête en entendant son nom et lui lécha la main.

— Tu plaisantes ?

— Non, je ne plaisante pas. Beth, si je n'ai pas le poste, je n'aurai pas le choix. Il faudra que je bouge, je ne sais ni où ni pour combien de temps ; alors, tant que je ne serai pas fixé, je ne pourrai pas prendre d'engagement vis-à-vis d'elle, ni vis-à-vis de toi, parce que je risque de partir n'importe où.

— Je pourrais peut-être venir avec toi ? Si tu veux ?

Il tourna la tête vers elle.

— Tu ferais ça ? demanda-t-il, incrédule. Tu serais prête à tout quitter pour me suivre ?

— Si nos liens sont suffisamment solides et si l'occasion se présente, je pense que je pourrais l'envisager sérieusement. Mais pour cela, il faut que nous nous ouvrions l'un et l'autre, que nous nous parlions franchement, sans hésiter à dire ce que nous pensons. C'est le seul moyen si nous voulons avoir une chance de construire quelque chose ensemble.

Elle lui tendit la main, qu'il fixa quelques instants avant d'entrelacer ses doigts aux siens.

— Tu as raison, dit-il avant de déposer un baiser sur sa main.

Belle se releva et s'étira avant de se recoucher à leurs pieds.

— Viens, dit-il en attirant Beth contre lui avant de l'embrasser tendrement.

Il serait si simple de profiter de la situation, de la prendre dans ses bras pour l'emmener dans sa chambre. Mais ils n'étaient pas prêts et la situation était encore trop confuse. Il se détacha d'elle, ralluma la télévision, Beth blottie contre lui et le chien à leurs pieds.

Il eut l'impression de vivre un rêve.

— Je vais rentrer, dit-elle un moment plus tard.

Ryan tourna la tête vers elle et opina.

— Tu as raison. Ne précipitons rien.

— Nous savons déjà que nous nous entendons bien, sexuellement parlant, dit-elle d'un air entendu.

Mais elle regretta aussitôt ses paroles.

— Pourquoi dis-tu ça ? murmura-t-il en écartant une mèche de cheveux de son visage.

Ce serait si facile de s'approcher de lui et de l'embrasser, mais elle savait où cela les mènerait. Elle s'écarta et se leva. Il la suivit jusqu'à la porte, escorté par Belle qui semblait ne plus pouvoir le laisser s'éloigner d'un mètre. Une fois devant la porte, il la prit dans ses bras et la serra tendrement. Elle se blottit contre lui pour s'imprégner de sa chaleur, regrettant de ne pouvoir rester.

— Sois prudente, dit-il.

— Je ne vais pas bien loin ! dit-elle en riant.

— Je sais, mais nous sommes vendredi et les routes sont pleines de fous.

Elle sentit ses doigts caresser ses cheveux. Puis il se pencha et déposa sur sa bouche un baiser chaud et ferme. L'instant d'après, ils s'agrippèrent l'un à l'autre et se mirent à se dévorer comme si leur vie en dépendait.

Alors il la plaqua contre le mur et glissa son genou entre ses cuisses sans cesser de l'embrasser comme un fou, une main dans ses cheveux, l'autre sous son chemisier pour caresser ses seins. Elle s'arqua, le corps en feu, les mains plaquées sur ses fesses pour l'attirer contre elle.

— Ryan…

Il gémit et s'écarta légèrement d'elle, et ils demeurèrent un moment immobiles, front contre front, haletant.

— Rentre chez toi, Beth, murmura-t-il d'une voix rauque. Sans quoi nous risquons de faire une chose que nous regretterons peut-être.

Elle hocha la tête et l'embrassa sur la joue avant de caresser la tête de Belle. Puis elle sortit d'un pas mal assuré.

— Appelle-moi pour me dire que tu es bien rentrée, dit-il.

— Pour prolonger la torture au téléphone ? lança-t-elle par-dessus son épaule.

— Non. Appelle-moi, c'est tout.

*
* *

Quelques minutes plus tard, elle composa son numéro.

— Je suis saine et sauve. J'ai survécu aux chauffards et aux ivrognes. Tu es content ?

— Content que tu sois saine et sauve mais, pour être honnête, je serais encore plus content si tu étais restée pour continuer ce que nous avons commencé. Ce lit est décidément bien trop grand pour moi tout seul.

— Je ne suis pas sûre que Belle soit prête à me laisser sa place.

Elle l'entendit rire et parler à la chienne puis reprendre la conversation.

— Je vais la faire manger et aller la promener. Tu as des projets pour demain ?

— Je travaille à midi. C'est tout ce que j'ai prévu pour l'instant.

— Cela te dit de venir prendre le petit déjeuner au pub et de faire une balade avec nous, demain matin ?

— Volontiers. J'aimerais bien marcher *avant* de manger. Il faut que mon petit déjeuner me fasse tenir le plus tard possible. Je fais douze heures, jusqu'à minuit.

— On passe te prendre vers 9 heures ? Bonne nuit, Beth. À demain. Dors bien.

— Toi aussi.

Difficile de bien dormir avec Belle qui se collait contre lui dès qu'il osait faire le moindre mouvement, comme si elle voulait s'assurer qu'il était toujours là. Il se retrouvait dans une position inconfortable, au bord du lit, mais peu importait. L'essentiel était qu'elle soit revenue. De toute façon, il y avait beaucoup de choses auxquelles réfléchir pendant ses insomnies, à savoir… Beth.

Que ressentait-il pour elle ? Cela ressemblait à de l'amour, tel qu'il l'imaginait, en tout cas. Ce n'était plus la passion sexuelle débridée qu'ils avaient connue, même si l'attirance était toujours là, mais quelque chose de plus profond, né de ce qu'ils avaient traversé ensemble.

Cela dit, ils n'avaient jamais été vraiment ensemble. Juste là, l'un et l'autre, au même moment, bloqués dans la même cabine, sur des montagnes russes. Mais ils avaient été trop choqués et trop tristes, chacun de son côté, pour pouvoir renforcer les liens qui les unissaient malgré tout. Puis il était parti, la laissant seule en proie à son chagrin.

Était-il possible de recréer ces liens, deux ans plus tard ?

Il l'espérait. Il était prêt à tout pour que leur relation s'améliore, mais il n'était pas seul à en décider.

À l'époque, il s'était jeté à corps perdu dans le travail, et les cauchemars et les cicatrices lui rappelaient constamment les horreurs dont il avait été témoin, partout dans le monde, mais ce n'était sans doute rien à côté de ce que Beth avait enduré après la mort de Grace.

Il repensa à toutes les petites attentions qu'elle lui avait prodiguées depuis son arrivée à Yoxburgh. Aurait-elle fait tout cela si elle n'était pas un tant soit peu attachée à lui ? Il en doutait, même si sa générosité était immense.

Quand elle avait insisté pour qu'il parte travailler pour MPT, avait-elle été sincère ou avait-elle cherché à le libérer de ses obligations ? Quoi qu'il en soit, il était parti sans se retourner.

Et il était revenu. Se seraient-ils recroisés s'ils n'avaient vraiment plus rien à faire ensemble ? Seul le temps le dirait. Peut-être qu'un jour ils formeraient un couple heureux. Quant à savoir s'ils auraient d'autres enfants ensemble, il était encore trop tôt pour y penser.

Il se tourna en poussant Belle et finit par trouver le sommeil. Mais un cauchemar le réveilla en sursaut et, quand il ouvrit les yeux, la chienne gémissait et lui léchait le visage comme pour le réconforter.

Il s'assit et alluma.

— Tout va bien, Belle, murmura-t-il.

Elle posa la tête sur ses jambes et le regarda de ses yeux expressifs.

Le réveil indiquait 4 h 30. Trop tôt pour se lever et probablement trop tard pour bien se rendormir, mais cela valait la peine d'essayer. Il poussa Belle et éteignit la lumière.

Ils passèrent une matinée merveilleuse. C'était une belle matinée printanière et ensoleillée, où tout semblait vouloir reprendre vie après les longs mois d'hiver. Pour changer, ils prirent la direction non pas du fleuve mais du petit lotissement dans lequel elle habitait, empruntant le chemin qui passait à l'arrière des jardins. Les cerisiers en fleur commençaient à perdre leurs pétales qui, tels des confettis, leur tombèrent dessus en une pluie légère. Les couleurs des dernières jonquilles et des derniers crocus se détachaient sur le vert cru de l'herbe. Ils se dirigèrent vers les falaises, qu'ils longèrent jusqu'à l'escalier, et revinrent par la plage.

— On peut peut-être la détacher, suggéra Beth en désignant Belle qui tirait sur sa laisse.

Ryan hésita puis détacha la laisse. Belle partit en trombe jusqu'à la mer, pataugea tant et plus, et revint dans leur direction pour s'ébrouer.

— Tu as d'autres bonnes idées ? demanda-t-il en s'essuyant le visage.

Mais elle fut incapable de répondre tant elle riait.

— Je suis désolée, finit-elle par articuler.

— J'espère bien, dit-il en riant.

Il prit sa main dans la sienne pour marcher dans le sable, tandis que Belle jouait au bord de l'eau. Lorsqu'elle recommença à l'éclabousser, il lui remit la laisse. La chienne ne sembla pas lui en vouloir et trotta paisiblement à leurs côtés pendant tout le reste de la promenade.

Lorsqu'ils arrivèrent au pub, ils s'installèrent sur la terrasse et commandèrent des œufs brouillés au saumon fumé et aux épinards, sauce hollandaise, qu'ils arrosèrent de plusieurs tasses de café. Ils s'offrirent aussi une pâtisserie, juste pour le plaisir.

Beth jeta un coup d'œil sur sa montre et soupira. Comment le temps avait-il pu passer aussi vite ?

— Il faut que je parte. Je travaille douze heures d'affilée, cet après-midi. Mais ensuite, je suis libre jusqu'à lundi.

— Tu as de la chance. Je travaille demain, de 8 heures à minuit, et je travaille lundi aussi. Il va falloir que je fasse de bonnes nuits pour récupérer.

— Comment tu vas faire, pour Belle ?

Il regarda la chienne qui dormait à ses pieds et poussa un léger juron.

— Je n'y avais pas pensé. Elle n'était plus là quand j'ai fait mon planning. Et, s'il y a vraiment beaucoup de travail, je risque de dormir sur place. Mince !

Elle ne dit rien et l'entendit soupirer.

— D'accord, dit-elle.

Il tourna la tête vers elle.

— D'accord pour quoi ?

— D'accord pour m'occuper d'elle. Je peux même venir dormir chez toi demain soir. Je prendrai la chambre d'amis, ajouta-t-elle pour lever toute ambiguïté. Cela te laisse la liberté d'aller et venir en fonction de ton emploi du temps, sans te préoccuper d'elle.

Il hésita longtemps avant de hocher la tête.

— Dans ce cas…

— Marché conclu. Il faut vraiment que j'y aille. Le devoir m'appelle.

C'était bizarre d'être chez Ryan, sans Ryan.

Elle y passa un moment le matin puis emmena Belle jusque chez elle pour lui présenter la maison et prendre quelques affaires et le livre qu'elle essayait en vain de lire depuis des semaines. Elle refit le trajet en sens inverse, son sac à dos accroché à l'épaule. Lorsqu'elles arrivèrent chez Ryan, Reg leur souriait par le trou dans la haie.

— Bonjour, Reg, dit-elle en souriant.

Le vieil homme la salua et désigna Belle d'un signe de tête.

— Elle est revenue, à ce que je vois.

Belle comprit qu'on parlait d'elle et s'approcha de lui

en remuant la queue. Il finit par traverser la haie et vint lui caresser la tête.

— Je ne pensais pas la revoir un jour. Je croyais qu'il l'avait envoyée au refuge.

— C'est ce qu'il a fait mais il est retourné la chercher parce qu'elle n'allait pas bien. Elle ne mangeait plus. C'est juste le temps qu'elle mette bas. Enfin, c'est ce que dit Ryan. Mais il est du genre à se laisser attendrir.

— Je vois bien comment il se comporte avec elle. Pour tout vous dire, je ne l'ai pas cru quand il a dit qu'il allait l'emmener au refuge.

— Moi non plus, pour être honnête. Mais, peu importe. Elle est bel et bien revenue. Je suis venue la garder parce que Ryan travaille jusqu'à demain.

— Je peux m'occuper d'elle, si vous voulez. Si vous devez aller travailler aussi. Vous savez, on s'entend bien, elle et moi.

Il la regarda, les yeux emplis d'espoir. Il devait être si seul. Elle connaissait cette sensation de vide béant. Elle l'avait elle-même éprouvée à la mort de Grace. Les gens ne savaient pas quoi lui dire, alors ils ne lui parlaient pas, quand ils ne l'évitaient pas purement et simplement.

— Il faut en parler à Ryan mais je suis sûr qu'il sera d'accord. Il est très reconnaissant de l'aide que vous lui apportez.

Elle s'interrompit, hésita un instant puis mis de côté son envie de passer l'après-midi à lire sur une chaise longue.

— Qu'est-ce que vous faites, cet après-midi, Reg ? J'avais envie de faire un peu de jardinage, mais je n'y connais pas grand-chose. Est-ce que vous voudriez me donner des conseils ? Votre jardin est impeccable. Vous devez être expert en la matière.

En réalité, elle n'avait pas vraiment l'intention de s'occuper du jardin. Ryan avait déjà fait un peu de débroussaillage et, pour être honnête, elle connaissait déjà pas mal de choses en la matière. Mais en voyant le visage du vieil homme s'illuminer, elle se félicita d'avoir pris cette initiative.

— Je vais manger un morceau, dit-il, et je reviens. Laissez le portail ouvert, je ferai le tour.

Que se passait-il ? Ryan entendit des rires provenant du jardin. Manifestement, Beth n'était pas seule. Il entra dans la maison et aperçut Beth, assise sur les marches, et Reg, une tasse à la main. Belle, étalée de tout son long à leurs pieds, était en train de réduire en bouillie un jouet pour chien pourtant décrit comme indestructible.

— Bonjour ! lança-t-il à la cantonade.

Belle accourut et il s'accroupit pour lui donner les caresses qu'elle réclamait.

— Bonjour, dit Beth, un grand sourire aux lèvres. Tu as passé une bonne journée ?

— La routine. Et vous ?

— Nous avons jardiné. Reg a gentiment accepté de m'aider et de me montrer quelles plantes étaient des mauvaises herbes et quelles plantes ne l'étaient pas, dit-elle avec un regard appuyé.

Il comprit au vol et remercia Reg.

— C'est vrai que nous ne sommes pas très doués en horticulture.

— Alors vous êtes bien tombés. J'ai été pépiniériste pendant cinquante ans. Je n'ai arrêté que quand Queenie est tombée malade. Alors si vous avez besoin d'un conseil, n'hésitez pas.

— Merci, Reg. J'y penserai.

Reg donna une petite tape affectueuse au chien et se leva lentement.

— Je vais rentrer, dit-il.

— Vous pouvez rester dîner avec nous, proposa Beth. Je vais préparer une grosse salade. Il y a largement de quoi manger pour trois.

— Oh ! c'est gentil mais, vous savez, la salade ne me réussit pas. Je vais aller me reposer un peu. Et j'ai acheté un bout de poisson ce matin, au port, tout frais pêché de ce matin. Je vais le paner et le faire frire. Ce ne sera pas aussi bon que celui que préparait ma Queenie, mais je m'en contenterai.

Ryan le raccompagna, le remercia de nouveau et revint voir Beth.

— Alors, comme ça, tu ne sais pas distinguer une mauvaise herbe d'une bonne ? dit-il à voix basse.

Elle sourit, mais il décela une tristesse au fond de son regard.

— Cela m'a fait de la peine de le voir tout seul. Il est tellement gentil ! Il adore Belle. Il dit qu'elle lui tient compagnie. Tu pourrais lui demander de s'occuper d'elle quand tu n'es pas là. Tu sais qu'ils ont été mariés pendant soixante-cinq ans ? Queenie est morte l'été dernier, au mois de juillet. Elle avait la maladie d'Alzheimer et elle ne le reconnaissait plus, mais il l'a gardée avec lui, à la maison, jusqu'à la fin. Il doit être perdu, sans elle. Quelle tristesse !

Pauvre Reg. Dans son malheur, lui aussi avait eu de la chance de croiser Beth sur son chemin. Elle était tellement compatissante.

— Tu es adorable, tu sais ? murmura-t-il.

— Je sais simplement ce que c'est d'être seule, face au vide.

— Oh ! Beth…

Il l'attira contre lui et la serra dans ses bras. Il prit une grande inspiration, humant l'air frais, l'odeur du jardin et le parfum de Beth. Comme c'était bon de la trouver chez lui en rentrant !

Il croisa les doigts pour que leur relation évolue dans le bon sens. Peut-être parviendraient-ils à former un beau couple, comme Reg et Queenie ?

— J'ai profité d'une petite accalmie pour faire une pause. Mais je n'ai pas beaucoup de temps, dit-il. On dîne ? Je n'ai pratiquement rien dans le ventre depuis ce matin.

— J'avais prévu de faire une salade. Ce ne sera pas long, dit-elle avant de se hisser sur la pointe des pieds pour l'embrasser.

Il fut tenté de la retenir, mais il devait retourner à l'hôpital et n'avait pas envie de commencer une chose qu'il ne pourrait pas terminer, alors il la serra une dernière fois dans ses bras et la laissa entrer dans la maison.

7.

Elle ne comprenait pas pourquoi Belle était aussi agitée. Elle s'était promenée, avait mangé, était ressortie dans le jardin… Et si elle était sur le point de mettre bas ?

Le vétérinaire avait annoncé qu'elle ne mettrait pas bas avant deux ou trois semaines. Mais elle faisait des allers-retours incessants jusqu'à la porte et se mit soudain à aboyer. Beth se leva pour rouvrir la porte et la suivit dans le jardin.

— Que se passe-t-il, Belle ?

Elle scruta le jardin mais ne vit rien d'anormal. Belle se remit à aboyer en regardant la maison de Reg. Elle s'approcha et vit des flammes s'élever dans la cuisine.

— Oh ! non ! Belle, viens ici ! dit-elle en sortant son portable.

Elle l'enferma dans la maison, composa le numéro des pompiers et alla frapper chez Reg. Il ne répondit pas et la porte était fermée à clé.

Pourvu que la porte de derrière soit ouverte !

Elle donna l'adresse aux secours et fit le tour de la maison. Par chance, la porte n'était pas fermée à clé. Elle mit son portable dans sa poche, s'approcha promptement de la cuisinière sur laquelle la friteuse avait pris feu et coupa le gaz. Puis elle ferma la porte derrière elle pour atténuer la propagation de la fumée et retourna dans l'entrée.

— Reg ? Reg ? Où êtes-vous ? cria-t-elle.

Mais la fumée l'empêchait d'y voir clair. Elle ouvrit la porte d'entrée et, à son grand soulagement, entendit les sirènes approcher.

— Reg ? C'est Beth. Où êtes-vous ? répéta-t-elle.

C'est alors qu'elle se souvint qu'il avait l'intention de se reposer un peu avant le repas. Mais il n'était peut-être pas nécessairement allé se coucher dans sa chambre. Il fallait procéder méthodiquement.

La pièce jouxtant la cuisine était vide. Elle entra dans la pièce suivante et l'aperçut, assis dans son fauteuil, la main sur la poitrine, l'effroi dans le regard.

— Beth ! La friteuse… Je ne peux plus respirer…

— Les pompiers vont arriver. Et j'ai aussi appelé une ambulance, au cas où. On va s'occuper de vous. Mais il faut sortir d'ici.

— Je ne peux pas laisser Queenie ! s'exclama-t-il d'une voix brisée. Elle est sur la cheminée. Je ne peux pas la laisser…

— D'accord, d'accord. Je vais aller la chercher. Mais il faut d'abord sortir.

Un pompier fit irruption dans la pièce et évalua la situation d'un regard.

— La friteuse a pris feu dans la cuisine. J'ai éteint le gaz, mais elle brûle toujours, expliqua-t-elle.

— On s'en occupe, ne vous inquiétez pas. Il faut sortir d'ici, maintenant.

— Reg, vous pouvez marcher jusqu'à l'ambulance ?

Il hocha la tête, tremblant de tous ses membres. Le pompier s'approcha, le souleva dans ses bras. Elle en profita pour aller chercher l'urne et les suivit.

— Queenie ! s'écria Reg avant d'être secoué par une quinte de toux.

— Je l'ai prise, Reg. Ne vous inquiétez pas.

— Si je pars, enterrez-moi avec elle…

— Nous n'en sommes pas là. Pour le moment, on va vous emmener à l'hôpital. Je vais suivre l'ambulance et appeler Ryan. Vous serez entre de bonnes mains, croyez-moi.

Elle se tourna vers les ambulanciers.

— Je vous le confie. Je repasse poser l'urne et fermer la maison, et je vous rejoins. Si vous arrivez avant moi, demandez à voir le Dr McKenna.

*
* *

— Beth ?

Il se leva d'un bond, inquiet à la vue des grandes marques noires sur son visage.

— Que se passe-t-il ? Qu'est-ce que tu fais là ?

— La friteuse de Reg a pris feu.

— C'est donc ça, cette odeur de fumée. Ne me dis pas que tu es entrée dans la maison ?

— Je n'avais pas le choix. Je ne pouvais pas le laisser dans la maison en flammes. Le feu ne s'était pas propagé. Je suis juste allée couper le gaz et fermer la porte de la cuisine. Puis je l'ai cherché…

— Quoi ? Beth, tu plaisantes ? Tu…

Il s'interrompit et la prit brusquement dans ses bras, le cœur battant.

— Il fallait appeler les pompiers.

— C'est ce que j'ai fait. J'ai aussi fait venir une ambulance, mais je n'allais pas attendre les secours en regardant sa maison brûler et lui avec ! Il était terrorisé. Il avait surtout peur de laisser l'urne de Queenie. Alors je lui ai promis que j'irais la chercher, pour qu'il accepte de sortir de la maison. J'ai mis l'urne dans ton bureau. J'espère que cela ne te dérange pas.

— Bien sûr que cela ne me dérange pas. Comment va-t-il ?

— Il souffre de difficultés respiratoires, peut-être à cause de la fumée. Il n'y en avait pas énormément, mais il a peut-être été choqué, aussi. Je ne sais pas ce qui, de la fumée ou de la panique, l'empêchait de respirer correctement.

— C'était quel genre de fumée ?

— C'est l'huile qui a pris feu. Ça sentait mauvais, mais le feu ne s'est pas propagé. Les pompiers l'ont éteint assez rapidement.

— Tant mieux. Mais tu ne savais pas tout cela quand tu es entrée dans la maison. Il faut que tu te fasses examiner.

— Je vais bien et je ne suis pas idiote, Ryan. Je n'ai pas inhalé de fumée. Il faut plutôt aller voir Reg. Je lui ai promis que tu t'occuperais de lui et qu'il serait entre de bonnes mains.

— Il souffre de fibrillation auriculaire ?

— Je ne sais pas. On lui a fait un triple pontage, l'an dernier. Il a été très secoué par la mort de sa femme. Il a l'air solide mais, si jamais il lui arrivait quelque chose, il veut être enterré avec Queenie. Mais je préférerais qu'on n'en arrive pas là.

— Moi aussi. Ils ont des enfants ? Quelqu'un à contacter ?

— Je ne sais pas. Il ne m'a jamais parlé d'enfants, mais il ne m'a pas non plus raconté toute sa vie en un après-midi.

Elle sourit. Il essuya la suie sur sa joue et l'embrassa.

— Viens. Allons le voir.

Il était près de 23 heures quand elle rentra chez elle. Elle avait laissé Reg dans son lit d'hôpital, sous monitoring, et Ryan, heureux qu'elle ne se soit pas intoxiquée avec la fumée.

Il n'avait pas pu s'empêcher de lui faire un autre sermon sur son imprudence, mais elle l'avait laissé parler, persuadée qu'il aurait agi exactement de la même manière à sa place.

Le camion de pompier était parti mais, à sa grande surprise, une voiture d'intervention était toujours garée devant chez Reg. C'était peut-être plus grave qu'il n'y paraissait. En tout cas, la maison était toujours debout, Reg était sain et sauf et Queenie était, elle aussi, à l'abri. Elle se félicita de ne pas être allée s'allonger et d'avoir pris les avertissements de Belle au sérieux.

Elle avança jusqu'à la porte, qui était grande ouverte. Elle frappa et reconnut le pompier qui avait porté Reg.

— Comment va-t-il ?

— Bien. On l'a gardé en observation pour cette nuit. Je venais chercher quelques affaires pour lui, mais cela peut attendre demain. Je suis étonnée de vous trouver encore ici. Tout va bien ?

— Oui. Je finissais de remplir les papiers avant de partir. Il va falloir un bon nettoyage pour venir à bout des traces de fumée dans la cuisine.

— Nous allons nous en occuper. Il voulait rentrer chez lui ce soir, mais je l'en ai dissuadé.

— Une chance que vous ayez été là. C'est vous qui nous avez appelés ?

— Oui. En fait, c'est le chien qui a donné l'alerte. Il s'agitait et aboyait. Je l'ai suivi dans le jardin pour comprendre ce qui le mettait dans cet état et j'ai vu les flammes.

L'homme scruta son visage.

— Vous lui avez sauvé la vie. Sans vous, il ne serait pas sorti et la maison serait partie en fumée. Et vous avez bien fait de ne pas chercher à éteindre le feu. C'est le meilleur moyen de se retrouver brûlé au troisième degré. Encore que vous auriez pu aussi vous brûler en vous approchant pour couper le gaz.

— Je sais, je suis infirmière aux urgences. J'ai déjà vu ce qui peut arriver quand une friteuse pleine d'huile prend feu et que les gens cherchent à l'éteindre. Le pire, c'est de jeter de l'eau. Je n'arrête pas de répéter à tout le monde qu'il faut appeler les pompiers et quitter les lieux. C'est ce que j'ai fait, en étant très prudente pendant tout le temps.

— Bien. Je vais y aller. Je peux vous remettre les clés ?

— Bien sûr. Merci pour tout ce que vous avez fait.

— C'est mon travail. Vous le savez aussi bien que moi.

Ils sortirent. Le pompier ferma la porte, et lui tendit les clés. Elle regarda la voiture s'éloigner puis traversa la haie.

Belle l'accueillit avec enthousiasme.

— Merci, Belle. Grace à toi, tout va bien, dit-elle en la caressant. Viens, je vais te donner à manger et puis j'irai prendre une douche pour me débarrasser de cette odeur.

Elle était à peine sortie de la douche qu'elle entendit une voiture arriver. Elle s'enveloppa dans un grand drap de bain et passa la tête par la porte entrebâillée.

— Comment vas-tu ? demanda-t-il en la rejoignant.

Elle n'était pas très sûre de la réponse à donner à cette

question. Elle sentit les larmes lui monter aux yeux et avança vers lui avec le besoin soudain qu'il la prenne dans ses bras.

— Il ne voulait pas partir sans Queenie, dit-elle. Il préférait mourir plutôt que de partir sans elle. Tu te rends compte, si je n'avais pas été là…

— Tu as été là, dit-il en lui caressant les cheveux. Moi aussi, je n'ai pas arrêté de penser à ce qui se serait passé si les choses avaient mal tourné. Tu aurais pu être grièvement blessée. Mourir, même.

— Il ne m'est rien arrivé.

— Tu as eu une chance inouïe, Beth. Ne refais jamais une chose pareille, d'accord ?

— Tu aurais fait exactement la même chose, et tu le sais. Tu as sans doute fait pire.

— Ce n'est pas une raison. Tes cheveux sentaient le roussi. J'aurais pu te perdre…

Il prit son visage entre ses mains et se mit à l'embrasser désespérément. Elle sentit ses jambes et son cœur vaciller.

Le drap de bain se détacha et Ryan la regarda.

— J'ai envie de toi, Beth. Envie et besoin. Je n'ose pas imaginer ce qui…

— Moi aussi, j'ai besoin de toi, Ryan. Je n'en avais pas conscience jusqu'à ce que…

Il recommença à l'embrasser avec fougue. Puis il s'écarta d'elle pour se déshabiller, avant de la serrer de nouveau contre lui avec une urgence fébrile.

— Attends.

Il ouvrit un tiroir et prit un préservatif d'une main tremblante.

— Laisse-moi faire.

— Non, je ne vais pas pouvoir résister.

Il enfila le préservatif et la plaqua contre le mur carrelé de la salle de bains. Elle sentit son sexe dressé entrer en elle. Chaque mouvement, chaque caresse, chaque battement de cœur la rapprochait dangereusement de l'orgasme, jusqu'au moment où elle sentit une secousse plus forte que les autres. Elle s'accrocha à lui en criant. Le corps de Ryan se raidit puis il se laissa aller contre elle, le souffle court.

Quand il eut recouvré son souffle, il leva la tête et la regarda dans les yeux.

— Je suis désolé…

— Ne sois pas désolé. Je crois que nous avions tous les deux besoin de ça.

Il se mit à rire et la fit redescendre doucement jusqu'à ce que ses pieds touchent le sol. Puis il s'écarta d'elle et se retourna pour retirer le préservatif.

— Oh ! Ryan…

Il se figea quand elle posa la main sur son dos.

— Qu'est-ce qui s'est passé ?

Il se retourna et lui sourit, si tant est qu'on puisse appeler cela un sourire.

— Je n'aurais jamais dû me trouver là, mais je voulais retourner à l'hôpital où une bombe avait éclaté et où tous mes amis essayaient tant bien que mal de sauver ce qui pouvait l'être. Je voulais les faire sortir de là, leur dire que c'était dangereux, quand une autre bombe a éclaté.

Il marqua une pause.

— J'ai été touché par un éclat d'obus. Je suis le seul à avoir survécu – de justesse.

— Ce sont les amis dont tu m'as parlé l'autre jour ? Ceux pour qui tu as décidé de rester afin de poursuivre le travail qu'ils avaient commencé ?

Il hocha la tête.

Elle scruta son corps, en quête de marques, et vit les autres cicatrices disséminées sur son dos et ses jambes. Certaines étaient à peine visibles, d'autres plus grosses, comme si on les avait élargies.

— Ils ont réussi à retirer tous les éclats ?

Il se retourna.

— Presque tous. Disons qu'il ne faudrait pas que je passe une IRM.

Elle grimaça.

— Au moins on repérerait ceux qui restent.

— Tu as un sens de l'humour terrible ! dit-il en la serrant contre lui avant de l'embrasser tendrement, sa main caressant ses cheveux humides et emmêlés. Je vais faire taire Belle et je reviens.

Il l'embrassa de nouveau et la libéra.

Beth rentra dans la douche et refit couler le jet d'eau chaude sur sa tête. C'était le moment d'utiliser l'après-shampoing qu'elle avait laissé là le jour où elle était venue laver Belle.

Elle se rinça et était sur le point de refermer le robinet lorsqu'elle sentit les mains de Ryan sur ses hanches.

— Je suis désolé pour tout à l'heure. J'ai été un peu brutal. Mais il fallait que je te sente près de moi, pour pouvoir entendre ton cœur qui bat et être sûr que tu étais vivante.

— Tu ne crois pas que tu es un peu mélodramatique ?

— Si tu avais vu ce que j'ai vu…

— Raconte-moi.

— Non. Il y a des choses qu'il vaut mieux ne pas savoir.

Il posa sa tête contre la sienne.

— Je n'arrive toujours pas à croire que tu étais dans la maison de Reg…

Elle enlaça son corps tendu.

— Je me rends compte maintenant, avec le recul, que j'ai pris des risques, mais tout va bien, Ryan. Et, si c'était à refaire, je pense que je referais la même chose, dans le feu de l'action.

— Rétrospectivement, cela me rend malade.

— Mais tout va bien, Ryan. Je vais bien et Reg s'en est sorti, lui aussi. Comment va-t-il ?

— Il est toujours sous surveillance. Il se peut qu'il souffre d'une fibrillation auriculaire. Comment as-tu su qu'il avait eu un triple pontage ?

— J'ai vu la cicatrice, quand ils lui ont fait l'électrocardiogramme et je lui ai posé la question. Cela date de l'année dernière, juste après la mort de Queenie. Il ne voulait pas le faire avant.

— Je suis content que tu lui aies sauvé la vie, malgré tout.

Elle prit son visage dans ses mains.

— Tu as l'air exténué. Tu devrais aller te coucher.

— Viens avec moi. J'ai encore besoin de te sentir près de moi.

— Il va falloir demander la permission à Belle.

— Elle ira dormir ailleurs.

— J'en doute, mais l'espoir fait vivre. Je me sèche les cheveux et je te rejoins.

Quand elle arriva dans la chambre, il était allongé au milieu du lit. Belle était couchée d'un côté. Elle se coucha de l'autre.

— Ça va ?

Elle hocha la tête et bâilla.

— Moi aussi, je suis éreintée. Il est tard, non ?

— Presque 1 heure. Dors, mon amour. Bonne nuit.

Elle l'embrassa tendrement puis se blottit contre lui, réconfortée par la chaleur de son corps et par la régularité des battements de son cœur. Elle s'endormit dans ses bras.

Ryan ne parvint pas à s'endormir, obsédé par l'idée qu'il aurait pu perdre Beth dans l'incendie. La sauteuse aurait pu exploser, ou la cuisinière…

Il lui avait fallu du courage pour entrer dans la maison. Beaucoup de courage et d'humanité – mais elle en avait à revendre. Elle avait même sauvé l'urne de Queenie pour apaiser Reg.

Comme il aimait cette femme ! Plus le temps passait, plus il espérait obtenir le poste à l'hôpital. Il pourrait s'installer pour de bon et repartir à zéro avec Beth et, qui sait, vivre avec elle ?

Mais cela ne dépendait pas que de lui. Il y avait un autre candidat, qui devait encore passer l'entretien le lendemain. Des envies de sabotage lui traversèrent l'esprit. Pourvu qu'il ne le croise pas !

Beth gémit dans son sommeil et Belle se leva, passa par-dessus lui pour aller se coucher près d'elle. Il se décala pour leur laisser plus de place. Elle se rapprocha et se blottit contre lui.

Comme c'était bon de la serrer dans ses bras !

Il finit par s'endormir, un sourire apaisé sur les lèvres.

Beth sentit les lèvres de Ryan sur les siennes et ouvrit les yeux.

— Bonjour, dit-elle en souriant.

— Bonjour. Il faut que j'y aille mais je voulais d'abord…

Il l'embrassa de nouveau, avec tendresse.

— Tu es vraiment obligé d'y aller ?

— Je crains que oui, surtout si je veux ce poste. C'est aujourd'hui que l'autre candidat passe l'entretien. Ce n'est pas le jour à avoir l'air tire-au-flanc.

Elle sourit.

— Tu as raison. Alors vas-y. On se voit tout à l'heure. Je commence à midi et je finis à 21 heures, cette fois. Il faut que j'apporte des affaires à Reg à l'hôpital. J'irai ce matin. Tu auras le temps de boire un café ?

— Je ne sais pas. Appelle-moi quand tu seras là.

— D'accord. À tout à l'heure !

Elle s'accorda quelques minutes de plus, puis entendit Belle pousser sa gamelle sur le sol de la cuisine. Alors elle poussa le drap et se leva.

Dans la salle de bains, elle scruta son visage dans le miroir. Elle était ébouriffée, avait de gros cernes sous les yeux, mais elle souriait et prit conscience que, pour la première fois depuis longtemps, elle était heureuse. Pas seulement contente, mais sincèrement et véritablement heureuse.

Elle se prépara en chantonnant, se réjouissant d'avoir apporté des vêtements de rechange parce que ceux de la veille étaient immettables tant ils sentaient la fumée. Après avoir fait un petit tour avec Belle, elle se rendit chez Reg.

L'odeur de suie flottait encore dans l'air. Il faudrait du temps pour qu'elle se dissipe. Elle trouva des produits de toilette dans la salle de bains et alla chercher des vêtements. La première armoire qu'elle ouvrit était emplie de vêtements féminins, telle une boîte à souvenirs géante.

Elle caressa la manche d'un joli chemisier et sentit ses yeux s'emplir de larmes. Pauvre Reg…

Elle trouva ce qu'elle cherchait dans une autre armoire, sortit un pantalon, une chemise, un caleçon et un pyjama, et prit la direction de l'hôpital.

Lorsqu'elle arriva, Reg était assis sur une chaise. Elle se posa sur le bord du lit.

— Vous êtes matinal, dit-elle.

— Je ne tenais pas en place dans mon lit. Je pense à ma maison. Je m'inquiète.

— Ne vous inquiétez pas, Reg. Tout va bien dans la maison. La cuisine sent la fumée, mais il n'y a pas eu de dégâts. Les pompiers ont pu éteindre le feu avant qu'il ne se propage.

— Elle n'a pas brûlé, alors.

— Non, tout va bien. Et vous, comment allez-vous ?

— Ça va. Je ne sais pas ce que je fais ici, en fait. J'ai envie de rentrer chez moi.

Elle prit sa main dans les siennes.

— Je ne pense pas qu'on vous garde ici éternellement. Il faut juste vérifier que votre cœur fonctionne bien.

— Oh ! il a toujours fait des siennes. En fait, j'aime être dehors. Je vis avec les fenêtres ouvertes, même l'hiver. Je pense que c'est pour ça que vous avez senti le feu.

— C'est Belle qui m'a prévenue, en réalité. Elle sentait que quelque chose n'était pas normal.

— C'est elle ? Quelle brave chienne. J'étais tellement content de vous voir, hier soir. J'ai eu peur de mourir…

Il lui tapota la main.

— Mais vous êtes vivant. Et vous auriez pu vous en sortir sans moi.

— Je ne voulais pàs partir sans Queenie.

Elle sentit sa gorge se serrer.

— Queenie est à l'abri, dans le bureau de Ryan. Elle vous attend. Vous avez des proches, de la famille qu'on peut appeler ?

Il secoua la tête.

— Non. Nous n'avons pas eu d'enfants et tous les membres de ma famille sont morts. C'est ce qui arrive quand on vieillit…

Elle hocha la tête et jeta un coup d'œil à sa montre.

— Il faut que je parte. Je vais retourner sortir Belle avant d'aller travailler. Je vous ai apporté des vêtements. Si ce ne sont pas les bons, je peux passer en chercher d'autres. Et voici des affaires de toilette, aussi. Je repasserai vous voir cet après-midi.

Elle embrassa sa joue grisonnante et se leva. Il lâcha sa main à contrecœur.

— Comment va Reg ? demanda Ryan quand elle le croisa à la sortie du service des urgences.

— Il respire mieux. Il va peut-être pouvoir sortir cet après-midi. Mais il n'a personne chez qui aller.

— Nous allons trouver une solution. Tu as le temps de boire un café ?

— Oui, et toi ?

— Pas vraiment, mais l'autre candidat est en train de visiter l'hôpital. Pour être honnête, j'aimerais autant ne pas le croiser.

— Tu n'as pas envie de lui montrer qui est le plus fort ?

Il pouffa de rire.

— Cela m'a traversé l'esprit, mais je préfère aller boire un café avec toi…

— Urgence adulte dans cinq minutes. Urgence pédiatrique dans cinq minutes.

Il jeta un regard noir au haut-parleur, qui la fit éclater de rire.

— Je vous laisse, docteur McKenna. Amusez-vous bien !

8.

L'activité des jours suivants fut intense. Reg rentra chez lui le lundi soir, un peu ébranlé mais en forme.

Quand Ryan lui précisa qu'il n'avait pas besoin de venir s'occuper de Belle car il s'arrangerait pour la sortir lui-même, le vieil homme ne put cacher sa déception.

Ryan eut un pincement au cœur et se ravisa. Ils passèrent un marché : en échange de son aide pour Belle, Ryan nettoya et repeignit la cuisine du vieil homme. Puis il lui fit un cours sur la sécurité et lui offrit une friteuse électrique qui fonctionnait avec une seule cuillère à soupe d'huile.

Belle passait beaucoup de temps avec le vieil homme, ce qui semblait les rendre heureux tous les deux. Ryan et Beth la sortaient matin et soir, avant et après le travail. Comme elle passait la plupart de ses nuits dans son lit, elle finit par apporter quelques affaires chez lui. D'abord une brosse à dents et quelques sous-vêtements, puis des vêtements.

Elle ne restait pas toutes les nuits mais celles qu'elle passait dans ses bras étaient inoubliables. Elle avait oublié à quel point leurs corps s'ajustaient l'un à l'autre, avec quelle intensité chacun de ses baisers, chacune de ses caresses la faisaient réagir. Leur intimité avait acquis une dimension qu'elle n'avait pas perçue auparavant, une tendresse infinie qui l'emplissait de bonheur. Elle se sentait désirée, aimée.

L'aimait-il ? Elle en avait l'impression, même s'il ne le lui avait encore jamais dit expressément.

Il attendait peut-être d'en être certain lui-même. Lui aussi avait été ébranlé par la mort de Grace et ce qu'il avait vécu ensuite n'avait pas dû arranger les choses. Il n'en parlait pas beaucoup, mais elle avait bon espoir qu'un jour il trouve les mots.

À la fin de la semaine, les urgences accueillirent une femme et son enfant, tous deux victimes d'un accident de voiture. Les pompiers avaient réussi à les dégager du véhicule. L'enfant avait des difficultés à respirer. La mère semblait indemne mais refusait catégoriquement d'être séparée de lui.

— Je vais l'examiner, dit Ryan en prenant son stéthoscope. Il nous faut une radio des poumons, une échographie. Mettez-le sous oxygène, à 100 %.

Il se tourna vers la mère.

— Vous pouvez me dire ce qui s'est passé ?

La mère ouvrit la bouche pour répondre mais hésita.

— J'ai fait une embardée à cause d'un chien. Je crois que je l'ai heurté et puis la voiture a fait des tonneaux. Je ne roulais même pas vite.

Elle jeta un regard désespéré sur son fils.

— Ne me demandez pas de sortir. Je ne peux pas le laisser…

— Vous pouvez rester, dit Beth en passant son bras sur ses épaules. Il est entre de bonnes mains. Venez vous asseoir ici, pour donner des détails à Emma. Nous allons bien nous occuper de lui.

— Ne le laissez pas mourir…

— Je n'en ai pas l'intention, dit Ryan, le visage étonnamment inexpressif. Beth, j'ai besoin de toi. Je crois que nous sommes en présence d'une tamponnade cardiaque.

Il fixait le moniteur tout en auscultant le petit garçon.

— Tu es sûr ? demanda-t-elle à voix basse.

La tension de l'enfant était peu élevée mais pas dangereusement basse et son rythme cardiaque était tachycardique.

— Non, mais je veux une échographie. Où est le radiologue ?

— Je suis là, dit Sue en entrant.

Quelques minutes plus tard, la radiographie des poumons confirma les résultats de l'échographie.

— La silhouette cardiaque a augmenté. Il faut procéder à une péricardiocentèse.

Ryan avait à peine fini sa phrase que le moniteur se mit à biper. Leurs regards se croisèrent.

— Appelez la cardio, s'il vous plaît. Beth, va expliquer à sa mère qu'on va lui faire une péricardiocentèse et reviens me donner un coup de main. Je le fais préparer.

Comment expliquer à une mère inquiète qu'on allait introduire une énorme aiguille dans le torse de son enfant pour aspirer le sang répandu autour de son cœur avant que cela ne le tue ?

Elle alla s'asseoir à côté d'elle et prit sa main.

— Madame Gray…

— Vous pouvez m'appeler Louise. Que se passe-t-il ? demanda la mère.

— Le docteur va retirer le fluide qui se trouve autour de son cœur et qui fait pression sur le muscle cardiaque.

— Quel genre de fluide ?

— Du sang, essentiellement. La collision a peut-être provoqué une hémorragie interne.

— Mais il n'y a pas vraiment eu de collision, dit la mère. Je ne comprends pas. Et il était attaché. À moins que ce soit la ceinture de sécurité qui l'ait blessé ?

— Il a un hématome ancien sur la poitrine, dit Ryan. Est-ce qu'il a fait une chute, récemment ?

— Heu, oui. En tombant dans les escaliers, il y a quelques jours, il a atterri sur un jouet. Il faisait le clown, comme d'habitude. Vous savez ce que c'est, les garçons… Sur le coup, il avait l'air bien. Mais aujourd'hui, c'est vrai qu'il était fatigué. Il n'avait envie de rien. J'avais prévu de l'emmener chez le médecin, si son état ne s'améliorait pas. J'aurais dû y aller aujourd'hui…

— Ne vous inquiétez pas. Le médecin s'occupe de lui. J'y retourne, mais Emma est là, si vous avez besoin de quoi que ce soit.

Elle hocha la tête, le visage défait. Beth s'approcha de la table. Ryan avait enfilé blouse et gants.

— J'ai besoin de toi. Ils ne peuvent pas le prendre en cardio, dit-il à voix basse.

Elle hocha la tête.

— Il me faut une aiguille spinale, calibre 21, sans trocart, une seringue de 5 ml et une de 30 ml, un robinet trois voies et un connecteur en T.

— D'accord.

Ryan positionna l'aiguille sous le sternum du petit garçon et l'enfonça, guidé par les images que renvoyait la sonde de l'échographe qu'elle tenait. Puis la seringue commença à se remplir de sang.

— OK. Ouvre le robinet.

Le rythme cardiaque et le rythme respiratoire du patient se mirent à ralentir. Sa tension remonta et sa respiration se stabilisa.

— Bien joué, dit-elle dans un murmure.

Il leva la tête. Ses yeux avaient recouvré leur éclat habituel.

— Celui-là, je ne voulais pas le perdre, répondit-il.

Celui-là ?

Elle se redressa et sourit à Louise qui réprima un sanglot, la main sur la bouche. De son autre main, elle se caressait le ventre.

— Si tu n'as plus besoin de moi, je vais retourner la voir, dit-elle à voix basse en désignant Louise d'un signe de tête discret.

Ryan jeta un coup d'œil par-dessus son épaule.

— Vas-y. On va emmener le petit aux soins intensifs.

Elle hocha la tête et alla se rasseoir près de la mère.

— Louise, je pense que nous ferions bien de vous examiner aussi.

Elle posa instinctivement les mains sur son ventre.

— Je suis enceinte, dit-elle. Je ne veux pas qu'il lui soit arrivé quelque chose.

— Venez vous allonger là. Nous allons faire une échographie. De combien de semaines êtes-vous enceinte ?

— De seize ou dix-sept, je ne sais plus.

Son cœur se serra. C'était la période à laquelle elle avait

découvert qu'elle était enceinte de Grace. Et où elle avait changé de taille de vêtements, juste après le départ de Ryan…

— Est-ce que je peux prendre l'échographe, Emma ?

Emma lui tendit l'appareil et le gel. Louise déboutonna son pantalon. Ses hanches portaient la marque de la ceinture de sécurité. Pourvu que le bébé n'ait pas été touché !

Le son de battements de cœur réguliers emplit la salle. Ryan leva la tête et croisa son regard, l'air médusé.

— Le bébé va bien, dit-elle à Louise, la gorge serrée.

Ryan soupira et se remit à s'occuper de son propre patient.

— Ça va, Beth ?

Elle aurait préféré ne pas avoir à répondre.

— Oui. Le bébé de Louise va bien, son frère, Tim, est dans le service des soins intensifs pédiatriques, leur mère est en observation dans le service de diagnostic prénatal, et leur père se coupe en deux pour pouvoir les voir tous les deux. Je suis contente de ce dénouement. Et toi ? demanda-t-elle, en cherchant son regard.

— C'était une journée comme une autre, dit-il en se tournant vers le plan de travail pour se faire un café.

— Je ne crois pas, dit-elle. Ce petit garçon, Tim… Tu as dit que celui-là, tu ne voulais pas le perdre. Pourquoi « celui-là » ?

Il haussa négligemment une épaule, mais elle ne céda pas.

— Parle-moi, Ryan. Raconte-moi ce qui s'est passé.

Il posa la tasse qu'il venait de sortir du placard, poussa un profond soupir et croisa les bras.

— Il s'appelait Raoul. Il avait six ans. Il traînait vers le centre médical en quête de nourriture. Un jour, lors d'une explosion, un bloc de ciment lui est tombé dessus et l'a blessé à la poitrine. Il est arrivé trop tard. Il y avait trop de sang sous le péricarde. Son cœur n'a pas pu résister. Je n'ai pas réussi à le relancer. Il a fallu que j'aille annoncer cela à sa mère. Elle s'est mise à hurler. Jamais je n'oublierai ce cri. C'était déchirant…

Il fit un effort pour retenir ses larmes.

— Je suis désolée, dit-elle en le prenant dans ses bras.

Il posa la tête contre la sienne. Ils demeurèrent enlacés, immobiles, pendant un moment.

— J'ai vu trop d'enfants souffrir, finit-il par dire. Des bébés, des tout-petits qui subissent les conséquences des actions des adultes. Mais aussi des jeunes qui rejoignent les rangs des milices et se font tuer. Des gosses qui meurent de maladies qui, chez nous, sont bénignes. Il y a aussi la malaria, la bilharziose, ou Ebola qui déciment des familles entières. C'est désespérant.

— C'est ce qui t'a fait rentrer en Angleterre ?

Il hocha lentement la tête.

— Je suis parti avant de craquer complètement. Je n'en étais pas loin. Je voulais revenir, avoir un travail qui ne consiste pas à essayer d'endiguer la violence des gangs et la culture de la drogue qui se propagent comme une épidémie. Je voulais reprendre une vie normale, Beth, me sentir en sécurité. Ai-je eu tort ?

— Non, Ryan. Tu as bien fait. Tu es toujours un bon médecin et on a besoin de toi, ici aussi. Sans toi, le petit Tim n'aurait peut-être pas survécu, aujourd'hui. Ton diagnostic s'est avéré juste, même s'il n'était pas évident à poser au départ.

— C'est à Raoul qu'il faut rendre grâce, pour qu'il ne soit pas mort pour rien.

Il s'écarta d'elle et poussa un long soupir avant de la dévisager.

— Tu es sûre que tout va bien ?

— Oui, ça va. J'ai faim. Tu veux manger quelque chose ?

— Bonne idée. Je vais d'abord sortir Belle. Je crois que, ce soir, je ne vais pas me coucher tard.

Elle lui sourit et s'approcha de lui pour l'embrasser.

— Ce programme me convient parfaitement, dit-elle doucement.

*
* *

Le lundi suivant, elle était en train de marcher le long du fleuve avec Belle quand son téléphone sonna.

— Beth ? Où es-tu ? dit Ryan.

— Le long du fleuve, avec Belle. Pourquoi ?

— Je rentre et je vous rejoins.

— D'accord. On t'attend au pub. Tu peux venir en voiture ? Belle a l'air fatiguée.

— D'accord. À tout de suite.

Il raccrocha sans plus de cérémonie. Elle regarda le téléphone, perplexe. Ce genre d'appel expéditif ne lui ressemblait pas.

— Ça va, Belle ? Viens, on va l'attendre là-bas.

La chienne remua la queue mais se déplaça avec moins d'allant que d'habitude. Ils ne savaient pas vraiment quand elle devait mettre bas. Cela n'allait probablement pas tarder.

Une fois au pub, elle trouva une table en terrasse. Belle se coucha dans un soupir las à ses pieds. Elle scruta la route, impatiente de savoir ce que Ryan tramait.

Pourvu que l'autre candidat n'ait pas eu le poste ! Tout sauf ça. Voilà une semaine qu'il avait passé l'entretien, deux semaines que Ryan avait passé le sien. Ils s'étaient efforcés de ne pas trop y penser, mais pourquoi les membres du conseil d'administration mettaient-ils autant de temps pour délibérer ?

La voiture de Ryan entra sur le parking. Il se gara et avança vers le pub, le visage tendu.

Elle se leva pour aller à sa rencontre.

— Je dois repasser un entretien jeudi, dit-il sèchement. L'autre candidat aussi.

— Pourquoi ?

— Ils n'ont pas réussi à se mettre d'accord, je crois. Les avis étaient partagés. James ne m'a pas révélé grand-chose, mais il semble être de mon côté. J'espérais en finir et, au lieu de cela, c'est reparti pour un tour !

Elle le prit dans ses bras et ils demeurèrent un moment enlacés.

— Je déteste les entretiens, bougonna-t-il. Le premier était pénible. Qui sait ce qu'ils vont encore nous demander…

Je ferai de mon mieux, comme d'habitude. Et, au pire, je trouverai un autre travail. Seulement, ce sera ailleurs…

Il secoua la tête.

— Bref. N'en parlons plus. Tu as envie qu'on mange ici ?

— Pas vraiment, répondit-elle, désolée qu'il ait à attendre encore une réponse qui tardait à venir et qui, de toute évidence, lui importait plus qu'elle ne l'avait imaginé. Belle est fatiguée. On peut rentrer à la maison.

À la maison…

Pourvu que le prochain entretien se passe bien !

Lui qui pensait que le premier entretien avait été pénible ! Le second fut éreintant. Le jury ne cessa de lui poser des questions déstabilisantes pour tester son endurance et ses facultés d'adaptation.

Il avait vécu pendant deux ans sur le fil du rasoir et réussi, malgré tout, à garder son sang-froid. Il n'eut pas de mal à rester calme pendant l'entretien, veillant à ne pas adresser ses réponses uniquement à la personne qui posait la question mais à l'ensemble du jury. Lorsqu'il sortit, il retourna travailler, résigné à devoir attendre la nouvelle délibération une semaine de plus.

Mais, le lendemain après-midi, James vint le voir et mit fin au suspense.

Beth entendit le bruit du moteur et se précipita dehors. Il était tôt. Or, Ryan ne rentrait jamais tôt. Que se passait-il ?

— Je l'ai eu ! dit-il, les yeux brillants. J'ai eu le poste. Ils me l'ont donné ! À moi !

— Oh ! Ryan ! s'exclama-t-elle en se jetant dans ses bras.

Il la souleva et la fit tourner en riant, puis la reposa et l'embrassa comme un fou.

Elle le sentit sourire, s'écarta pour le regarder et ne vit, dans son regard, que de la joie et du soulagement.

— Comment l'as-tu appris ?

— C'est James qui me l'a dit. Le jury était toujours divisé, mais de façon moins tranchée. Apparemment, je m'en suis bien sorti à l'entretien d'hier. J'ai été beaucoup plus convaincant. Je n'en reviens pas ! Ça a pris tellement de temps que je commençais à me faire à l'idée qu'ils allaient choisir l'autre.

— Quelle idée ! James avait senti que l'autre était plus vieux et qu'il cherchait une sorte de planque avant la retraite.

— Oui, mais d'autres étaient persuadés qu'il était plus expérimenté que moi et probablement rassurés par sa carrière plus… disons… conventionnelle.

— Qu'est-ce qui a fait pencher le plateau de la balance de ton côté, en fin de compte ?

Il réfléchit.

— Ma prestation d'hier, je crois. Et sans doute le fait que le conseil d'administration a une voix prépondérante.

Il se mit à rire.

— C'est vrai que, du point de vue du conseil, je suis moins cher et déjà sur place : ils n'ont pas à attendre que je donne un préavis de six mois ailleurs. Cela a dû jouer en ma faveur. Et James est resté inflexible, d'après ce qu'il m'a dit. Il a dû comprendre qu'il y avait quelque chose entre nous et je crois qu'il n'avait pas envie de te perdre aussi.

Elle le regarda, intriguée.

— Tu lui as parlé de nous ?

— J'ai peut-être fait une petite allusion…, dit-il, l'air faussement contrit.

— Tu exagères !

— Oui, mais c'est pour ça que tu m'aimes.

Le silence tomba dans la pièce, comme s'ils retenaient leur souffle. Puis il sourit.

— C'est vrai, c'est pour ça que je t'aime, dit-elle doucement avant de tendre les lèvres vers lui pour l'embrasser.

— Je n'en pouvais plus d'attendre, dit-il ensuite, de ne pas savoir ce qui allait se passer.

— Et maintenant, que va-t-il se passer ? Tu t'installes ici pour de bon ? demanda-t-elle, le cœur battant.

— Je ne sais pas, cela dépend aussi de toi. Si tu veux que je reste…

— Bien sûr que je veux que tu restes ! s'exclama-t-elle.

— Dans ce cas, j'appelle James.

— Tu ne lui as pas donné ta réponse ? dit-elle, surprise.

— Non. J'attendais d'en avoir parlé avec toi.

Il prit une grande inspiration et la regarda, une expression soudain plus sérieuse.

— Tu sais, je sais que je m'y suis mal pris, avec Katie. Certes, je lui ai dit que j'allais signer un contrat avec MPT. Je lui ai expliqué pourquoi cela me tenait à cœur, que je partais pour plusieurs mois, voire des années, que je ne voulais pas d'enfants, et j'ai cru qu'elle comprenait. Mais jamais je ne lui ai demandé ce qu'*elle* voulait. Je suis parti du principe que cela lui convenait. Ce qui n'était pas du tout le cas, si bien qu'elle a essayé de me retenir comme elle le pouvait. En l'occurrence, en tombant enceinte. Ce n'était pas honnête de sa part, mais, moi non plus, je n'ai pas été exemplaire. Et nous avons souffert tous les deux. Je ne veux pas commettre la même erreur avec toi.

Beth hocha la tête.

— Mais je ne suis pas Katie et, toi, tu n'es plus l'homme que tu étais à l'époque. Si tu acceptes le poste, fais-le pour toi, pas pour moi. Si c'est ce que tu souhaites vraiment, prends-le ; si tu n'es pas sûr, ne le prends pas. Je ne veux pas que tu regrettes et que tu partes dans quelques mois ou quelques années en m'en voulant de t'avoir fait faire une chose dont tu ne voulais pas.

— Merci Beth, dit-il en s'approchant d'elle pour l'embrasser. Mais je veux vraiment ce poste.

— Dans ce cas, appelle vite James ! Pendant ce temps, je vais préparer le dîner. Et, au fait, tu as retrouvé ton smoking pour demain ?

— Oui, il est prêt. Je vais appeler James.

Il l'embrassa et sortit son portable.

Une fois dans la cuisine, elle s'appuya contre le plan de travail et regarda le fleuve par la fenêtre.

Voilà, Ryan avait obtenu le poste qu'il convoitait. Il restait à Yoxburgh. Il allait s'installer, peut-être acheter la maison. Ils vivraient là, heureux, face aux marais et au fleuve.

Auraient-ils des enfants ensemble ?

Il était trop tôt pour y penser. Elle n'était pas prête et d'ailleurs elle reprenait la pilule. Ce n'était pas une garantie absolue – la preuve, cela ne l'avait pas empêchée de tomber enceinte une fois. Mais, à l'époque, elle lui arrivait de la prendre en retard, notamment la semaine où ils avaient travaillé comme des fous, juste avant leur week-end à l'hôtel. Cette fois, elle faisait vraiment attention à la prendre régulièrement. Et ils utilisaient aussi des préservatifs.

Mais un jour, peut-être ?

Peut-être ou peut-être pas. Elle ne savait pas quand elle serait prête, ni même si elle serait prête un jour. Cela faisait deux ans que Grace était morte. C'était à la fois loin et récent.

Aurait-elle le courage de retenter l'aventure un jour ?

— Voilà, dit Ryan en rentrant dans la cuisine. Nous verrons James demain, au mariage de Livvy et de Matt. Mon smoking est prêt. Et toi, qu'est-ce que tu vas mettre ?

— Je ne sais pas encore. Je m'en occuperai demain, dit-elle dans un soupir.

— Mais tu travailles jusqu'à 17 heures, demain. Tu as changé ton planning pour ne pas travailler dimanche, tu te rappelles ?

Elle le regarda, la main plaquée sur la bouche.

— J'avais oublié ! Dans ce cas, je vais peut-être rentrer chez moi pour m'en occuper ce soir, si cela ne te dérange pas.

— Bien sûr que non, Beth. Tu peux encore aller et venir à ta guise. Tu es libre.

Elle éprouva un pincement au cœur et eut le sentiment qu'il lui importait peu qu'elle reste ou qu'elle rentre dormir chez elle.

— Qu'est-ce qu'il y a ? demanda-t-il. J'ai dit une bêtise ?

— Non. C'est juste que tu as dit ça d'une drôle de manière. « Tu es libre. »

Il rit doucement et l'attira contre lui.

— Encore heureux que tu sois libre ! Cela ne signifie pas que je n'en ai rien à faire de toi mais simplement que tu n'as pas besoin de me demander avant de faire quoi que ce soit. C'est bien de m'informer, juste pour que je ne m'inquiète pas, mais tu es effectivement libre de faire tout ce que tu veux.

Elle se mit à rire, soulagée.

— Dans ce cas, je vais rentrer. J'ai des tas de choses à faire chez moi. Je n'ai pas fait de lessive depuis la semaine dernière. Vraiment, tu es sûr que cela ne te dérange pas que j'aille dormir chez moi ? Tu ne voulais pas qu'on fête ton nouveau travail ?

Il la serra contre lui en riant.

— Nous trouverons des tas d'autres occasions de le fêter. En attendant, il faut que j'écrive une lettre d'acceptation officielle. Je vais profiter de ton absence pour régler ça.

— Je me demande aussi si Belle ne va pas mettre bas. Je l'ai trouvée plusieurs fois en train de tourner dans la chambre d'amis, vers le dressing.

— C'est vrai, moi aussi. Je vais lui préparer une couche, au cas où les chiots arrivent cette nuit. En attendant, est-ce que tu veux que je t'aide à préparer le dîner ?

Elle sourit, l'embrassa sur la joue et lui tendit le couteau à légumes.

Cela faisait plusieurs jours qu'elle n'était pas rentrée chez elle. Quel drôle d'effet cela faisait de se retrouver seule ! Mais elle avait à faire, à commencer par mettre une machine en route et trouver ce qu'elle porterait pour le mariage.

Plus facile à dire qu'à faire. Parmi les différentes options qui s'offraient à elle, il y avait la robe qu'elle avait portée le soir où ils étaient allés à l'hôtel. « Portée » n'était pas le terme exact : elle l'avait enfilée pour descendre dîner mais ils n'avaient pas franchi le seuil de la porte.

Elle la sortit de la penderie et l'examina. Elle était assez élégante, en velours bleu marine décolletée devant et dans le dos, légèrement moulante et fendue jusque sous le genou.

Sobre, discrète, élégante. Quand Ryan l'avait vue avec, il l'avait déshabillée et lui avait fait l'amour lentement, embrassant chaque parcelle de sa peau, l'amenant sans cesse à la limite de l'orgasme jusqu'à ce qu'elle le supplie de la franchir.

S'en souviendrait-il ?

Elle se faufila dans la robe, un peu plus serrée qu'à l'époque, où elle était sous le choc de ce qui s'était passé avec Rick et n'avait pas grand appétit. Cela dit, la robe lui allait bien et, de toute façon, elle n'avait rien de mieux à se mettre.

Elle trouva des boucles d'oreilles et un collier parfaitement assortis, des chaussures à talon suffisamment confortables pour qu'elle puisse danser sans se tordre la cheville, et une étole de la même couleur, au cas où la nuit serait fraîche. Après tout, le mois de mai ne faisait que commencer.

Elle raccrocha la robe sur son cintre et descendit dans le salon. Elle s'approcha de l'étagère et prit le cœur en argent. Deux ans auparavant, leur bébé était encore en vie.

— Ton papa a eu le poste, ma chérie, dit-elle. Il reste ici et nous irons peut-être vivre avec lui, si tout va bien. Je suis désolée que tu ne l'aies jamais connu, mais je pense qu'il t'aime. Et je suis sûre qu'il te plairait. Nous penserons bien à toi, demain, mon amour.

Ryan et elle avaient l'un et l'autre traversé un long tunnel sombre et douloureux, mais peut-être pouvaient-ils espérer voir bientôt la lumière au bout.

Elle embrassa le petit cœur puis le monta dans sa chambre afin de le mettre dans le sac d'affaires qu'elle déposerait chez Ryan le lendemain matin, en partant à l'hôpital. Après son travail, elle reviendrait se changer chez elle, où Ryan passerait la prendre en taxi à 18 h 40.

Le téléphone sonna. C'était Ryan.

— Tout va bien ? Tu sais ce que tu vas mettre demain soir ?

— Oui, j'ai trouvé une robe. Comment va Belle ?

— Elle a l'air d'apprécier la couche que je lui ai faite dans la chambre d'amis. J'ai pris un carton vide dans le garage, je l'ai découpé et j'ai posé une couverture dessus. Elle a l'air bien. J'ai l'impression que cela ne va pas tarder.

— Moi aussi. Et toi, comment vas-tu ? Tu t'es remis de tes émotions ?

Elle l'entendit rire.

— Oui, ça va. Je suis épuisé, après les tensions de la journée. Je pense que je ne vais pas faire long feu. On se voit demain.

— Tiens moi au courant pour Belle.

— Promis. Bonne nuit. C'est bizarre d'imaginer que je vais me coucher sans toi.

— Ce n'est que pour une nuit. Demain, nous serons ensemble.

— Vivement demain, alors.

Il raccrocha avant qu'elle ait pu lui dire « je t'aime ». C'était peut-être mieux ainsi.

9.

Ryan arrivait chez elle, vêtu d'un smoking qui lui allait comme un gant, quand Beth ouvrit la porte. Il s'arrêta net.

— C'est la robe… ?

Elle sentit son corps pétiller comme une coupe de champagne et le regard qu'il posa sur elle ne fit rien pour calmer son excitation.

— Je me demandais si tu t'en souviendrais.

Il sourit et passa l'index dans l'encolure de sa chemise.

— Oui, je la reconnais. Même si tu ne l'as portée que… Combien ? Trente secondes ?

Son visage redevint sérieux.

— Comment vas-tu ? demanda-t-il en la regardant dans les yeux.

— Ça va. Ça a été une drôle de journée.

— Je m'en doute.

Le silence se fit et ils demeurèrent un moment pensifs, l'esprit empli du souvenir de Grace. Puis Ryan se redressa, prit une inspiration et lui tendit la main.

— On y va ?

Une fois à bord du taxi, il se tourna vers elle et changea judicieusement de sujet.

— Qui y aura-t-il, ce soir, que je connais ?

— Oh… À part Matt et Livvy, évidemment, avec qui tu as déjà travaillé ? Il y aura Ed et Annie. Ed était en classe avec Matt. James et Connie, seront là aussi, ainsi que Sam et Kate, Jenny, ma cadre, avec son mari. Il me semble qu'il s'appelle Peter… Ce sont les gens de l'hôpital, mais il y aura aussi leurs familles respectives et leurs amis. Ce devrait être sympa. Matt a deux enfants, une fille et un garçon, dont la mère est morte d'une hémorragie cérébrale quand ils étaient petits. La même année que Grace. Et Livvy a eu un cancer du sein. Eux aussi viennent de passer deux années un peu dures.

— Je ne savais pas. On ne s'imagine pas, en les voyant.

Elle sourit.

— Et nous ? On s'imagine en nous voyant ?

— Tu as raison, dit-il en lui prenant la main. Tu es sûre que ça va ?

— Oui, Ryan. Ça va. Grace n'est pas très loin dans mes pensées – de toute façon, elle ne l'est jamais vraiment. Mais j'ai envie de passer une bonne soirée. Tu penses que c'est possible ?

— Bien sûr que c'est possible, murmura-t-il.

Le taxi s'arrêta devant l'hôtel. Ryan lui demanda s'il pourrait aussi les ramener.

— À quelle heure souhaites-tu rentrer, Beth ?

— Pas trop tard. Vers 22 h 30 ?

— Parfait. Je n'ai pas envie de rentrer tard non plus. Belle était un peu agitée, ce soir.

Il se mit d'accord avec le chauffeur de taxi et le régla. Il donna le bras à Beth et ils entrèrent dans l'hôtel, là où, presque trois ans plus tôt, toute cette histoire avait commencé.

On les conduisit dans une immense salle où Livvy et Matt saluaient leurs hôtes. Ils avaient l'air aussi heureux qu'amoureux.

— Félicitations, Livvy, dit Beth en la serrant dans ses bras. Je suis très heureuse pour vous.

— Merci. Et merci d'être venus. Je suis contente que tu aies amené Ryan.

Elle sourit. Comme presque tout leur entourage, Livvy savait qu'ils avaient déjà travaillé ensemble auparavant et qu'ils avaient maintenant une relation. Rien de plus, mais cela suffisait. Elle-même n'en savait pas davantage sur leur situation.

— Merci, dit-elle avant d'aller embrasser le marié.

Après avoir salué et félicité le couple, Ryan la prit par la taille et balaya la salle du regard.

— Matt a dit que le bar était là-bas, dit-il.

— Allons-y ! On trouvera peut-être une coupe de champagne pour fêter aussi ton nouveau poste.

Un orchestre jouait une musique douce qui couvrait à peine le brouhaha provenant de la foule bigarrée des invités. Ryan n'avait d'yeux que pour Beth. Elle portait une robe à tomber à la renverse, et s'était maquillée et parée de bijoux. Pourtant, il décelait au fond de ses yeux un chagrin dont elle ne se départait jamais vraiment tout à fait.

Ils se mêlèrent aux autres invités, bavardèrent avec des personnes avec qui il avait eu l'occasion de travailler et qui se réjouirent de son nouveau poste. Ils avaient tous à peu près leur âge et il comprit pourquoi James était si circonspect à l'idée qu'un médecin proche de la retraite intègre le service.

— Je suis ravi que vous ayez eu le poste, dit son nouveau chef de clinique dans un moment d'indiscrétion. Cela m'aurait rendu fou de travailler avec l'autre. Trop sûr de lui.

Ryan éclata de rire.

— Je n'ai fait que le croiser, dit-il poliment.

— Je suis sûr que c'est un bon médecin. Mais quelle suffisance ! Cela n'aurait jamais pu fonctionner. Alors que vous, vous êtes tout aussi brillant mais vous êtes souple.

— Si vous le dites. En tout cas, j'ai l'impression que nous avons la même façon de travailler.

— Vous me faites plutôt penser à Sam. Il vient de l'armée. Il est un peu comme vous. Il a vu et fait des tas de choses et sait prendre des initiatives. Il n'est peut-être pas tout à fait dans l'orthodoxie mais il sauve des vies et c'est ce qui compte.

— Vous auriez dû choisir quelqu'un d'un peu plus orthodoxe, alors.

— Non merci. Vous êtes parfait. À votre santé !

*
* *

— Qu'est-ce qu'il racontait ?

Beth le regarda, l'air incrédule.

— Dans le fond, c'étaient des compliments, répondit-il en souriant.

Il jeta un coup d'œil dans la salle.

— Livvy et Matt sont près de l'orchestre. J'ai l'impression qu'ils vont bientôt ouvrir le bal. On s'approche ?

Effectivement, les jeunes mariés se mirent à danser sur une chanson outrageusement romantique puis les invités affluèrent sur la piste de danse pour se joindre à eux.

— Tu veux bien m'accorder cette danse ? demanda Ryan, la main tendue.

— Avec plaisir.

Elle le suivit sur la piste de danse en se demandant quel genre de danseur il était. La réponse ne se fit pas attendre. Il dansait bien et semblait y prendre beaucoup de plaisir. Bonne nouvelle ! Elle adorait danser et se réjouit de pouvoir partager cela avec lui. Alors elle se détendit et se jeta à corps perdu dans la danse dont le tempo accéléra au fil des chansons.

— Je n'en peux plus ! s'exclama-t-elle au bout d'un moment. J'ai un point de côté.

Ils se dirigèrent vers le bar et commandèrent de l'eau gazeuse.

— Cela fait des années que je n'ai pas dansé comme ça ! J'adore ça, dit-elle après avoir bu quelques gorgées.

— Moi aussi. J'ai un peu perdu la main.

— Tu n'as rien perdu du tout, dit-elle.

Ils échangèrent un regard tendre et intense, tandis que la musique ralentissait. Il lui tendit la main.

— Retournons danser, dit-il doucement.

Ils se mirent à danser, enlacés l'un à l'autre, comme si c'était la chose la plus naturelle du monde, comme s'ils étaient faits l'un pour l'autre.

C'était parfait. Si seulement elle pouvait avoir la certitude qu'il l'aimait autant qu'elle l'aimait !

Elle chassa cette idée de son esprit et ferma les yeux pour être à l'écoute de ses sensations, non plus de ses pensées.

*
* *

— C'est presque l'heure, murmura-t-il.

La voix de Ryan la fit revenir à la réalité.

— Matt et Livvy sont là-bas. Allons leur dire au revoir.

Deux minutes plus tard, ils attendaient le taxi devant l'hôtel. Elle frissonna.

— J'ai oublié mon étole.

— Prends ma veste, murmura-t-il en la lui posant sur les épaules.

— Quelle galanterie !

— Pour être honnête, il faisait un peu chaud à l'intérieur.

C'était le moins que l'on puisse dire. Mais, à présent, elle avait froid. Deux ans plus tôt, le compte à rebours avait commencé.

Lorsqu'ils sortirent du taxi, la première chose qu'ils firent fut d'aller voir dans la chambre d'amis.

Belle était couchée sur la couche qu'il lui avait aménagée. Elle leva la tête et lui lécha la main, puis se leva lourdement et avança jusqu'à la porte.

— Je vais la sortir, dit-il.

Il l'emmena dans le jardin où elle fit un petit tour, avant de revenir vers lui et de presser la tête contre sa jambe.

— Comment vas-tu, Belle ?

La chienne fit demi-tour, rentra dans la maison et retourna se coucher.

Il rejoignit Beth dans la chambre. Elle était assise sur le lit, le petit cœur en argent dans les mains. Elle leva vers lui son visage inondé de larmes.

Il s'accroupit à ses pieds et posa les mains sur les siennes.

— Ça va ? Tu préfères que je te laisse tranquille ?

— Non, reste avec moi.

Alors il s'assit à côté d'elle et passa le bras sur ses épaules.

Le souvenir de Grace était si vif qu'il lui semblait que le

drame était arrivé la veille. Il était de garde, ce soir-là, et se trouvait encore à l'hôpital quand elle l'avait appelé.

« C'est bizarre, je n'ai pas les mêmes sensations que d'habitude. Je viens à la maternité », avait-elle dit.

Il l'avait rejointe dans le hall de la maternité. On les avait emmenés dans une salle et fait allonger Beth. C'est là qu'ils avaient vu, sur le moniteur, les battements du petit cœur de Grace ralentir, jusqu'à s'arrêter.

Jamais il n'oublierait le hurlement déchirant qu'avait poussé Beth et qui avait fait écho au cri tout aussi douloureux qu'il avait gardé en lui, serrant les dents, étonné par la violence de ce qu'il ressentait. Combien de parents avait-il entendu hurler de la sorte à l'annonce de la mort de leur enfant ?

— Ryan ?

Il sentit la main de Beth essuyer les larmes qui coulaient sur sa joue. Beth, elle, ne pleurait plus. Elle semblait avoir recouvré la paix. Elle déposa un baiser sur le petit cœur et le lui tendit.

— Il faut lui trouver une place, dit-elle.

Il hocha la tête et se leva, l'urne de sa fille dans le creux de la main.

— Si on la mettait dans le bureau ?

Elle acquiesça d'un signe de tête. Il sortit de la chambre et alla déposer le cœur sur son bureau. Puis lui envoya un baiser.

— Bonne nuit, précieuse petite fille, murmura-t-il avant de rejoindre Beth.

Beth était restée dans la chambre. Quand Ryan revint, elle essuya de nouveau les larmes qui baignaient ses joues.

— Fais-moi l'amour, Ryan.

Il la regarda, perplexe.

— Tu es sûre ?

— Oui, je suis sûre. J'ai envie de toi.

Il la regarda longuement avant de se pencher vers elle et de l'embrasser avec beaucoup de douceur et de tendresse. Puis elle sentit un changement se produire. La tendresse était toujours là mais elle se mêlait soudain à un désir plus grand. Il s'écarta, se déshabilla, la déshabilla et se plaqua contre elle. Puis il la fit reculer vers le lit. Il écarta les draps et Beth s'allongea, les bras tendus pour l'accueillir.

Ils prirent leur temps et firent l'amour avec douceur. Puis il la prit dans ses bras et elle s'endormit.

Ryan entendit un bruit. Rien d'inquiétant, juste de légers gémissements. Il dégagea son bras de sous la tête de Beth et se leva en tendant l'oreille.

Les gémissements provenaient de la chambre d'amis. Belle tournait en rond sur sa couche.

— Beth ! Beth, réveille-toi ! Je crois que Belle est sur le point de mettre bas.

Elle se hissa sur un coude en clignant des yeux. Il enfila des vêtements propres et rejoignit Belle.

— Ça va, Belle ? demanda-t-il en s'accroupissant.

La chienne pressa la tête contre sa main et grogna doucement.

Le travail avait effectivement commencé. Un souvenir remonta de son enfance : il était assis dans la cuisine, dans une semi-obscurité, et observait son père qui avait donné naissance à une portée de huit chiots tout ronds.

Pourvu que Belle n'en ait pas huit ! Deux ou trois, ce serait suffisant. Quatre, à la rigueur, mais pas huit. Et surtout, pourvu qu'ils soient tous en bonne santé. Il aurait du mal à supporter qu'ils ne le soient pas, à plus forte raison ce jour-là.

Beth entra dans la pièce et se posta derrière lui.

— Où en est-elle ?

— J'ai l'impression que c'est imminent.

— Je fais du thé ?

Il lui sourit.

— Ce serait super, merci.

Elle rapporta deux tasses et s'assit près de lui.

— Je ne sais pas comment cela se passe, dit-elle. Du moins pas chez les chiens.

— J'imagine que ce n'est pas très différent des humains, dit-il. Elle doit savoir instinctivement ce qu'elle doit faire, mais mieux vaut peut-être que nous restions avec elle. D'après le vétérinaire, ce serait sa première mise bas. Elle est jeune et ses tétines n'ont pas l'air d'avoir déjà allaité une portée.

— Reg nous l'aurait probablement dit. Je me demande à quoi vont ressembler les chiots. Cela dépendra de leur père.

— J'espère simplement que ce n'est pas un molosse.

— Nous prendrons ce qui se présentera, dit-elle avec philosophie. Tant qu'ils sont en bonne santé.

Elle but une gorgée de thé et posa la tête contre lui en soupirant.

Il déposa un baiser sur son front en se demandant si elle pensait à la même chose que lui. Deux ans auparavant, Grace était née, mais son cœur malade ne battait plus.

Belle se mit à bouger, étendit les pattes en grognant puis se lécha. Il se rapprocha et aperçut deux pattes et un museau noirs. Belle grogna encore et le chiot sortit. Elle se remit à le lécher avec une ardeur presque brutale puis le chiot émit un petit couinement.

— Il est vivant ! s'exclama Beth avec joie.

— Oui, et effectivement Belle a l'air de savoir ce qu'elle a à faire.

Ils la regardèrent, émerveillés, pousser le chiot vers ses mamelles. Il se mit à téter. Elle se rallongea tout en gardant un œil sur lui. Puis elle se remit à grogner.

— Je crois qu'il en arrive un autre.

— Le premier ne va pas la gêner ?

— Je ne pense pas. Elle nous le fera comprendre.

Beth se tourna vers lui.

— Tu as déjà assisté à ça ?

Il hocha la tête.

— La chienne que nous avions quand j'étais petit a mis bas quand j'avais six ou sept ans. Ce jour-là, j'ai décidé de devenir vétérinaire.

— Tu voulais être vétérinaire ? demanda-t-elle, incrédule.

— Oui, jusqu'à ce que mon père meure. J'avais douze

ans quand on lui a diagnostiqué un cancer, et quinze quand il est mort. Je me suis senti très impuissant, évidemment. J'ai passé beaucoup de temps à aller le voir à l'hôpital. Ça m'a marqué, apparemment, au point que je veuille en faire mon métier.

Il se pencha pour observer Belle. Mais, cette fois, il ne vit ni pattes ni museau, mais un dos et une queue.

— Celui-là arrive par le siège, dit-il. Cela risque d'être plus difficile. Je vais la laisser se débrouiller seule et, si elle n'y arrive pas, je l'aiderai.

Belle fit son possible, mais le chiot ne sortait pas. Ryan prit une serviette, attrapa doucement son postérieur et attendit la contraction suivante pour tirer en retenant son souffle.

— Voilà, dit-il dans un grand soupir, tandis que Belle se mettait à le lécher.

Mais le chiot ne respirait pas. Il le saisit, comme il avait vu son père le faire, et le secoua pour évacuer le fluide de ses poumons. Il dut insister avant d'entendre enfin une très légère toux. Alors il reprit la serviette et le frotta jusqu'à ce que le chiot se mette à couiner plus franchement.

— Oh ! Ryan !

Le cœur battant, il posa le chiot auprès de sa mère inquiète qui le lava et le fit rouler jusqu'à ses mamelles. Il mit du temps mais finit par s'accrocher à une mamelle et par téter.

Ryan soupira de soulagement et alla s'adosser au lit.

— Bien joué, dit Beth en le serrant contre elle.

Il tourna la tête et l'embrassa.

Il était incapable de parler. Mais les chiots et la mère se portaient bien, c'était l'essentiel. Tout ce qu'il leur restait à faire, désormais, c'était attendre que le reste de la portée vienne au monde à son tour.

Les deux autres chiots arrivèrent sans difficulté. Après les avoir lavés et nourris, Belle se leva doucement et sortit de sa couche en regardant Ryan avec insistance.

— Je crois qu'elle veut sortir, dit-il.

Il accompagna Belle, laissant Beth en compagnie des chiots. Deux d'entre eux étaient noirs, un couleur crème et celui qui était né par le siège était d'un doré plus foncé, mais tous avaient le museau noir de leur mère.

Quand Ryan revint, elle s'écarta pour le laisser refaire la couche.

— Tiens, occupe-toi bien de tes bébés, dit-il en y redéposant les chiots.

— Tu es géniale, Belle, dit Beth. Quatre, c'est le nombre idéal.

— Je ne suis pas sûr que nous serons toujours de cet avis quand ils chahuteront tous ensemble dans la cuisine, dit-il en riant.

Il s'étira en souriant.

— Je meurs de faim. Cela te dit qu'on se fasse un bon petit déjeuner ? Je n'ai pas mangé grand-chose hier soir.

— Moi non plus. Quelle heure est-il ?

— 6 h 45.

Elle déglutit. Deux ans auparavant, à la même heure, elle était à la maternité et berçait sa fille, ravagée par la douleur. Mais désormais, grâce à Belle et à Ryan, d'autres souvenirs bien plus heureux seraient associés à cette date.

Ryan lui tendit la main et l'aida à se relever. Puis il la conduisit dans le jardin.

— Tu veux un sandwich au bacon ?

— Formidable ! dit-elle avant de l'embrasser.

— Assieds-toi là, je t'apporte un café, le temps que le bacon cuise.

Elle s'assit sur les marches et frotta ses bras pour se réchauffer. Il faisait frais et elle avait peu dormi, mais le soleil était en train de se lever et, déjà, ses rayons lui réchauffaient les épaules. L'été serait bientôt là et, d'ici là, les chiots seraient sevrés.

— Il faudrait trouver un banc solide, dit-elle quand Ryan réapparut, une tasse dans chaque main.

— Je vais m'en occuper. Il faut aussi que je reprenne contact avec l'agent immobilier.

— Tu veux acheter la maison ?

— Je ne sais pas. J'aimerais bien. Je me sens bien ici. C'est tellement paisible. De plus, c'est la maison de Belle, alors, d'une certaine manière, je n'ai pas le choix, ajouta-t-il en riant.

— Je croyais qu'elle devait repartir au refuge après la naissance des chiots ?

— J'ai bien réfléchi et je crois que Reg ne m'adresserait plus la parole si elle repartait. Mais dis-moi, que penses-tu de l'idée que j'achète la maison ?

— Tu as raison, on est bien, ici. C'est paisible et beau. Et c'est la maison de Belle, évidemment.

Il lui tendit une tasse et s'éloigna en marmonnant.

— Je savais bien que tu ne la laisserais pas repartir, murmura-t-elle.

Elle sourit et prit la tasse entre ses mains pour se réchauffer.

Les chiots grandirent à vue d'œil et se mirent assez rapidement à mâchonner tout ce qui leur tombait sous la dent. Il leur avait aménagé une sorte de niche dans le passage qui reliait la cuisine au garage et les autorisait à sortir de temps en temps pour jouer. Ils revenaient ensuite et s'entassaient tous ensemble dans leur couche, ou s'endormaient debout et tombaient littéralement de sommeil à l'endroit où ils se trouvaient – en général, là où on risquait de trébucher sur eux.

Beth avait plus ou moins emménagé chez lui. Ils avaient aménagé leurs horaires de sorte qu'en l'absence de l'un l'autre puisse s'occuper de Belle et de sa petite famille. Reg continuait néanmoins à venir les garder l'après-midi, juste après le déjeuner. Il passait un moment avec eux et les regardait batifoler dans le jardin.

Comme Belle avait allaité ses petits jusqu'à leur sevrage, Beth et lui jouissaient désormais du privilège immense d'avoir un lit pour eux tout seuls, ce dont ils tiraient le plus grand parti.

La vie était belle et, dès que les chiots auraient trouvé des familles voulant les adopter, elle le serait encore davantage, parce qu'ils recommenceraient à travailler ensemble.

Beth ne comprenait pas ce qui la fatiguait à ce point. Certes, les chiots exigeaient beaucoup d'attention mais elle était de nature plutôt active, et les journées à l'hôpital n'étaient pas plus exigeantes que d'habitude.

Peut-être ne dormait-elle pas suffisamment. C'est vrai qu'ils se couchaient assez tard car ils attendaient la fin de la dernière tétée pour mettre les chiens au garage pour la nuit. Mais, même s'ils faisaient l'amour tous les soirs, sans exception, elle parvenait tout de même à dormir pratiquement sept heures.

Elle n'avait même plus la force de manger et se surprenait à piquer du nez en plein après-midi, quoi qu'elle soit en train de faire. Elle était dans le même état de fatigue que si elle était enceinte.

Enceinte ?

Non. C'était impossible. Mais si elle n'était pas enceinte, elle avait un problème de santé.

Mieux valait en avoir le cœur net. Elle enferma les chiots avec leur mère et prit la voiture. Elle s'arrêta au supermarché le plus proche pour acheter un test de grossesse. De retour chez Ryan, elle passa une demi-heure assise dans la salle de bains à regarder le test emballé sur le rebord du lavabo, incapable de l'ouvrir.

Lorsqu'elle trouva enfin le courage de faire le test, il se révéla positif. Son cœur se souleva à l'idée de ce que cela impliquait. Elle n'était toujours pas sûre que Ryan ait changé d'avis au sujet de la paternité ni même qu'il considère que leur relation soit sérieuse au point de faire des enfants avec elle.

Comment allait-elle lui annoncer cela ?

Elle entendit la porte d'entrée s'ouvrir, et fourra le test et l'emballage dans le sac à linge sale.

— Désolé, je ne savais pas que tu étais là, dit-il en entrant dans la salle de bains. Tout va bien ?

— Oui, pourquoi ? mentit-elle en évitant son regard. Tu vas promener Belle ?

— Oui, dans deux minutes. Il faut d'abord que je…

Il s'interrompit.

— Qu'est-ce que c'est que ça ? demanda-t-il en ramassant une feuille de papier.

Le mode d'emploi du test de grossesse.

Il leva les yeux, sous le choc, puis lâcha la feuille comme s'il s'agissait d'un tison ardent.

— Tu es enceinte ! s'exclama-t-il, incrédule.

Ce n'était pas une question. Il l'avait compris à son attitude. Il jura, alla décrocher la laisse, appela Belle et sortit sans un mot.

Elle posa instinctivement la main sur son ventre et s'efforça de retenir ses larmes. Pouvait-elle s'attendre à ce que Ryan réagisse autrement ?

Mais peu importait sa réaction. Quoi qu'il arrive, elle s'en sortirait. Tout ce qui comptait, c'était que ce bébé survive, qu'il soit en bonne santé. Le reste passait au second plan.

Elle avait toujours son appartement et son travail. Elle reprendrait ses horaires habituels. Ryan trouverait une solution pour faire garder les chiots. Ce n'était pas son problème, après tout.

Elle alla dans la chambre, fourra ses affaires dans des sacs et fonça dans le bureau. Le petit cœur en argent était posé sur une feuille de papier. Elle reconnut l'écriture de Ryan et lut le mot « Grace ».

Le cœur battant la chamade, elle se laissa tomber dans le fauteuil, la feuille dans la main.

Grace chérie,

Je ne sais pas quoi te dire, si ce n'est que je t'aime plus que je ne l'aurais cru possible.

Je suis passé à côté de tout : ta première dent, ton premier mot, tes premiers pas. Je n'ai pas pu t'emmener à l'école, à ta première soirée ni à l'autel, le jour de ton mariage.

J'ignore ce que signifie être un père. Je ne sais pas si j'aurai la chance de le devenir un jour car j'aime ta maman de tout mon cœur mais je crois qu'elle a peur de faire un autre enfant. Moi aussi, j'ai peur.

Mais sache que, si je trouve un jour le courage d'avoir un autre enfant, je lui parlerai de toi, de l'amour et du manque que nous éprouvons chaque jour que nous passons sans toi.

Dors bien, petit ange.

Ton papa qui t'aime

Les mots tourbillonnèrent devant ses yeux. Elle replia la lettre et la remit sur le bureau, sous le cœur en argent.

Il fallait qu'elle trouve Ryan. Elle avait une petite idée de l'endroit où il se trouvait.

Comment était-ce possible ? Pas une fois il n'avait oublié d'utiliser un préservatif et Beth prenait la pilule tous les matins, devant lui. Comment pouvait-elle être enceinte ?

À moins que…

Le soir du mariage de Matt et de Livvy, le jour de l'anniversaire de la mort de Grace… L'émotion était tellement forte qu'ils n'avaient pensé ni l'un ni l'autre à se protéger. Comment avait-il pu être aussi inconscient ?

Que faire, à présent ?

La seule chose qu'il puisse faire était de rentrer et de lui présenter des excuses.

Il entendit des pas derrière lui. Il suivit Belle des yeux et reconnut Beth.

— J'ai lu ta lettre.

Il mit quelques instants à comprendre de quoi elle parlait. La lettre qu'il avait écrite à Grace, le jour de l'anniversaire de sa mort, et qu'il comptait faire lire à Beth quand l'occasion se présenterait. Mais le temps était passé et l'agitation autour de la naissance des chiots lui avait fait oublier la lettre.

— Je suis désolé, Ryan. Je ne sais pas comment j'ai pu tomber enceinte…

— Moi, je sais. La nuit du mariage. Je n'ai pas mis de préservatif. J'avais la tête ailleurs. Je voulais te voir heureuse, je voulais te rendre heureuse. Mais j'ai provoqué une catastrophe. Je suis désolé, vraiment désolé, Beth.

Il détourna les yeux et fixa les bateaux amarrés de l'autre côté du fleuve.

— Dans la lettre, tu dis que tu m'aimes…

— Bien sûr que je t'aime. Tu en doutais ?

— Je ne le savais pas.

— Je ne pensais pas que c'était important de te le dire. Je ne voulais pas exercer de pression, que tu te sentes obligée de m'aimer en retour.

— Mais je t'aime, Ryan. Je te l'ai dit.

— Tu me l'as dit sur le ton de la plaisanterie.

Elle secoua la tête.

— Je ne plaisantais pas. Je crois que je t'aime depuis toujours, depuis le jour où tu m'as embrassée, ici. Depuis, mon amour pour toi n'a cessé de croître.

Il la dévisagea et vit dans ses yeux qu'elle était sincère. Il faudrait qu'il apprenne à déchiffrer son regard, toujours si expressif quand il se donnait la peine de le scruter.

Ryan s'approcha d'elle et plongea son regard dans le sien.

— Je t'aime, Beth, dit-il d'un ton calme. Je t'aime et, si tu veux encore de moi, je te le répéterai tous les jours de notre vie. Je veux vivre avec toi et avoir d'autres enfants, si le destin ne nous joue pas d'autre vilain tour. Mais j'ai envie d'essayer.

Elle sentit son cœur faire un bond dans sa poitrine.

— J'ai un peu peur mais, moi aussi, j'ai envie de tout cela. Je crois que je ne pourrai plus vivre sans toi.

Il la prit dans ses bras.

— Cela tombe bien parce que je n'ai pas l'intention de

te laisser. Nous formerons une famille magnifique, toi, moi, Grace et ce petit bébé. Sans oublier Belle, bien sûr !

La chienne se mit à remuer la queue.

— Allez, rentrons à la maison.

— Bonne idée, dit-elle en se blottissant contre son torse.

Ils firent une pause sur l'échalier et échangèrent un baiser tendre et voluptueux, comme au premier jour.

— Je t'aime, tu sais, dit-il.

— Oui, maintenant, je sais. Moi aussi, je t'aime. Ne l'oublie jamais.

— Jamais, c'est promis.

Épilogue

— Ici ? demanda Ryan, la bêche à la main.

Beth déposa le bébé dans les bras de Reg et rejoignit Ryan pour décider du meilleur endroit pour planter le rosier qu'ils venaient d'acheter – et qui portait le doux nom de Grace.

— Un peu à droite, peut-être. Reg, qu'est-ce que vous en dites ?

Le vieil homme sourit.

— Oui, un peu à droite. Il va être assez grand. Là, c'est parfait. Il aura toute la place qu'il lui faut pour s'épanouir.

— Comme tout le monde ici, dit Beth en souriant. Qui aurait parié que Pagaille devienne aussi grand, alors que c'était le plus petit de la portée ? Dire qu'il a failli ne pas survivre !

Ryan jeta un coup d'œil au chiot tout fou qui venait d'avoir un an.

— Pagaille, non ! Sors de ce trou ! Je n'ai pas besoin de ton aide.

Il ordonna au chien de s'asseoir et se remit à creuser. Pagaille suivait des yeux le mouvement de la bêche en se retenant de le rejoindre.

Belle, étendue sur le dos, au soleil, jouait avec un jouet déchiqueté. Ryan leva la tête et contempla les personnes chères qui l'entouraient et qui formaient une famille : sa femme, leur petit garçon de trois mois et Reg, qui faisait office de grand-père.

Ils s'étaient mariés et avaient fait des travaux d'agrandissement dans la maison de sorte que la grande pièce qui comprenait la cuisine, la salle à manger et le salon s'ouvre sur le jardin et donne sur le fleuve et l'échalier où leur grande histoire d'amour avait commencé.

Ils avaient confié les trois autres chiots à Annie et Ed, à James et Connie et à un fermier dont le labrador noir s'était révélé être le père de la portée. Ils avaient gardé Pagaille, le petit chiot né par le siège, et Belle, évidemment.

— C'est bien ? demanda-t-il après avoir mis le rosier dans le trou.

— Parfait ! dirent Beth et Reg d'une seule voix.

— Dans ce cas, je vais tasser la terre, pour éviter que le chien se remette à creuser.

Il s'agenouilla pour répartir la terre autour des racines et caressa du bout des doigts un petit bourgeon.

— C'est toi, Grace ? murmura-t-il. Tu peux grandir, maintenant. Bon anniversaire, ma chérie !

Il se redressa, se frotta les mains et rejoignit Beth et le bébé.

— C'est magnifique. Regarde, Raoul, papa a planté un arbre pour Grace. Il va faire de jolies fleurs, tu verras.

Elle embrassa le bébé et lui fit son plus beau sourire.

— Tu es heureuse ?

Elle leva la tête vers lui.

— Très, répondit-elle, les yeux brillants d'émotion. Merci, Ryan. Merci pour tout.

— Ne me remercie pas. C'est moi qui suis comblé de vous avoir tous auprès de moi… Pagaille, non !

Il se leva et chassa le chiot de la nouvelle plantation. Il se retourna, un sourire en coin sur les lèvres, et se réjouit d'entendre le rire de Beth et de Reg emplir le jardin de joie.

Vous aimez l'univers de Caroline Anderson ?
Retrouvez en numérique tous les héros
de l'hôpital de Yoxburgh !

1. Un bébé par amour

2. Retrouvailles à l'hôpital

3. Unis par l'amour

4. Le miracle qu'elle espérait

5. Père et chirurgien

6. Le doux rêve d'une infirmière

Retrouvez en mars 2020, dans votre collection

Blanche

La belle du Vietman, de Scarlet Wilson - N°1476

SÉRIE : MÉDECINS DU VIETNAM - 1/2

Le Vietnam. C'est là que Joe compte prendre un nouveau départ avec son fils, Regan… Alors qu'il est bien loin de son Écosse natale, il trouve immédiatement sa place, au May Màn Hospital de Hanoi. Est-ce parce qu'il s'y sent utile, ou en raison du lien qui se crée naturellement entre le Dr Lien et lui ? Belle et mystérieuse, la jeune femme aurait-elle le pouvoir de lui offrir le bonheur auquel il croyait devoir renoncer pour toujours ?

Mariage au May Màn Hospital, de Scarlet Wilson

SÉRIE : MÉDECINS DU VIETNAM - 2/2

Vivienne ferait n'importe quoi pour le Dr Duc Nguyen, son meilleur ami. Aussi, quand il déclare avoir besoin de son aide à l'hôpital vietnamien dont il vient d'hériter, elle accepte sans hésiter de devenir sage-femme à Hanoi. Arrivée au May Màn Hospital, Vivienne apprend avec plaisir une nouvelle langue, les coutumes et maladies locales. Mais elle découvre surtout Duc sous un nouveau jour. Bientôt, elle se surprend même à éprouver auprès de lui des émotions nouvelles… Se pourrait-il qu'elle soit tombée amoureuse ?

Réunis sous la neige, d'Amalie Berlin - N°1477

SÉRIE : MÉDECINS SOUS LES ÉTOILES - 2/2

Le Dr Lia Monterrosa a fait un long voyage pour gagner la station Fletcher. Là, en Antarctique, elle va relever un défi scientifique passionnant, au côté de médecins d'exception. Mais c'est un objectif bien plus personnel qu'elle poursuivait en posant sa candidature. Il s'agit pour Lia de se confronter à West MacIntyre, engagé dans cette mission tout comme elle. West, son ex-fiancé disparu du jour au lendemain, la veille de leurs noces…

L'épouse du Dr McCarthy, de Robin Gianna

Quelle malchance ! Non seulement Jillian s'est cassé le poignet, mais le chirurgien chargé de la soigner n'est autre que Conor McCarthy, son ex-mari… Autrefois, il avait suffi d'un regard pour que tous deux tombent dans les bras l'un de l'autre, puis se jurent fidélité. Mais leur amour n'avait pas résisté. Très vite, Jillian s'était sentie délaissée par un mari totalement dévoué à son travail et membre d'une jet-set new-yorkaise où elle n'avait pas sa place. Alors aujourd'hui, leurs retrouvailles peuvent-elles signifier un nouveau départ pour eux ?

Leur mission : sauver des vies.
Leur destin : trouver l'amour.

Blanche

Médecin, trois fois papa, de Marion Lennox - N°1478

À peine Rachel est-elle arrivée dans la petite ville de Shallow Bay, où elle a décroché son premier poste de radiologue, qu'elle doit faire face à une urgence. Son petit voisin s'est blessé, et elle le conduit immédiatement à l'hôpital. Sur place, elle fait la connaissance du Dr Tom Lavery, le tuteur de l'enfant – et son nouveau patron. Un homme qui lui inspire bientôt des sentiments inouïs, et interdits...

Une inoubliable sage-femme, de Fiona McArthur

Des yeux noirs, un charisme redoutable. Malgré les six années qui les ont séparés, Faith a été incapable d'oublier Raimondo Salvanelli et leur aventure passionnée. Que fait-il là, alors qu'il avait affirmé qu'il ne reviendrait jamais à Lighthouse Bay ? Sous le choc, Faith forme toutes sortes d'hypothèses, avant que la peur la gagne. Se peut-il que Raimondo soit ici pour lui ravir Chloé, la petite fille qu'elle a mise au monde – leur enfant ?

Leur petit miracle, de Kate Hardy - N°1479

Déçu par l'amour, le Dr Jared Fraser est décidé à ne plus laisser son cœur diriger sa vie. Pourtant, auprès de sa nouvelle collaboratrice, la sublime Bailey Randall, il sent ses résistances vaciller. Bailey, quant à elle, a fait une croix sur les hommes et ses projets de famille depuis le drame qui a bouleversé sa vie. Aussi est-elle surprise quand l'alchimie qui existe entre Jared et elle la pousse à partager avec lui une nuit inoubliable – une nuit dont la conséquence pourrait bien les lier à jamais...

Sous le charme du Dr Sullivan, de Lucy Ryder

Prétendre être la petite amie du Dr Luke Sullivan, l'homme qui l'a aidée à sauver de la noyade un adolescent, quelques jours plus tôt ? Lilah n'est pas contre, dans la mesure où cela dissuaderait son nouveau patron à l'hôpital de Spruce Ridge de lui faire des avances. Sa décision n'a, bien évidemment, rien à voir avec le charme irrésistible de Luke – un charme sous lequel elle est tombée, bien malgré elle, le jour même de leur rencontre...

HARLEQUIN

Leur mission : sauver des vies.
Leur destin : trouver l'amour.

HARLEQUIN
www.harlequin.fr

Blanche

Retour à Heritage Port, de Meredith Webber - N°1480

Quand, après quinze ans de silence, son père, gravement malade, reprend contact avec elle, Alex Hudson se rend immédiatement à son chevet. Si son retour à Heritage Port réveille en elle des souvenirs déchirants, Alex est surprise de découvrir que le médecin de son père n'est autre que Will Kent, son ami d'enfance. Veuf et père d'une adorable fillette de trois ans, Will se montre aussi attentionné et protecteur qu'autrefois envers Alex... Alors pourquoi se sent-elle bouleversée par son comportement, au point de désirer plus entre eux qu'une simple amitié ?

Un amour inattendu, de Teresa Southwick

Si cela ne tenait qu'à elle, jamais Jill n'aurait accepté de louer une partie de sa maison au Dr Adam Stone : avec son sourire trop séduisant et ses allures de play-boy citadin, cet homme ne lui inspire aucune confiance. Pourtant, le village de Blackwater Lake a besoin d'un médecin, et Adam est le seul candidat au poste... Aussi Jill n'a-t-elle pas le choix. Mais, si à cet instant la perspective de cohabiter avec cet inconnu ne l'enchante guère, elle est loin de se douter que, bientôt, ce dernier va bouleverser sa vie... de la plus belle des façons.

HARLEQUIN

Leur mission : sauver des vies.
Leur destin : trouver l'amour.

HARLEQUIN
www.harlequin.fr

Composé et édité par HarperCollins France.

Achevé d'imprimer en janvier 2020.

CPI
BLACK PRINT

Barcelone

Dépôt légal : février 2020.

FSC
www.fsc.org
MIXTE
Papier issu de sources responsables
FSC® C108412

Pour limiter l'empreinte environnementale de ses livres, HarperCollins France s'engage à n'utiliser que du papier fabriqué à partir de bois provenant de forêts gérées durablement et de manière responsable.

Imprimé en Espagne.